S.F.
V.

ARTHUR MILLER

NEUE STÜCKE

TALFAHRT
DER LETZTE YANKEE
SCHERBEN

DREI DRAMEN

S. FISCHER

Talfahrt
Originaltitel: The Ride Down Mount Morgan

Deutsch von Volker Schlöndorff nach der Bühnenfassung

Der letzte Yankee
Originaltitel: The Last Yankee

Deutsch von Inge Greiffenhagen und Bettina von Leoprechting nach der Bühnenfassung

Scherben
Originaltitel: Broken Glass

Deutsch von Inge Greiffenhagen und Bettina von Leoprechting nach der Bühnenfassung

Die amerikanische Originalausgabe des Essays ›About Theatre Language‹ erschien in der Buchausgabe ›The Last Yankee‹
1994 im Verlag Penguin Books, New York.

Deutsch von Inge Greiffenhagen und Bettina von Leoprechting

Für die deutsche Ausgabe:

Gesamtherstellung: Clausen und Bosse, Leck
Printed in Germany 1995
ISBN 3-10-049010-X

Inhalt

ÜBER DIE SPRACHE DES THEATERS

I

Als ich zu Beginn der dreißiger Jahre anfing, Theaterstücke zu schreiben, war das kommerzielle Theater Amerikas – und etwas anderes gab es in diesem Land so gut wie gar nicht – fast ausschließlich von einem Stil beherrscht, den man Realismus nannte. Dasselbe galt mehr oder weniger auch für Großbritannien. Das Theater gehörte zwar noch nicht zu den Massenmedien, war aber doch eine populäre Kunstform, obwohl man auch damals schon wußte – lange bevor es das Fernsehen gab –, daß das Theater viel von seiner breiten Anziehungskraft verloren hatte, und auch einen großen Teil von dem Glamour der zwanziger Jahre. Man machte das Kino dafür verantwortlich, das dem Theater viele Zuschauer – und damit einen Großteil seiner traditionellen kulturellen Wirkungskraft geraubt hatte. Obwohl die Zuschauer offensichtlich vor allem aus der Mittelschicht stammten, bildeten wir alle uns immer noch ein, daß wir Stücke für Menschen mit ganz unterschiedlichem Erziehungs- und Bildungsniveau schrieben, für ein Publikum, das in seiner Zusammensetzung repräsentativ für die Stadt oder sogar das ganze Land war. Auch wenn das niemals so gewesen war, wäre doch niemand auf die Idee gekommen, sich ausschließlich an die anspruchsvolle Gruppe der Collegeabsolventen und Akademiker zu wenden. Ein Kritiker der New York Times wie George S. Kaufman stand mit beiden Beinen im Showbusiness und wurde der beliebteste Komödienschreiber seiner Zeit; und sogar Brooks Atkinson, der manchmal ein bißchen auf Aristoteles schielte, war sich bewußt, daß er für Amerikaner schrieb, die sich nur ungern auf Theaterexperimente einließen, die ihnen entweder Bildung oder Geduld abverlangten. Außerhalb New Yorks gab es zumindest noch Überreste der Wanderbühnen der zwanziger Jahre – Theater in vielen kleinen Städten mit einem treuen, ganz durchschnittlichen Publikum, das neugierig auf die Broadway-Erfolge des Vorjahres – wenn auch jetzt in Zweitbesetzung – wartete. In New York war es bei Eintrittspreisen von fünfundfünfzig Cent bis vier Dollar vierzig ganz selbstverständlich, daß ein Professor neben einer Hausfrau saß, ein Priester vielleicht neben einem Facharbeiter oder einem Studienrat, ein kleiner Angestellter oder ein Unternehmer neben einem Studenten. Diese Vorstellung – ob sie nun stimmte oder nicht –, daß sich das Publikum aus allen Gesellschaftsschichten zusammensetzte, brachte Theaterstücke hervor, die sich an die praktische Lebenserfahrung ganz normaler Menschen wandten. Natürlich fehlten im Zuschauerraum schwarze, asiatische oder lateinamerikanische Gesichter, aber die existierten auch nicht im herrschenden kulturellen Bewußtsein. Damals – und bis in die vierziger Jahre hinein – bewegten sich die Produktionskosten in vernünftigen Grenzen; ein Stück wie *Alle meine Söhne (All My Sons)* oder *Tod eines Handlungsreisenden (Death of a Salesman)* zum Beispiel kostete zwischen zwanzig- und vierzigtausend Dollar; ein so niedriges Budget konnte leicht von einem halben Dutzend kleiner Investoren aufgebracht werden, die dabei entweder alles verloren, was zwar peinlich, aber nicht allzu schmerzhaft war, oder aber einen dicken Gewinn machten.

Radikale Autoren – Menschen wie ich –, die sich einbildeten, daß sie die uralte Tradition des Theaters als bürgerliche Kunst und nicht als reinen Kommerz fortführten, befanden sich in einem Konflikt: um auch nur das flüchtige Interesse eines Broadway-Produzenten zu wecken – und um später das Publikum zu fesseln –, mußten wir wohl oder übel realistische Stücke schreiben, obwohl wir eigentlich poetische Formen bevorzugten oder zumindest ausprobieren wollten. Ein Produzent am Broadway oder auch in London hätte zum Beispiel ein Stück des deutschen Expressionisten Ernst Toller nach sechs Seiten zur Seite gelegt. Von den Dramatikern, die als bedeutend gelten, war damals – und ist noch heute – keiner im kommerziellen Theater erwünscht. Nicht Tschechow, nicht Ibsen, nicht Hauptmann, Pirandello, Strindberg, Turgenjew – nicht einmal Shaw. Um beispielsweise ein Stück wie *Warten auf Godot* (En attendant Godot) auch nur in der näheren Umgebung des Broadways auf die Bühne zu bringen, ist man auf eine Besetzung mit Filmstars und eine kurze Laufzeit angewiesen – das Lincoln Center hat das 1988 geschafft; und vor fünfzig Jahren war die Situation sicher noch schlechter. Man braucht nur O'Neills Klagebriefe über den »Showladen« Broadway und die beschränkte Phantasie des amerikanischen Publikums zu lesen oder Shaws ironische Bemerkungen über den Provinzialismus seiner Landsleute, um das Problem zu verstehen. Aus irgendeinem unerfindlichen Grund galt Theater in der angelsächsischen Kultur ausschließlich als Unterhaltung, als Kunst der Zerstreuung; es fehlte das europäische oder russische Interesse für moralische und philosophische Möglichkeiten und Verpflichtungen. Nur ganz selten gab es in Amerika so etwas wie *Die Rechenmaschine (The Adding Machine)* des jungen Elmer Rice; doch war ein solcher Ausbruchsversuch aus dem konventionellen Realismus so rar, daß man noch jahrelang davon sprach wie von einem Kalb mit fünf Beinen. Das englischsprachige Theater war stolz darauf, kommerziell zu sein – ein gewinnmachendes Unternehmen, das den Stücken eine Form aufzwang, deren oberflächliche vertraute Realität von allen wiedererkannt werden konnte. Captain Shotovers Aufschrei: »Ich möchte wissen, wo ich bin!« hätte auf der Fahne dieses Theaters geschrieben stehen können. Nur im Musical gab es die herrliche Freiheit, es mit der Realität nicht ganz so genau nehmen zu müssen. Im konventionellen Theater war sogar die Satire zu ausgefallen, um Erfolg zu haben; George S. Kaufman definierte Satire als etwas, das am Samstagabend zumacht.

Was ich damit sagen möchte, ist: das, was für uns »purer Realismus« ist, war zwar vor fünfzig Jahren, und auch später noch, eine langweilige Angelegenheit, aber für das Publikum und die meisten Kritiker zweifellos ein getreues Abbild des Lebens. Trotzdem darf man nicht vergessen, daß der Realismus zu verschiedenen Zeitpunkten wieder auftauchte und dann sehr gekonnt das Wesen einer ganzen Epoche ausdrückte. In einer Zeit, in der ein Stück nur »experimentell« zu sein braucht, um ernst genommen zu werden, ist es durchaus angebracht, einzugestehen, daß nur ganz wenige von diesen Experimenten überdauert haben. Es genügt eben nicht zu wissen, wie man flieht; man sollte auch darüber nachdenken, wohin man will.

In den dreißiger Jahren war meines Wissens nach das einzige, was aus dem allgegenwärtigen Realismus herausfiel, das »Living Newspaper« vom Theatre Project des Arbeitsbeschaffungsprogramms WPA – die einzig neuerfundene Form des amerikanischen Theaters. Ein Epos in mehr oder weniger szenischer Form, das wie beim Film nicht von einem einzelnen, sondern von einer Autorengruppe geschrieben wurde und eindeutig überspitzt soziale Themen behandelte, wie die Stromversorgung durch die öffentliche Hand, Gewerkschaften, Landwirtschaft und Medizin – und es war noch dazu ungeheuer populär. Bezeichnenderweise wurde dieses Projekt von der Regierung gefördert. Da in diesen Produktionen arbeitslose Schauspieler, Bühnenbildner und Techniker beschäftigt wurden, konnte man große Besetzungen und anspruchsvolle bühnenbildnerische und technische Mittel einsetzen. Und die Eintrittspreise waren niedrig. WPA konnte zum Beispiel Orson Welles und ein Riesenensemble mit *Doctor Faustus* nach Harlem schicken und dafür nur einen Vierteldollar Eintritt nehmen. Doch dieser Versuch, den man vielleicht als episch-volkstümlich bezeichnen kann, hatte keinerlei Einfluß auf das profitabhängige Theater – er war einfach zu teuer.

Ich erwähne diese profanen Dinge, weil sie einen tiefgreifenden Einfluß auf den Stil des Theaters haben, das genauso wie die Politik eine Kunst des Möglichen ist.

Es gab mindestens ein Dutzend Autoren, die in diesen Jahren vor dem Zweiten Weltkrieg regelmäßig für das kommerzielle Theater schrieben, und alle, außer vielleicht Odets und Hellman, hätten voller Stolz behauptet, ihr einziges Anliegen sei zu unterhalten. Alle diese Autoren waren weltoffen und gebildet und wußten zweifellos alles über die europäische Theatertradition und ihr Streben nach philosophischen Erweiterungen, ähnlich dem des griechischen und auf andere Weise des elisabethanischen Theaters. So war die Theatre Guild in den zwanziger Jahren auch deswegen gegründet worden, um diese Art Theater nach Amerika zu bringen, das Theater Pirandellos, Schnitzlers, Ibsens und Strindbergs.

In den dreißiger Jahren gab es einen Amerikaner, der sich als politischer Revolutionär bezeichnete, und das war Clifford Odets. Natürlich war O'Neill der ästhetische Rebell, aber sein Sozialismus war eher privat und floß nicht in seine Stücke ein, obwohl *Der haarige Affe (The Hairy Ape)* eindeutig ein antikapitalistisches Werk ist. Er unterschied sich von den anderen Autoren durch seine formalen Experimente und seine tragische Grundstimmung. Als Schöpfer und Benutzer neuer und alter Formen war O'Neill ein völlig isoliertes Phänomen am Broadway.

Odets andererseits, der sich als »ein Mann der Linken beschrieb«, war vielleicht mit Ausnahme seines ersten Stücks *Warten auf Lefty (Waiting for Lefty)* kein formaler Erneuerer. Er strebte zwar einen poetischen Realismus an, aber in seinen Stücken schilderte er immer noch reale Menschen in ihren aktuellen gesellschaftlichen Bezügen. Das war wohl unvermeidlich angesichts seines Temperaments als Schauspieler und seines marxistischen Engagements; er hatte den Blick des Revolutionärs für die große Öffentlichkeit, für die Wiederherstellung der Macht, wenn der geschwächte Kapitalismus einmal gestürzt wäre – denn das war die marxistische und die nicht marxistisch linke Auffassung von der eigentlichen moralischen Verpflichtung des Künstlers. Doch vom Temperament her war er ein Dichter, der nach Worten suchte, die ihn zum Erfolg verhelfen konnten, ganz unabhängig von seinem realistischen politischen Engagement. O'Neill andererseits war kein Revolutionär, sondern ein Rebell mit einem verzweifelten Anarchismus im Herzen. Wenn er überhaupt eine Hoffnung auf Rettung sah, dann nicht in der behutsamen Neuorganisation der politischen Macht, sondern in der tragischen Befreiung von der Lebenslüge, die sich permanent im menschlichen Wesen versteckt. Da er sich keiner Theorie über das Wesen der neueren und besseren Politik verpflichtet fühlte, die die vorhergehende korrupte ersetzen konnte, war er frei, alle möglichen theatralischen Mittel auszuprobieren, mit denen er die Situation der Verdammten anprangern konnte. Und wenn O'Neill wollte, daß seine Stücke zur Kenntnis genommen wurden, und das wollte er bestimmt, dann brauchten sie nicht populär zu sein, um zu rechtfertigen, daß er sie geschrieben hatte, denn er jagte in der Tiefe den Weißen Wal des letzten Sinns, und er erwartete, dafür leiden zu müssen; im Gegensatz dazu bedeutete für Odets ein Mißerfolg bei den Kritikern oder an der Theaterkasse eine ganz persönliche Schlappe, ein Schlag ins Gesicht von der undankbaren, selbstzufriedenen bürgerlichen Gesellschaft. Ein durchgefallenes Stück bedeutete für Odets, daß man ihm etwas verweigerte, was ihm gebührte, denn er machte genauso Jagd auf das Publikum wie seine bürgerlichen, nicht-revolutionären Kollegen. O'Neill durfte sagen, und das tat er auch, daß er sich nicht für die Beziehungen zwischen Menschen interessierte, sondern für die zwischen den Menschen und Gott. Seiner Ansicht nach war Amerika verdammt, und wenn es einige wenige gab, die gut und gerecht waren, so lag das nicht daran, daß sie einer besonderen Gesellschaftsklasse angehörten oder einen toleranten oder selbstlosen politischen Standpunkt vertraten, sondern an der Gnade, deren Quelle jenseits jeder Erklärung liegt.

II

Die Dramatiker meiner Generation, die so viel lieber Dichter gewesen wären, verabscheuten den Realismus des Broadways, des Londoner Westends und des französischen Boulevards, aber das war schon immer so, seit er im 19. Jahrhundert in Mode gekommen war. Aber worauf lief dieser Realismus denn eigentlich hinaus? Auf Stücke, die eher reale als symbolische oder metaphysische Personen und Situationen darstellten und die in erster Linie wahrheitsgetreu sein wollten, ohne irgendeinen revolutionären Einfluß auf die Gesellschaft zu nehmen oder auch eine nur symbolische Aussage über allgemein gültige Wahrheiten zu machen. Ganz einfach ausgedrückt war der konventionelle Realismus deswegen konventionell, weil er stillschweigend die Konventionen der Gesellschaft stützte, aber er hätte auch durchaus etwas völlig anderes bewirken können, so erschien es jedenfalls mir. Trotzdem hielten wir ihn für den perfekten Stil, um eine kritiklose, schlichte, lineare, gutbürgerliche, konformistische Lebensanschauung auszudrücken. Für mich war es damals höchstens verwirrend, daß die Bezeichnung »Realismus« vor noch nicht allzu langer Zeit auf so revolutionäre Autoren wie Ibsen, Tschechow und oft auch Strindberg angewandt worden war, Autoren, deren ganze Schaffenswut sich gerade gegen den bürgerlichen Status quo und dessen Verlogenheit gerichtet hatte, oder wie bei Tschechow gegen die Absurditäten des zaristischen Systems.

Mein erster eigener Schreibversuch war ganz einfach eine Nacherzählung des wirklichen Lebens, ein realistisches Stück über meine eigene Familie. Es brachte mir einige Preise und ein paar Inszenierungen ein, aber, für mich selbst überraschend, wandte ich mich gleich danach einer stilisierten Beschreibung des Lebens in einem riesigen Gefängnis zu – nach dem Vorbild des Jackson State Penitentiary in Michigan, in der Nähe von Ann Arbor, wo ich zur Schule gegangen war. Dieses größte Staatsgefängnis der Vereinigten Staaten hatte ich an vielen Wochenenden zusammen mit einem Freund besucht, der dort als einziger Psychiater arbeitete. Das Thema des Stücks war, daß Gefängnisse nur dazu da waren, um verzweifelt kämpfende Arbeiter verrückt zu machen. Es gab in dem Stück einen Chor von normalen Gefangenen auf einer Galerie hoch oben über der Bühne und einen Gegenchor von Verrückten, die versuchten, die anderen in ihre Reihen herunterzuziehen. Hierfür war es unerläßlich, daß ich mich mit dem Problem der dramatischen Sprache auseinandersetzte, denn ein so großes menschliches Elend ließ sich unmöglich in eine Sprache fassen, die aus einer gemütlich warmen Küche stammte. Ich dachte immer mehr darüber nach, ob der Drang zu einer poetischen dramatischen Sprache – oder sogar jede Stilisierung überhaupt – nicht im wesentlichen daher rührte, daß die Gesellschaft als ein Hauptelement in die Geschichte oder die Idee des Stücks Eingang gefunden hatte. Offensichtlich war die realistische Prosa die Sprache des einzelnen oder die des Familienlebens, Poesie dagegen die Sprache des Mannes in der Masse, in der Gesellschaft. Um es anders auszudrücken, Prosa ist die Sprache der Familie: erst durch die Einbeziehung der Welt außerhalb der Familie öffnet sich ein Stück dem Poetischen.

Aber ich wollte Erfolg, ich wollte auffallen und ein Publikum fesseln. Man kann vielleicht den Verstand erleuchten, indem man ihm Texte hinwirft, aber um Menschen zu ändern, muß man ihr Herz rühren. Das Problem war also, daß unsere Zuschauer an einen trockenen Realismus gewöhnt waren und jede stilistische Neuerung, also »Kunst«, ablehnten. Wie sollte man da einen Stil finden, der einerseits ein amerikanisches Publikum zu fesseln vermochte, das sich in realen Personen, Orten und Themen wiedererkennen wollte, aber andererseits Themen auf die Bühne bringen konnte, die öffentliche Moral und gesellschaftliche Mythen behandelten – also kurz: das Unsichtbare?

Natürlich war ich nicht der einzige, der sich mit diesem Problem beschäftigte. Ich bezweifle, daß es je eine Zeit gegeben hat, in der so viel über Form und Stil diskutiert wurde. T. S. Eliot schrieb seine Versdramen, Auden und Isherwood die ihren; die poetischen, aus dem Leben gegriffenen Stücke von Sean O'Casey waren sehr populär, und die Texte von W. B. Yeats wurden analysiert, wenn auch nicht sehr oft aufgeführt. Der Drang zur Poesie ergriff sogar einen Exjournalisten und so realistischen Schriftsteller wie Maxwell Anderson, dessen Versuch, den elisabethanischen Vers auf moderne Personen und gesellschaftliche Themen zu übertragen, hoch gelobt wurde, von den einen als Kuriosität, von den anderen als fesselndes Experiment.

Um Odets Gerechtigkeit widerfahren zu lassen, muß man zugeben, daß er derjenige war, der durch seinen ideosynkratischen Dialog die Sucht des Broadway-Theaters nach Wirklichkeitsnähe herausforderte; er war mit Sicherheit der erste amerikanische Dramatiker, der – mehr als jeder andere zuvor – wegen seines Stils von allen Seiten mit Lob überschüttet wurde. Für junge Autoren wie mich war Odets jahrelang der Wegbereiter; er brachte das Elend der großen Depression auf die Bühne des Broadways und zwang die Leute zuzuhören. Er fand zwar nicht den Weg zu einem zeitgenössischen amerikanischen Stil, wagte es jedoch, eine oft hochstilisierte Bühnensprache zu erfinden. Ich vermute, daß Odets deswegen als realistischer Autor galt, weil seinen Personen jegliche Eleganz und Fremdartigkeit fehlte und sie typische Exemplare des realistischen Theaters waren – man sah in ihm den Chronisten des jüdischen Lebens in der Bronx. Ich habe zwar nie in der Bronx gelebt, aber die Sprache der Juden in Brooklyn hatte jedenfalls nicht die geringste Ähnlichkeit mit der von Odets Figuren.

SIGGIE: [in: *Golden Boy*] I'm superdisgusted with you!
CARP: A man hits his wife and it's the first step to fascism! ...Look in the papers! On every side the clouds of war! ...Ask yourself a pertinent remark; could a boy make a living playing this instrument (a violin) in our competitive civilization today?
ROXY: I think I'll run across the street and pick up an eight-cylinder sandwich.[1]

Das Publikum raste vor Begeisterung über diese Einfälle. Es war, als ob Odets versucht hätte, Sprache in Jazz zu verwandeln. Und seine Anhänger gingen hauptsächlich deswegen in seine Stücke, um seine neusten, so köstlich unmöglichen Ausdrücke zu hören und sie anschließend ihren Freunden weiterzuerzählen. Hatte jemals ein Mensch aus der Bronx – oder überhaupt irgendein Mensch in diesem Jahrhundert – tatsächlich Sätze von sich gegeben wie: »God's teeth, no!« »What exhaust pipe did he crawl out of?« Lorna: »I feel like I'm shot from a cannon«?[2]

In diesem vom Realismus eingezwängten Theater mußte so etwas ja fälschlicherweise als authentischer Bericht, als Nachrichten aus der Unterwelt etikettiert werden. Aber es war natürlich eine erfundene Sprache mit Bildfetzen, etwas, was man noch nie zuvor im oder auch außerhalb des Theaters gehört hatte. Odets hatte den glühenden Ehrgeiz, die Grenzen des Broadways zu sprengen und gleichzeitig in diesem Nest zu bleiben; und wenn auch sein Dialog immer öfter ganz bewußt ausgefeilt zu sein schien, sich nicht mehr aus den Personen selbst heraus entwickelte, sondern ganz offensichtlich aus der Person des Autors und dessem Drang zu dichten, so hat er doch zumindest die Sprache zum besonderen Merkmal eines Theaterschriftstellers in Amerika gemacht, und so etwas hatte es noch nie zuvor gegeben.

Ich stand zwar diesem Stil nicht ohne Vorbehalte gegenüber, aber ich muß zugeben, daß er eine Möglichkeit aufzeigte, den engen Realismus unseres damaligen Theaters zu durchbrechen. Für junge Autoren war Odets ungeheuer aufregend. Mich dagegen störte, daß er in seinen Stücken dazu tendierte, die Theatralik zu übertreiben – manchmal wurde an Stellen gelacht, wo eher Entrüstung, Mitgefühl oder irgendein tieferes Empfinden als Belustigung angebracht gewesen wäre – und die Handlung kam mir oft sehr konstruiert vor. Auf den Höhepunkten geriet Odets zu leicht in Ekstase, anstatt auf Spielmaterial zurückzugreifen, das aber nicht da war. Er konnte zwar großartige Szenen schreiben, flammende Dialoge und spannende Situationen, die bewiesen, was Theater sein konnte, aber vielleicht mit Ausnahme von *Wachet auf und rühmet (Awake and Sing)* und dem urwüchsigen *Golden Boy* hat er nie ein Stück geschrieben, das gnadenlos auf die Enthüllung zusteuerte.

Mit dem Ende der dreißiger Jahre war ich mir immer noch nicht sicher, ob es eine Gegenform zu dem Realismus um mich herum geben konnte. Ich wußte nur eins mit Gewißheit: ein gutes Stück muß sich in seiner Tiefe genauso schnell entwikkeln wie an seiner Oberfläche; poetische Worte reichen nicht aus, wenn dem Stück der innere poetische Zusammenhang fehlt: die nach und nach enthüllte Idee, die sich hinter dem Ganzen verbirgt. Ein wirkliches Theaterstück ist die Entdekkung der Einheit seiner Widersprüche; der Sinn der Poesie liegt darin, auch ihre unbedeutendsten Elemente zu einer symbolischen Bedeutung zusammenzufassen. Dieses Problem hatte natürlich sehr viel mit Sprache zu tun, aber für mich war es noch wichtiger, mir über meine Haltung zu mir selbst und zu der Zeit, in der ich lebte, klar zu werden. Im Idealfall sollte ein gutes Stück seine These emotional genauso unwiderlegbar beweisen, wie ein Fall vor Gericht durch Tatsachen gestützt wird; und das kann man nun einmal nicht nur mit Worten, so schön sie auch sein mögen.

Odets Verdienst war ironischerweise nicht sein realistisches Portrait der Gesellschaft – sein angebliches Ziel –, sondern seine Bereitschaft, künstlich zu sein; man könnte sagen, er brachte die Künstlichkeit zurück auf die Bühne, genauso wie zehn Jahre später Tennessee Williams mit seinen Liebesliedern von den Magnolien des Südens. Aber Williams hatte einen entscheidenden Vorteil – seine Sprache konnte den Quellen, aus denen er sie schöpfte, viel leichter treu bleiben. Die Menschen in den Südstaaten liebten es zu reden, und zwar in einer Sprache, die Williams eingefangen hat (wie in *Die Glasmenagerie*):

AMANDA: ... But Laura is, thank heavens, not only pretty but also very domestic. I'm not at all. I never was a bit. I never could make a thing but angelfood cake. Well, in the South we had so many servants. Gone, gone, gone. All vestige of gracious living! Gone completely! I wasn't prepared for what the future brought me. All my gentlemen callers were sons of planters and so of course I assumed that I would be married to one and raise my family on a large piece of land with plenty of servants. But man proposes – and woman accepts the proposal! – To vary that old, old saying a little bit – I married no planter! I married a man who worked for the telephone company! – That gallantly smiling gentleman over there! *(Points to husband's picture)* A telephone man who – fell in love with long distance! Now he travels and I don't even know where! ...[3]

Auch das nannte man Realismus, und man meinte damit wahrscheinlich, daß es Menschen gab, die wirklich so redeten. Aber worin lag dann der Unterschied zu einem konventionell realistischen Stück? Eindeutig darin, daß die Handlung in Williams' Stücken, jedenfalls in seinen besten, auf die Entfaltung einer Symbolik zusteuerte, die sowohl die psychologische Entwicklung der Personen als auch sein ganz persönliches Schrekkensbild umfaßte: ein bedrohliches Amerika, das mit seiner Sexualität kämpfte und mit den von nacktem Materialismus verursachten sozialen Ungerechtigkeiten. In einem Wort, Williams' Stil entsprang seinem Schmerz und seiner Angst davor, von der ungeheuren Brutalität überwältigt und besiegt zu werden, auf der die amerikanische – man könnte sagen, die ganze westliche – Moral basiert.

Ungeachtet ihrer Passion für Worte, war es letztlich das Bedürfnis, ihren Widerstand gegen etwas Todbringendes in der Kultur mitzuteilen, das Odets und Williams dazu trieb, sich an die Öffentlichkeit zu wenden und sie zu Theaterautoren und nicht zu weltabgeschiedenen Poeten werden ließ. Stilistischer Einfallsreichtum ohne ein bedingungsloses Engagement für eine humanere Vision des Lebens ist wie ein Schiff ohne Ruder oder Fracht oder Zielhafen – oder schlimmer noch, ein Zeitvertreib für Dilettanten. Als Odets zu schreiben begann, glaubte er, sein egalitärer Marxismus würde Amerika heilen und eine neue Gemeinschaft schaffen können, aber diese Ideologie entwickelte sich noch vor Ende der dreißiger Jahre zu einer sinnentleerten Religion. Williams entrollte das Banner eines hoffnungslosen, aber heldenhaften Kampfes wider die Gewalt gegen die Außenseiter, die Dichter, die sexuell Andersartigen. Aber man muß auch zugeben, daß beide Männer, jeder auf seine Weise, am Ende unwissentlich mit dem Ungeheuer kollaborierten, von dem sie doch wußten, daß es sie vernichten wollte.

Die Stücke, die diese beiden Autoren schrieben, waren wie Schilde, die sie gegen die pfeilstrotzende Dunkelheit erhoben, aber sie erhielten von außen nur wenig geistige Unterstützung, um ihr schöpferisches Vorhaben zu vollenden. Odets beste Schaffenszeit fand ihr Ende, als der Broadway ihn fallen ließ und er nach Hollywood ging; Williams stieß zwar ebenso auf Ablehnung, doch er hielt an seinem Metier fest, experimentierte mit Formen und neuen Methoden, ohne ein Echo bei den Kritikern zu finden, die nicht merkten oder nicht merken wollten, daß das Theater einem großen Schriftsteller die Flügel gestutzt hatte, der verzweifelt nach einem Publikum suchte in der vorüberziehenden Menge einer Generation, die nicht die seine war. In seinen stärksten Momenten zielte Williams direkt auf das Herz der Gesellschaft und lieh ihr seine Stimme, und zwar in einem Stil, der ihr vertraut war, einem erhöhten, visionären Realismus. Zwar kann ein Schriftsteller niemanden für sein Versagen verantwortlich machen, nicht einmal sich selbst, doch die brutal zynische Schadenfreude der Kritiker gegenüber Williams' letzten Stücken machte die Last auf seinen Schultern nur noch schwerer. Schließlich stand er immer noch draußen und kratzte an der Scheibe, wie er es einmal formuliert hat; ihn zogen die Schattenseiten des Lebens an, die Grenzbereiche, in denen wie etwas gesagt wird, alles bedeutet, und wo alles schon einmal gesagt worden ist.

Durch das Aufkommen des absurden Theaters – Beckett und seine Nachfolger – wurden die traditionellen Kriterien der Diskussion über Theaterstil gleichzeitig undurchsichtiger und klarer. Für O'Neill bedeutete ein guter Stil vor allem die richtige Verwendung von Metapher und Jargon. »Mein Gott, wenn ich so schreiben könnte!« schrieb er an O'Casey, der sich übrigens zweifellos als realistischen Schriftsteller bezeichnet hätte – in dem Sinn, daß er seinem Publikum das Wesen ihrer Lebenskrisen vorführte. Aber wie Williams kam O'Casey aus einem Kulturkreis, in dem die Menschen gern und viel redeten und an der Sprache lutschten wie an einem Bonbon.

MRS. GOGAN: Oh, you've got a cold on you, Fluther.
FLUTHER: Oh, it's only a little one.

MRS. GOGAN: You'd want to be careful, al th' same. I knew a woman, a big lump of a woman, red-faced and round-bodied, a little awkward on her feet; you'd think, to look at her, she could put out her two arms an' lift a two-storied house on th' top of her head; got a ticklin' in her throat, an' a little cough, an' th' next mornin' she had a little catchin' in her chest, an' they had just time to wet her lips with a little rum, an' off she went.[4]

O'Casey versuchte, selbst den trivialsten Dialog poetisch zu überhöhen, was ihm auch meistens gelang. Und genau das war der entscheidende Punkt – das Poetische entsprang im wesentlichen der schlichten und realen Lebenserfahrung von ganz normalen Menschen. J. M. Synge, der Vorläufer O'Caseys um die Jahrhundertwende, hatte eine ähnliche Saite angeschlagen; Synge empörte sich heftig gegen die Banalität der meisten Theatertexte. Wie John Gassner es beschrieb, war für Synge die Phantasie der Menschen in Irland noch immer: »leidenschaftlich, großartig und zärtlich; darum sind diejenigen von uns, die schreiben wollen, von Anfang an im Vorteil gegenüber Schriftstellern an anderen Orten, wo der Frühling des heimatlichen Lebens vergessen, die Ernte nur eine flüchtige Erinnerung und Stroh zu Ziegeln geworden ist.«

Synge lehnte die damals dominierenden Autoren Ibsen und Zola wegen der »freudlosen und blassen Worte« ihres Realismus ab, siehe *Das Meer ist ihr Schicksal (Riders to the Sea)*, wenn die Frauen den Tod so vieler ihrer Männer beklagen, die das wütende Meer befahren:

MAURYA: In the big world the old people do be leaving things after them for their sons and children, but in this place it is the young men do be leaving things behind them that do be old.[5]

Der Beckettsche Unterschied, wie man es nennen könnte, in der Frage des Stils bestand darin, armselige Menschen auf die Bühne zu bringen – ja, Vagabunden oder an der Gesellschaft Leidende – mit einer ganz simplen Sprache, die aber so behandelt war, daß sie ein Thema aufzeigen und entwikkeln konnte. Man könnte sagen, seine Stücke präsentieren ein Thema, sie kündigen an, worum es geht, und weichen nie sehr weit von dem ab, was sie rational beweisen oder instinktiv bekräftigen wollen. Beckett hatte es aufgegeben, Stücke zu schreiben, in denen die Dialoge die thematischen Intentionen des Autors erkennen ließen und sich in einer scheinbar autonomen Handlung ihren Weg bahnten bis zu dem enthüllenden Höhepunkt, der Handlung und Thema vereinte. Bei Beckett *war* die Handlung das Thema, eins ließ sich nicht vom anderen trennen. Und dieses Thema hat er, wovon später noch die Rede sein wird, in seinem Dialog selbst interpretiert.

Wenn in dieser Zeit nicht mehr die gehobene Sprache oder Diktion als Erfordernisse des poetischen Dramas gepriesen wurden, wie in der Zeit nach dem Krieg, sondern eine ganz normale Sprache, so handelte es sich dabei nicht um die Sprache der realistischen Stücke. Es war eine Sprache, die fast bis zur Unkenntlichkeit entstellt war durch eine surreale Konzentration zunächst auf die Aussichtslosigkeit menschlicher Hoffnung und daraus folgend die Sinnlosigkeit der Handlung selbst. Der Dialog war jeder verbindenden Funktion entkleidet und schuf dadurch eine Atmosphäre von düsterer Gefahr (bei Pinter) oder drohendem Verhängnis (bei Beckett). Es ist beinahe so, als hätte die eindeutige Ziellosigkeit seiner Figuren zu einem Verlust der Syntax geführt. Es scheint, daß sich Beckett in späteren Jahren bemüht hat, diesen Eindruck der Sinnlosigkeit des menschlichen Lebens deutlich zu machen, indem er den Kampf gegen die Trägheit als sein Thema herausstellte. So lächerlich die meisten seiner Dialoge auch sind, beweist doch das Zartgefühl in seinem Werk eindeutig, daß er kein Zyniker oder bösartiger Spötter ist.

Das beherrschende Thema in *Godot* ist die Stagnation und der Kampf gegen die endlos wiederholte Lähmung der Menschheit angesichts der Notwendigkeit zum Handeln und Sichverändern. Das hört man deutlich und losgelöst von jeder Handlung oder Nebenhandlung:

ESTRAGON: Then adieu.
POZZO: Adieu.
VLADIMIR: Adieu.
POZZO: Adieu.
Silence. No one moves.
VLADIMIR: Adieu.
POZZO: Adieu.
ESTRAGON: Adieu.
Silence.
POZZO: And thank you.
VLADIMIR: Thank *you*.
POZZO: Not at all.
ESTRAGON: Yes yes.
POZZO: No no.
VLADIMIR: Yes yes.
ESTRAGON: No no.
Silence.
POZZO: I don't seem to be able ... *(long hesitation)* ... to depart.
ESTRAGON: Such is life.[6]

Das ist Kabarett am Rande des Abgrunds, aber auf jeden Fall Kabarett; man möge mir also nachsehen, wenn es mich an Jimmy Durantes Liedchen erinnert: »Didja ever get the feelin' that you wanted to go? But still you had the feelin' that you wanted to stay?«

Es ist eine Sprache, die jeder Metapher, jeden Vergleichs beraubt ist, es gibt sozusagen nur noch Instruktionen. Die Zuhörer hören das Thema wie einen Nagel, der über eine Glasscheibe kratzt.

Der Kampf mit dem – wie man ihn nennen könnte – reportagehaften Realismus, der so geschrieben war, »wie die Leute reden«, ist also mindestens so alt wie das Jahrhundert. Was mich betrifft, so war ich immer geneigt, den Stil je nach Art meines Themas zu wechseln. *Alle meine Söhne (All My Sons), Hexenjagd (The Crucible), Blick von der Brücke (A View from the Bridge), Tod eines Handlungsreisenden (Death of a Salesman), Der Preis (The Price), Die Große Depression (The American Clock),* meine frühsten Werke wie *The Golden Years* über die Zerstörung Mexikos durch die Spanier, und die späteren Stücke wie *Die Erschaffung der Welt (The Creation of the World), Eine Art Liebe (Some Kind of Love Story)* und *Der letzte Yankee (The Last Yankee)* sind in ihrer Sprache sehr unterschiedlich, und zwar mit der Absicht, jeweils eine Sprache zu finden, die sich ganz natürlich aus den Personen und ihrer spezifischen sozialen Welt entwikkelt und dem Stück nicht einen allgemeinen Stil aufzwingt. Wenn ich beim Stückeschreiben einen teilweise literarischen Ansatz habe, so hoffe ich doch, daß er wenigstens gut versteckt ist. Leroy Hamilton ist ein Tischler aus Neuengland, und er spricht auch so und nicht wie die New Yorker Arbeiter und Arbeiterinnen in *Zweimal Montag (A Memory of Two Mondays)* oder Eddie Carbone, der aus einer anderen Bildungsschicht stammt.

Das, was man Realismus nennt, ist also offensichtlich ein sehr weiter Begriff; er kann von Turgenjew bis Becque reichen, von Wedekind bis zum neusten Broadway-Hit. Was ich in *Der letzte Yankee* anstrebte, war zunächst, das richtige Gefühl für das Leben dieser Menschen zu bekommen, für einen Mann, der sein Leben lang den Hammer schwingt, und für eine Frau, die ihr Leben damit verbringt, auf ein Wunder zu warten; und in zweiter Linie meine Sicht auf ihre momentane Verwirrtheit und, wenn man so will, ihre Schwäche und mögliche Gesundung. Sie sind Durchschnittstypen – sie erstreben nicht Größe, sondern andere Freuden – gute Eltern zu sein, wohlgeratene Kinder zu haben, ein schönes Haus und ein anständiges Auto und gelegentlich einen netten Abend mit der Familie oder mit Freunden, und vor allem natürlich eine gewisse finanzielle Sicherheit. Es erübrigt sich zu sagen, daß es Menschen sind, die sowohl zu großen und edlen Opfern wie zu bitterem Haß fähig sind. Und wie das Leben nun einmal ist, sind sie vermutlich Glückspilze, aber manche von ihnen – sogar sehr viele – sind erkrankt an dem, was man früher eine Krankheit der Seele genannt hätte.

Und genau das ist das Thema des Stücks, sein »Stoff«. Denn eine Depression ist keineswegs nur die Krankheit eines einzelnen, obwohl es natürlich so aussieht; sie rührt gleichzeitig, besonders im Fall von Patricia Hamilton, daher, daß sie von einem sowohl naiven wie brutalen Erfolgsmythos durchdrungen ist, den sie sich zu ihrem Unglück zu eigen gemacht hat. Und demgegenüber steht ganz schlicht ihr Mann Leroy mit seiner unendlich geduldigen Liebe zu ihr, zur Natur und zur Welt.

Ein konventionell realistisches Stück würde zweifellos versucht haben, einen »Wie im richtigen Leben«-Effekt zu erzeugen; die Krankheit hätte sich ganz allmählich aus der täglichen Routine des Familienlebens entwickelt und hätte durch unsere spontane Identifizierung mit einer vertrauten Realität unser Mitgefühl geweckt. Doch obwohl Patricia Hamilton, die Frau des Tischlers, als kranke Frau, als Einzelfall gezeigt wird, ist doch das Umfeld ihrer Krankheit genauso wichtig, denn sie weiß, wie viele dieser Kranken, daß mehr Amerikaner (und Westeuropäer) wegen Depressionen im Krankenhaus liegen als wegen irgendeiner anderen Krankheit. Im wirklichen Leben können solche Menschen im hohen Maße objektivieren und von sich abstrahieren, und der Stil des Stücks mußte widerspiegeln, daß sie normalerweise sehr viel über die gesellschaftlichen Hintergründe dieser Krankheit wissen, auch wenn sie nicht in der Lage sind, sich daraus zu befreien. Und das wirkt sich auf den Stil des Stücks aus.

Es beginnt damit, daß es direkt, ja fast plump, zum zentralen Punkt kommt, um den es geht – die moralischen und gesellschaftlichen Mythen, die diese Krankheit nähren; wir hören das Gespräch über den riesigen Parkplatz der Klinik, eine ans Absurde grenzende Unterhaltung. Für mich ist das Realismus, aber alles andere als ein tonbandgetreuer. Frick ist, genauso wie Leroy Hamilton, gekommen, um seine Frau zu besuchen, und nach einer kurzen Stille, in der zwei Menschen, die sich nicht kennen, angestrengt darüber nachdenken, wie sie ein Gespräch beginnen können...

FRICK: Tremendous parking space down there. 'They need that for?

LEROY: Well a lot of people visit on weekends. Fills up pretty much.

FRICK: Really? That whole area?

LEROY: Pretty much.

FRICK: 'Doubt that.[7]

Das Stück ist voll von solchen Schlägen, die direkt auf das zentrale Thema zielen; der Parkplatz der Klinik ist deswegen so groß, weil Scharen von geplagten Bürgern an diesem Ort zusammenströmen, um ihre Mütter, Väter, Brüder oder Schwestern zu besuchen. Das heißt, die beiden Patientinnen, die vielleicht gleich auftreten werden, sind keine Einzelfälle. Das entspricht dem Blickwinkel des Stücks, der eindeutig sowohl eng wie weit, psychologisch wie gesellschaftlich, subjektiv wie objektiv sein soll. Sicherlich ist der Ton des Gesprächs realistisch – Leute reden wirklich so –, aber darunter liegt eine vielschichtige Thematik, die die Geschichte vorwärts treibt. Vielleicht sollte ich sagen, daß dieser geteilte Blickwinkel alle Stücke geprägt hat, die ich geschrieben habe. Ich habe versucht, die Dinge so zu beschreiben, daß man sie in ihrem gesellschaftlichen Kontext sehen und gleichzeitig als persönliche Aussagen empfinden kann; das erfordert einen bestimmten Stil, und zwar einen, der so wenig Aufmerksamkeit wie möglich auf sich lenkt; denn ich würde mir wünschen, daß das Publikum ein Stück in sich aufnimmt und nicht bloß zusieht.

Ich habe dieses Stück eine Komödie genannt, eine Komödie über eine Tragödie, und ich muß zugeben, ich weiß nicht genau, warum. Vielleicht liegt es an der absurden Art, wie die Leute sich ständig mit anderen vergleichen – was wir alle mehr oder weniger tun –, aber bei Patricia Hamilton wird es krankhaft.

PATRICIA: There was something else you said. About standing on line.
LEROY: On line?
PATRICIA: That you'll always be at the head of the line because... *breaks off.*
LEROY: I'm the only one on it... We're really all on a one-person line, Pat. I learned that in these years.[8]

Die Sprache des Stücks ist an der Oberfläche alltäglicher Realismus, aber die Handlung ist eindeutig eher stilisiert als »naturgetreu«.

Ein konventionell realistisches Stück über das Thema Geisteskrankheit müßte, sollte man denken, auf einen dröhnenden Höhepunkt zusteuern. Doch zum kulturellen Erbgut dieser Neuengländer gehört nun einmal die Verdrängung, und eine übertriebene Theatralik wäre ein Verrat an *ihrem* Stil zu leben und zu sterben. Genauer gesagt, diese Krankheit hat – außer durch Selbstmord – kein Ende in dem Sinn, daß alle losen Fäden verknüpft werden, und auch das Stück darüber sollte keines haben, denn es zieht nur die Grenzen des Möglichen. Das Thema ist Hoffnung, nicht Erfüllung oder Erfolg, und Hoffnung ist immer zaghaft. Ein Stück über solche Menschen sollte eine bestimmte Tonlage treffen, nicht mehr und nicht weniger, die ihre enge, aber doch oft sehr bewußt empfundene Geistesbildung widerspiegelt. In einem Stück über sie sollten sie sich wiedererkennen – und vielleicht sogar das, was sie verrückt macht – so wie Dockarbeiter in *Blick von der Brücke*, Polizisten in *Der Preis* oder Handelsvertreter in *Tod eines Handlungsreisenden*. Das wäre für mich hinreichend realistisch.

Ich nehme an, daß die Form von *Der letzte Yankee* deswegen so direkt und schnörkellos ist, wie sie ist, weil diese Menschen in höchstem Maße Opfer ihrer Kultur sind, wenn auch nur in dem Sinn, daß sie ihr Bewußtsein nie ganz davon freimachen können – der neuste Film, die letzte Fernsehshow, das wirtschaftliche Auf und Ab – und vor allem der endlose, von der Werbung geförderte Vergleich mit anderen, die erfolgreicher oder weniger erfolgreich sind als sie selber. Diese zum Ritual gewordene Beschäftigung steht im Mittelpunkt des Stücks und sollte, wie ich meine, nicht unklar oder vernebelt sein, denn genau aus dieser Umklammerung müssen die Menschen befreit werden, wenn sie überhaupt frei werden können. Deswegen ist so häufig die Rede von Ehrgeiz, von Erfolg und Mißerfolg, von Reichtum und Armut, von finanziellem Überleben, von dem Auto, das man fährt, und dem Anzug, den man trägt. Kurz gesagt, das Stück durfte nicht formlos »realistisch« sein, wenn es das Zwanghafte der Personen in ihrem Leben widerspiegeln sollte. Wenn also *Der letzte Yankee* ein realistisches Stück ist, dann entsteht diese Art Realismus aus der bewußten Auswahl von Aspekten, die wiederum aus der Art und Weise abgeleitet werden, wie diese Menschen leben und fühlen.

Aber ein so streng thematisches Stück erforderte auch eine große Dichte und das Zusammenziehen von Idee, Gefühl und Sprache. Nicht wenige der Schauspieler, die in meinen Stükken gespielt haben, haben mir gesagt, daß es erstaunlich schwer sei, den Text zu lernen. Er hört sich an wie reale, beinahe wie aufgezeichnete Rede, ist aber in Wirklichkeit streng komponiert und komprimiert und so »hingebogen«, daß er zwangsläufig und somit natürlich erscheint, was er aber gar nicht ist. Denn man muß immer das Künstliche benutzen, um zum Wirklichen vorzustoßen. Für mich heißt also die Frage, die ich an ein Stück stelle, nicht, ob seine Form und sein Stil alt oder neu sind, experimentell oder traditionell, sondern erstens, ob es etwas zu sagen hat, etwas, das der Autor wirklich empfunden hat, das durchdacht ist bis in die letzte Schlußfolgerung und Bedeutung; und zweitens, ob seine Form schön oder verschwenderisch ist, ob es ausgefallen ist, nur um ausgefallen zu sein, voller Überraschungen, die nichts ans Licht bringen und so weiter.

Etwas, das man Realismus nennt, kann uns weiter von der normalen Realität entfernen als der phantastischste Einfall. Aber wenn Stilisierung im Theater einer Rechtfertigung bedarf – und das tut sie natürlich –, dann liegt diese letztendlich nicht darin begründet, daß diese Stilisierung etwas Neues ist, sondern daß sie dazu beiträgt zu entdecken, wie das Leben heutzutage funktioniert. Wie etwas gesagt wird, ist deshalb genauso wichtig wie das, was gesagt wird. Der Beweis dafür ist die Masse an experimentellen Stücken von vor zwei, drei, fünf, zehn Jahren, die heute nur noch von gelehrten Spezialisten gewürdigt werden können, eine Masse die zufälligerweise auch nicht kleiner ist als die der vielen realistischen Stücke aus derselben Zeit. Es ist also nicht leichter, heute die Wahrheit zu finden, in einer Zeit, in der wir völlig frei sind, alle verfügbaren stilistischen Mittel zu benutzen, als vor fünfzig oder hundert Jahren, als ein Stück »real« sein mußte, um überhaupt gelesen und von verständigen Menschen verstanden zu werden.

Vielleicht ist das eher eine Frage des persönlichen Geschmacks als des Prinzips, aber ich glaube, daß es in der Theaterarbeit ein optimales Gleichgewicht zwischen zwei verschiedenen Methoden gibt. Die eine ist der traditionelle Versuch, die Personen mit den bekannten Gefühlen »wie im Leben« zu füllen. Die andere besteht, im Ergebnis, darin, die Personen der Gefühle zu berauben und eher darüber zu sprechen als damit zu spielen. Brecht hat das zum Beispiel versucht und ist damit gescheitert, mit Ausnahme seiner meisten Agitprop-Stücke, die man getrost vergessen kann. Die strenge Eindämmung, nicht des Gefühls, aber der Gefühlsbetontheit ist in der Tat das Kennzeichen der griechischen Tragödien, das von Molière und Racine und das des japanischen NO-Theaters, während, wie mir scheint, Shakespeare ein Gleichgewicht gefunden hat, die Verschmelzung von Idee und Gefühl. Kurz gesagt, mich stört nicht, wenn die Gefühle eliminiert werden, sondern im Gegenteil, wenn sie ganz fehlen und nur durch modisch verfremdete ironische Bemerkungen ersetzt werden.

Da ich kein Kritiker bin und niemals etwas tun würde, was irgendeinem Schriftsteller das Leben noch schwerer machen könnte, nehme ich davon Abstand, Namen zu nennen; doch gab es in den vergangenen Jahren eine Überfülle von Stücken, deren Anspruch, modern zu sein, eher auf behauptetem als auf empfundenem Gefühl basierte, vermutlich in der Annahme, daß diese Trockenheit ein Werk intellektualisiert und vor der Banalität bewahrt, die sich dann einstellt, wenn jemand eher für den Bauch als für den Kopf des Publikums schreibt. Natürlich ist das Übel, das man vermeiden muß, Sentimentalität – ungerechtfertigtes Gefühl. Doch selbstverständlich kann Gefühl gerechtfertigt sein. Aber ein nicht übertrieben manieriertes Stück, das die Menschen bewegt, läuft Gefahr, als unwesentlich abgetan zu werden. (Außer in alten Filmen, von denen wir uns gern rühren lassen, wenn wir gleichzeitig unsere moderne Haltung dadurch schützen können, daß wir uns über ihre zeitgebundene Naivität erhaben fühlen.) Wenn das Wortspiel erlaubt ist: der Mensch lebt nicht vom Kopf allein; nur das Gleichgewicht zwischen den beiden Methoden – die eine, die auf den Kopf, die andere, die auf das Fleisch zielt – interpretiert das Leben in seiner Fülle und betitelt es nicht nur mit Allgemeinbegriffen, die allzu oft auf den Stelzen trokkener Ironie herumstapfen, die die Veränderungen von Zeit und Kulturpolitik bald in den Müll wandern lassen. Schließlich sollte – zumindest teilweise – das Ziel eines modernen Stücks sein, zu zeigen, wie sich das Leben hier und heute *anfühlt*.

Im Grunde läuft jeder Angriff auf das Geheimnis des Menschen ins Leere und bewirkt nur wenig – aber der Flug des Pfeils fordert unsere Aufmerksamkeit länger heraus, wenn er auf das Schloß und nicht in den launischen Wind gerichtet ist.

Anmerkungen

1 SIGGIE: Ich hab die Schnauze voll von dir!
CARP: Ein Mann schlägt seine Frau... der erste Schritt zum Faschismus!... Du hast doch die Zeitungen! Auf jeder Seite Kriegswolken! Fragst du dich nicht, ob ein junger Mann heutzutage bei dem Existenzkampf überhaupt leben kann vom Geigenspiel?
ROXY: Ich lauf mal eben über die Straße und hol mir'n Happenpappen.

aus: Clifford Odets, Golden Boys. Deutsch von Ursula Grützmacher. Zit. n. dieser Übersetzung, erschienen im Gustav Kiepenheuer Verlag, Berlin.

2 LORNA: Um Himmelswillen nein!
LORNA: Aus was für einem Loch ist der denn gekrochen?
LORNA: Ich komm mir vor, wie in zwei Hälften gerissen.

aus: Clifford Odets, ebda.

3 AMANDA ... Aber Gott sei Dank, Laura, ist nicht nur hübsch, sondern auch überaus häuslich. *Ich* bin es gar nicht. Bin es nie gewesen. Alles, was ich konnte, war eine Biskuittorte machen. Sie wissen ja, wir im Süden hatten so viele Dienstboten. Vergangene Zeiten, vorbei für immer, auch die letzte Spur eines höheren Lebens ist verflogen, vorüber und vorbei! Ich war nicht vorbereitet auf das, was die Zukunft mir bringen sollte. Alle meine Verehrer waren Söhne von Pflanzern, natürlich habe ich angenommen, daß ich mit einem von ihnen verheiratet sein und meine Familie auf einem großen Landgut mit zahlreicher Dienerschaft aufziehen würde. Aber der Mann macht den Heiratsantrag, und die Frau nimmt ihn an! Ich habe keinen Pflanzer geheiratet. Ich heiratete den Angestellten einer Telefongesellschaft – diesen liebenswürdigen Gentleman dort drüben. *Sie zeigt auf das Bild.* Einen Telefonisten, der sich von den Fernverbindungen in die Ferne locken ließ! Nun reist er herum, und ich weiß nicht einmal wo –!

aus: Tennessee Williams, Die Glasmenagerie. Deutsch von Berthold Viertel. Erstveröffentlichung in der Fischer Bücherei KG, Frankfurt/Main, März 1954. © 1987 Fischer Taschenbuch Verlag GmbH, Frankfurt/Main.

4 MRS. GOGAN: Oh, Sie haben sich eine Erkältung geholt, Fluther.

FLUTHER: Ah, es ist nur eine leichte.

MRS. GOGAN: Sie sollten darauf achten, vorsichtig zu sein, immerhin. Ich habe eine Frau gekannt, ein Riesen-Trumm Frau, rotgesichtig und kugelrund, ein bißchen schwer auf den Beinen; wenn man sie ansah, hätte man meinen mögen, sie brauchte nur die Arme auszustrecken und konnte ein zweistöckiges Haus oben auf ihrem Kopf stemmen. Bekam ein Kitzeln im Hals, und einen leichten Husten, und am nächsten Morgen hatte sie ein leichtes Ziehen in der Brust, und sie hatten gerade noch Zeit, ihr die Lippen leicht mit Rum zu benetzen, und ab ging sie.

aus: Sean O'Casey, Der Pflug und die Sterne. Deutsch von Volker Canaris und Dieter Hildebrandt. © 1982 Diogenes Verlag, Zürich.

5 MAURYA: In der ganzen weiten Welt hinterlassen die alten Leute Sachen für ihre Söhne und für ihre Kinder; aber hier, bei uns, sind es die Jungen, die lassen für die Alten Sachen zurück.

aus: John M. Synge, Das Meer ist ihr Schicksal. Deutsch von Maria M. Kroug. Zit. n. dieser Übersetzung, erschienen im S. Fischer Verlag, Frankfurt/Main.

6 ESTRAGON: Also adieu!
POZZO: Adieu!
WLADIMIR: Adieu!
ESTRAGON: Adieu!
Schweigen. Keiner rührt sich.
WLADIMIR: Adieu!
POZZO: Adieu!
ESTRAGON: Adieu!
Schweigen.
POZZO: Und vielen Dank auch.
WLADIMIR: Wir danken Ihnen.
POZZO: Nichts zu danken.
ESTRAGON: Doch, doch.
POZZO: Nein, nein.
WLADIMIR: Doch, doch.
ESTRAGON: Nein, nein.
Schweigen.
POZZO: Ich komme einfach nicht ... *er zögert* ... weg von hier.
ESTRAGON: So ist das Leben.

aus: Samuel Beckett, Warten auf Godot. Deutsch von Elmar Tophoven. © 1953 Suhrkamp Verlag, Frankfurt/Main.

7 FRICK: Ist ja 'n Riesenparkplatz da unten. Brauchen die so was?
LEROY: Na ja, am Wochendende kommen eine Menge Leute zu Besuch. Dann ist er ganz schön voll.
FRICK: Wirklich? Der ganze Platz?
LEROY: So ziemlich.
FRICK: Na ja.

aus: Arthur Miller, Der letzte Yankee. Deutsch von Inge Greiffenhagen und Bettina von Leoprechting. © 1995 S. Fischer Verlag, Frankfurt/Main.

8 PATRICIA: Du hast noch was gesagt. Etwas mit Spitzengruppe.

LEROY: Spitzengruppe?

PATRICIA: Daß du immer in der Spitzengruppe sein wirst, weil... *Sie bricht ab.*

LEROY: – ich der einzige in der Gruppe bin... Weißt du, Pat, im Grunde ist jeder von uns eine Ein-Mann-Gruppe. Das habe ich in all den Jahren gelernt.

aus: Arthur Miller, ebda.

TALFAHRT

Personen

LYMAN FELT
SCHWESTER LOGAN
VATER von Lyman Felt
THEODORA (Theo) FELT, Lymans Frau
BESSIE, Lymans Tochter
LEAH FELT, Lymans Frau
TOM WILSON

1. Akt

Ein leeres Krankenbett. Musik. Nach einem Augenblick schiebt Schwester Logan ein zweites Bett mit Lyman Felt herein. Sie ist eine Schwarze. Er schläft tief, ab und zu schnarcht er. Kopf und Oberkörper sind mit Verbandsstoff umwickelt, ein Bein steckt in Gips, und ein Arm ist merkwürdig abgewinkelt. Sie richtet das Kopfteil mit einer Kurbeldrehung auf, setzt sich, schlägt eine Zeitschrift auf und blättert darin, flüchtig die Fotos betrachtend. Nach einem Augenblick...

LYMAN *ohne die Augen zu öffnen* Danke schön, danke Ihnen allen. Nehmen Sie bitte Platz.
Die Krankenschwester wendet sich ihm zu.
Wir haben eine Menge Material... nicht Material... doch, Material... zu bearbeiten. Heute nachmittag, also nehmen Sie bitte Platz, schlagen Sie Ihre Beine übereinander, nein – nein... *Mit mattem Lachen* ...nein, keine Beine übereinanderschlagen, nur hinsetzen.

SCHWESTER War 'ne große Operation, Mr. Felt. Sie sollten sich ausruhen... oder haben Sie ausgeschlafen?

LYMAN *schläft einen Augenblick, schnarcht, dann...* Heute möchte ich Ihnen Ihre Lebensversicherung unter einem anderen Gesichtspunkt darstellen. Ich möchte, daß Sie sich unser gesamtes Wirtschaftssystem als eine riesige Titte vorstellen.

SCHWESTER Na so was! *Verlegenes Lachen*

LYMAN Wir alle stehen Schlange, und jeder bemüht sich, einen guten Platz zu ergattern, um einmal kräftig dran zu saugen. Daher übrigens das Wort... Oder auch nicht. *Schnarcht tief*

SCHWESTER Wenn Sie so weitermachen, müssen wir Ihnen noch eine Spritze verpassen... *Sie blättert ihre Seiten um.*

Vater tritt ein, mit Panamahut, Stock und Zigarettenspitze; er schleppt ein grobes schwarzes Tuch hinter sich her. Er nähert sich Lyman und beugt sich über ihn, als wolle er ihn küssen. Lyman verkrampft sich, stößt einen Schrei zwischen angst- und hoffnungsvoller Überraschung aus, ohne die Augen zu öffnen. Vater richtet sich auf, schüttelt den Kopf mit Bedauern.

VATER Sehr schlecht fürs Geschäft.

Lyman wimmert.

Wozu brauchst du Rollschuhe, fällst nur hin und wirst ausgelacht. Nie mit Frauen über Geschäfte reden, Gott hat sie nur für eins geschaffen, halte dich an Gott. Deine Zähne stehen vor, deine Ohren stehen ab, alles steht ab an dir, tut mir leid, es dir sagen zu müssen, bist ein sehr dummer Junge, 'ne große Enttäuschung. *Mit einem Kopfschütteln geht er ins Dunkle.* Sehr schlecht fürs Geschäft.

LYMAN Ich versprech's dir, Papi! *Laut* Ich versprech's! *Er öffnet die Augen, nimmt allmählich die Krankenschwester wahr.* Sind Sie schwarz?

SCHWESTER Behaupten die meisten.

LYMAN Diplomiert?

SCHWESTER Staatlich geprüft, ja.

LYMAN Gut so. Ich hab ein großes Ausbildungsprogramm für Leute wie euch, das größte in der Branche, und wo ihr am schnellsten in den Verkauf kommt. Steht doch keine Wahl an, oder? – Kein Eisenhower oder so was?

SCHWESTER Eisenhower! Das war einmal. Und wir haben Dezember.

LYMAN Ach. Bei Wahlen kommt man nämlich leichter mit Fremden ins Gespräch ... Wieso kann ich mich nicht bewegen, was dagegen?

SCHWESTER Ein paar Knochen gebrochen. Es heißt, Sie sind im Slalom den Morgan-Paß runter, mit einem Porsche.

Sie kichert. Er versucht sich zu orientieren.

LYMAN Was 'n das für Musik? Klingt wie Earl Hines.

SCHWESTER Musik? Gibt's hier keine.

LYMAN *singt* ›Im just breezin' along with the breeze...‹ Hören Sie mal zu, bitte... einfach schön? *Er pfeift die Melodie, schläft ein und wacht wieder auf.* Hab noch ein paar schwarze Freunde. Behaupten, ich hätt Niggerblut unter der Haut. *Kicher* Ist mir eine Ehre. Jimmy Baldwin mochte meine Stories, als ich noch schrieb. Lange her. *Kurze Pause* Meine Frau fuhr Ski wie 'n Methodistenpfarrer – stocksteif. Sie behauptete, ich fahre Ski wie 'n Araber, Hosenboden in der Kniekehle. Es gab keine Schlepplifts vorm Krieg, wissen Sie – wir kletterten die Berge rauf mit unseren Skiern im Grätsch-Schritt. Fiel Frauen leichter, weil sie die Knie weiter auseinanderkriegen. Hatte 'n Ständer nur vom Zuschauen beim Aufstieg. Was sagten Sie?

SCHWESTER Nichts.

LYMAN Ach. Und wo bin ich hier?

SCHWESTER Clearhaven Memorial Klinik.

LYMAN *allmählich dämmert's ihm* Clearhaven?

SCHWESTER Ihre Frau und Ihre Tochter sind gerade von New York raufgekommen.

LYMAN *signalisiert Durchblick, ist aber noch verwirrt* ...Von New York? Was 'n für 'n Typ, die Frau, wie alt?

SCHWESTER Fünfzig, wahrscheinlich.

LYMANN *wachsende Beunruhigung* Wer hat sie benachrichtigt?

SCHWESTER Was meinen Sie? Wieso nicht?

LYMAN Und wo sind wir hier?

SCHWESTER Clearhaven – ich selbst bin aus Kanada, hab gerade hier angefangen. Wir haben noch Eisenbahnen in Kanada.

LYMAN Paß auf. – Mir geht's nicht gut. Was soll also das Gerede über kanadische Eisenbahnen?

SCHWESTER Na, ich hab's nur erwähnt wegen dem Schneesturm.

LYMAN Also was... was... was war das mit meiner Frau aus New York?

SCHWESTER Sie ist draußen im Wartezimmer. Mit Ihrer Tochter.

LYMAN *starrt vor sich hin* ... und das hier ist wo?

SCHWESTER Sagt ich doch, Clearhaven Memorial.

LYMAN *schaut sich verstört um* Haben Sie 'n Spiegel?

SCHWESTER Spiegel? Klar. *Nimmt einen Spiegel aus ihrer Handtasche, geht zu ihm* Besonders gut sehen Sie nicht aus, soviel sag ich Ihnen gleich.

LYMAN *betrachtet sich, tastet den Verband ab* Können Sie mich... mal anfassen?

Sie legt einen Finger auf seine Backe. Er nimmt den Spiegel herunter, schaut sie plötzlich verärgert an.

Wer zum Teufel hat sie benachrichtigt, Herrgott noch mal?

SCHWESTER Ich bin neu hier. Tut mir leid, wenn Sie nicht mit mir zufrieden sind.

Genervt geht sie an ihren Platz zurück.

LYMAN *höchste Alarmstufe* Was heißt hier nicht mit Ihnen zufrieden? Was soll das überflüssige Räsonieren... nicht Räsonieren, Herrgott noch mal, ich meine... *Außer Atem* Ich kann überhaupt niemanden empfangen, sie müssen beide sofort wieder abziehen, zurück nach New York.

SCHWESTER Aber wo Sie jetzt sowieso wach sind...

LYMAN Auf der Stelle! Raus hier mit denen, klar? *Schmerzensstiche* Au! – Aufgepaßt... sonst ist niemand hier, oder? Kein anderer Besuch?

SCHWESTER Nicht, daß ich wüßte.

LYMAN Bitte, sofort, machen Sie schon – ich will niemand sehen.

Verstört geht sie ab.

Mein Gott, was hab ich bloß gemacht! – Jesus, ich sehe sie genau vor mir!... Wie entsetzlich! Es kann nicht sein, es darf nicht sein! *Er schlüpft von hinten aus dem Gips und kommt ins Helle – noch im Krankenhaushemd, aber ohne Verband. Der leere Gips bleibt auf dem Bett, wie gehabt. Seine Augen sind weit aufgerissen, als ob er die Katastrophe vor sich sieht.* Oh, ich seh's genau vor mir ... Bessie schluchzt, der arme Liebling! Aber Theo nicht ... Nein, Theo ist völlig gefaßt, ja ... gefaßt und stark.

Während er spricht, rollen die Betten hinaus, und ein Korbsessel und eine Couch mit Chintz-bezogenen Polstern, die Möbel des Wartezimmers, gleiten herein. Licht blendet auf. Seine Frau Theodora und Tochter Bessie sitzen auf der Couch.

Nein, nein, das darf nicht sein!

Er steht unter höchstem Druck, aber da er für andere unsichtbar ist, kann er sich ihnen nähern, sich neben sie setzen etc ... Theodoras Biberfellmantel liegt neben ihr; Bessie hält ihren zerschlissenen Mantel auf den Knien. Theodora nippt an einer Tasse Tee. Sie ist eine gebildete, intellektuell starke Frau um die Sechzig, von kräftiger Statur, wenn auch etwas steif und ungelenk. Nach einem Augenblick wird Bessie von einem Heulkrampf geschüttelt und schlägt die Hände vors Gesicht. Theo nimmt ihren Arm.

THEO Schätzlein, du mußt dich zusammennehmen.

BESSIE Ich schaff's nicht.

THEO Natürlich kannst du's. Versuch, an unsere glücklichen Zeiten zu denken, an sein Lachen; Papi liebt das Leben, er wird drum kämpfen.

LYMAN *schaut sie bewundernd an* Gott, was für eine Frau!

BESSIE ... Ich glaub, mir ist eben nie was wirklich Schlimmes zugestoßen.

LYMAN Oh, meine liebe Bessie, du ...!

THEO Du wirst noch merken, wenn man älter wird, fügt sich eins zum andern, und letztlich zum Guten.

LYMAN *mit einer Mischung aus Liebe und Herablassung* Ah, Gott segne sie, die gute Amerikanerin.

THEO – Nun komm schon, Bessie – Weißt du noch, wie schön wir's in Afrika hatten. Denk an Afrika.

BESSIE Du bist wirklich eine erstaunliche Frau, Mutter.

Schwester Logan kommt herein.

SCHWESTER Es dauert noch, bevor irgend jemand zu ihm kann. An der Autobahn ist ein gutes Motel; es ist zwar Skisaison, aber mein Mann kann Ihnen ein Zimmer beschaffen; er arbeitet da mit dem Schneepflug.

BESSIE Wissen Sie, ob er außer Gefahr ist?

SCHWESTER Ich glaub schon, aber die Ärzte werden's Ihnen genauer sagen. *Um das Thema zu wechseln* Kaum zu glauben, daß Sie's von New York hier rauf geschafft haben, bei dem Schneetreiben.

THEO Es mußte ja sein. – Ich würde mich gerne hinlegen, könnten Sie das Motel anrufen? Die Fahrt war schlimm. –

SCHWESTER Manchmal möcht ich zurück nach Kanada, wenigstens gibt's da die Eisenbahn.

THEO Wird's hier auch bald wieder geben, in unserem Land dauert's etwas länger, aber zuletzt schaffen wir's auch.

Schwester ab. Theo zu Bessie mit schmerzlichem Lächeln

Was ist so komisch?

BESSIE *nimmt ihre Hand* Nichts, Mutti...

THEO Kannst mir's ruhig sagen.

BESSIE Na ja, ich meine, wir schaffen es eben nicht immer, was, in diesem Land.

THEO *entzieht ihr die Hand, verletzt* Ich glaube doch, letztendlich hab ich Veränderungen erlebt, die vor dreißig Jahren undenkbar waren. *Bemühtes Lachen* So naiv bin ich auch nicht, Bessie.

BESSIE *ärgerlich* Na schön, reg dich nicht auf, es ist unwichtig. *Pause. Um's wiedergutzumachen* Jedenfalls sind die Leute hier in der Gegend sehr nett.

THEO O ja! Mir tut es oft leid, daß du das Kleinstadtleben nie kennengelernt hast, die Güte der Menschen.

BESSIE Sollten wir nicht Großmutter Esther benachrichtigen?

THEO Wie du willst. *Pause* Sie führt sich nur immer so schrecklich auf, deswegen...

BESSIE Wenn du dagegen bist, laß ich's.

THEO Nein, nein, ich hab nichts mehr gegen sie; nur hat sie mich nie leiden können, und ich wußte es, sonst nichts. Aber dich liebt sie.

BESSIE Ich weiß, was für eine oberflächliche Frau sie ist, aber dabei so komisch und ...

THEO Komisch, ja.

BESSIE Ich hab nie begriffen, warum du sie für kalt hältst.

THEO Ich mag eben keine Frauen, die ewig mit ihren Söhnen flirten.

LYMAN *mit gespielter Selbstgerechtigkeit* Richtig!

THEO Ein Wunder, daß er nicht homosexuell geworden ist.

LYMAN Perfekt!

THEO Ich habe immer geglaubt, es wäre, weil er sich nicht hat jüdisch trauen lassen.

BESSIE Aber sie doch auch nicht.

THEO Bei ihr war das ganz was anderes, aber ihr wäre keine Frau recht für ihn gewesen. – Aber mach nur, ruf sie an, sie ist seine Mutter, und dich liebt sie.

Leah tritt auf. Sie ist um die Dreißig; blond gefärbtes Haar, in einem offenen Murmelpelz, hohe Absätze. Krankenschwester tritt mit ihr auf.

LYMAN *im Augenblick, wo sie auftritt, schlägt er die Hände vors Gesicht* Nein, sie kann doch nicht. Das darf nicht sein! Es geht nicht! *Unfähig, es zu ertragen, versucht er zu fliehen, hält aber inne, als –*

LEAH Bei all dem Geld, was wir diesem Krankenhaus gespendet haben, scheint's mir nicht zuviel verlangt, die Stationsschwester sprechen zu dürfen, Herrgott noch mal!

SCHWESTER Ich tu mein Bestes, sie zu erreichen ...

LEAH Okay, ich warte hier.

Schwester geht.

Es geht mir nur um ein paar Auskünfte, meine Liebe.

Schwester ab. Pause

Leah setzt sich, steht aber gleich wieder auf, läuft unruhig herum. Theo und Bessie beobachten sie mit höflicher Neugier. Ihre Blicke treffen sich. Sie hebt beide Arme hoch.

Genau dasselbe, als ich mein Baby hier bekam, ich mußte's ihnen buchstäblich aus der Nase ziehen: ob's ein Junge oder Mädchen ist.

BESSIE Ist es ein Notfall?

LEAH Mein Mann; er hat den Wagen am Morgan-Paß zu Schrott gefahren. Und Sie?

BESSIE Mein Vater. Auch mit dem Auto.

LYMAN O mein Gott, bitte nicht auf diese Art!

THEO Die Straßen sind unmöglich.

LEAH Es ist die verdammte Paßstraße, allein in den letzten zwei Jahren gab's da ein Dutzend grauenhafter Unfälle... Ich kann's noch nicht fassen – fährt der Mann bei Glatteis und noch dazu bei Nacht! Völlig unfaßbar! *Plötzliche Explosion* Verdammt, ich hab ein Recht zu erfahren, was los ist!

Sie stürmt hinaus.

BESSIE Die Ärmste!

THEO Sie sollte wissen, wieviel die Schwestern zu tun haben...

Stille; Theo lehnt sich mit geschlossenen Augen zurück. Wieder schüttelt Bessie ein Heulkrampf; sie versucht sich zu beherrschen. Dann bricht sie plötzlich zusammen und heult los.

Ach, Bessie, mein Liebes, versuch doch...

LYMAN *starrt vor sich hin...* Wenn ich nur ans Fenster könnte, und raus!

BESSIE *schüttelt hilflos den Kopf* Ich lieb ihn doch so!

Leah kommt zurück, etwas gefaßter. Sie setzt sich müde hin, schließt die Augen. Pause

Sie steht auf und schaut aus dem Fenster.

LEAH Sehen Sie sich den Mond an. Alle verunglücken im Dunkeln, und jetzt ist's so hell, daß man draußen Zeitung lesen könnte!

BESSIE Leben Sie hier in der Nähe?

LEAH Nicht weit von hier, am See.

BESSIE Es scheint eine wunderschöne Gegend zu sein.

LEAH O ja. Aber New York wär mir lieber. *Sie seufzt tief.* Entschuldigen Sie. *Sie weint hilflos in ihr Taschentuch.*

Bessie ist gerührt und beginnt auch zu weinen.

THEO Also wirklich!... *Sie faßt Bessies Arm.* Hör auf! *Sie bemerkt Leahs empörten Blick.* Sie wissen immer noch nicht, wie ernst es überhaupt ist. Warum führen Sie sich so auf.

LEAH *ziemlich unwillig* Wahrscheinlich haben Sie recht.

THEO *übertrieben, auch zu Bessie* Natürlich! Zum Verzweifeln ist es noch zu früh, warum sollen –?

LEAH *scharf...* Ich sagte, Sie haben recht, ich hab Ihnen nicht widersprochen.

Theo erstarrt, wendet sich ab.

Tut mir leid.

Kurze Pause

LYMAN Was für wunderbare Frauen! Was für starke, entschlossene Charaktere. – Zum Glück bin ich nicht hier, und es passiert nichts, aber wäre ich da, würden sie genauso miteinander umgehen. – Gott sei Dank denk ich mir das alles nur aus, um mich zu quälen! ––– Was würden Sie also als nächstes sagen?

BESSIE Bauen Sie was an auf Ihrem Land?

LEAH Fast alles, was wir essen. Wir haben sechzig Rinder und fangen jetzt an, Vollblüter zu züchten, in bescheidenem Umfang.

BESSIE Ach, das würde mir gefallen...

LEAH Ich beneide Sie um Ihre Ruhe – beide. Wirklich, Sie haben mir schon geholfen. Wo wohnen Sie in New York?

BESSIE East, 74ste Straße.

LYMAN *faßt sich an den Kopf* Nein! Nein! Nicht doch!

LEAH In der 74sten, tatsächlich? Wir wohnen oft im Carlyle...

BESSIE Um die Ecke.

THEO Sie klingen sehr nach New York.

LEAH Ich war an der New York Uni für Business, drei Jahre, und ich mag die Stadt sehr, aber hier in Elmira bin ich aufgewachsen, und hier ist meine Firma, deshalb... *Sie zieht die Schultern hoch und geht wieder zum Fenster.*

THEO In welcher Branche sind Sie?

LEAH Versicherung.

LYMAN *schlägt sich an den Kopf* Genug jetzt, Schluß!

BESSIE Genau wie mein Vater!

LYMAN *händeringend zum Himmel* Nein, bitte, es darf nicht sein!

LEAH Na ja, wir sind 'ne Million in der Branche, Sie auch?

BESSIE Nein, ich bin zu Hause... kümmere mich um meinen Mann.

LEAH Ich hoffe, alles verkaufen zu können, in drei, vier Jahren vielleicht, mir 'ne Wohnung in New York anzuschaffen und von morgens bis abends zu malen.

BESSIE Wirklich? – Mein Mann ist Maler.

LEAH Beruflich, oder?

BESSIE O ja. Es ist Harold Lamb.

LYMAN Nein, um Himmels willen. *Er rennt hinaus.*

LEAH Harold Lamb?

Lyman kommt zurück, unfähig, dem nicht beizuwohnen. Leah ist stehengeblieben, starrt Bessie an, dann Theo.

THEO Was ist denn?

LEAH Ihr Mann ist tatsächlich Harold Lamb?

BESSIE *stolz und erfreut* Haben Sie von ihm gehört?

LEAH *zu Theo* Sie sind nicht etwa Mrs. Felt, oder?

THEO Doch, wieso?

LEAH *ihr überraschter Ausdruck* Dann sind Sie... *Bricht ab...* sind Sie wegen Lyman hier, stimmt's?

BESSIE Kennen Sie Vater?

LEAH Aber... *Dreht sich von einer zur anderen* ...wieso sind Sie denn benachrichtigt worden?

THEO *verständnislos, aber allmählich beleidigt* Wie bitte?

LEAH Na ja ... nach so vielen Jahren.

THEO Was meinen Sie damit?

LEAH Es sind über neun Jahre her seit ...

BESSIE Seit was?

LEAH Seit Ihrer Scheidung.

Theo und Bessie erstarren stumm. Pause

Sie sind doch Theodora Felt?

THEO Und Sie, wer sind Sie?

LEAH Ich bin Leah. Leah Felt.

THEO *wieder hochmütig* Felt!

LEAH Lyman ist mein Mann.

THEO Wer sind Sie? Wovon reden Sie überhaupt?

BESSIE *extrem interessiert an Leah und verärgert über Theo* Also, jetzt reg dich nicht so auf, verdammt noch mal.

THEO Sei still!

LEAH *Theos Aufrichtigkeit entgeht ihr nicht.* Nun, Sie sind doch geschieden, oder nicht?

THEO Geschieden – wer sind Sie überhaupt?!

LEAH Ich bin Lymans Frau.

Theo sieht, daß es ihr ernst ist. Sie schweigt.

BESSIE Wann ... wann haben Sie ... ich meine ...

THEO *wieder in Bewegung* Sie ist verrückt! – Irgendeine Art Irre.

LEAH *zu Bessie* Im September sind's neun Jahre.

THEO Tatsächlich: und wer vollzog diesen – diesen Akt?

LEAH Der Standesbeamte der Gemeinde Elmira, und außerdem der Rabbi. Der Name meines Sohnes ist Benjamin, nach dem Vater seiner Großmutter, und Alexander nach Lymans Vater – Benjamin Alexander Felt.

THEO *noch um überlegenen Witz bemüht* Was Sie nicht sagen.

LEAH Ja. Es tut mir schrecklich leid, wenn Sie's nicht wußten.

THEO Was nicht wußte? Wovon reden Sie überhaupt?

LEAH Wir sind seit neun Jahren verheiratet, Mrs. Felt.

THEO Sind Sie das? Und ich nehme an, Sie haben irgendein Schriftstück...

LEAH Unsere Heiratsurkunde müßte ich haben...

THEO Müßten Sie!

LEAH *ärgerlich* Selbstverständlich habe ich sie. Und ich weiß, daß ich Lymans Testament in unserem Safe habe.

THEO *hilflos witzelnd* Und darin werden Sie als seine Frau genannt!

LEAH Und Benjamin als sein Sohn.

Diese nüchternen Angaben bringen Theo zum Verstummen.

...Aber ich nehme an, Sie verfügen mehr oder weniger über dieselben...

Theo ist stocksteif.

Sind Sie wirklich nicht geschieden?

BESSIE *mit einem Blick auf ihre erschütterte Mutter, fast entschuldigend* ...Nein.

LEAH Na ja, ich glaube, wir sollten uns mal treffen oder so... Miteinander reden, Mrs. Felt. Ich verstehe, was Sie empfinden, aber Sie müssen's wohl glauben. Wir haben beide ein Problem, Mrs. Felt.

THEO Ausgeschlossen; vor neun Jahren... *Zu Bessie* Das war, als wir alle nach Afrika gefahren sind.

BESSIE Richtig – die Safari!

THEO *zu Leah, mit siegessicherem, fast irrem Lachen* Nie im Leben waren wir uns näher! Wir sind quer durch Kenia, Nigeria... *Als ob das alles erledige* und sogar nach Ägypten geflogen!

Die Krankenschwester tritt auf, alle sehen ihr gespannt entgegen. Sie mustert sie einzeln.

SCHWESTER Dr. Lowry möchte jetzt Mrs. Felt sehen.

Einen Augenblick bewegt sich niemand – dann stehen Theo und Leah gleichzeitig auf. Leahs Anspruch weckt Theos Kampfgeist, sie schreitet entschlossen der Schwester entgegen – stolpert und fällt vornüber.

LEAH Halten Sie sie!

BESSIE Mutter!

Die Schwester und Bessie fangen Theo auf, legen sie auf den Boden. Leah dreht durch, rennt zur Seite und schreit.

LEAH Hilfe! Hilfe! Hier ist jemand ohnmächtig! Wo ist der Arzt, verdammt noch mal.

Blackout

Eine Couch und ein Stuhl. Leah sitzt Tom Wilson gegenüber. Er ist ein sehr tüchtiger Anwalt in mittleren Jahren, der ihr kaffeeschlürfend ein Testament vorliest. Nach einer Weile steht sie auf, geht irgendwohin und starrt unter Tränen ins Nichts. Dann nimmt sie das Telefon und fragt ihn.

LEAH --- Entschuldigen Sie, ich bin keine gute Gastgeberin. Wollen Sie nicht doch etwas Toast?

TOM *versunken* Danke, ich bin fast fertig.

LEAH *wählt* Gott, ich hab's befürchtet... Mein Junge wird jeden Moment von der Schule heimkommen. *Ins Telefon* Verbinden Sie mich mit meinem Bruder, Tina... Lou? – Ich weiß nicht. Sie lassen mich noch nicht zu ihm. Was hat Uniroyal gesagt? Was? Dann ruf in L. A. an, auf der Stelle! Ich muß diesen Abschluß haben! – Aber das haben wir getan, alles durchdiskutiert. So lange dauert kein Jetlag! *Legt auf* Ich weiß nicht, was los ist. Es scheint einfach keine Kontinuität mehr von einem Tag zum nächsten zu geben.

Tom schließt die Akte.

Ich weiß, daß Sie ihr Anwalt sind, aber ich bitte ja auch nicht um Rat, oder?

TOM Ich kann drüber sprechen. *Gibt ihr die Akte zurück* Das Testament erkennt den Jungen als seinen Sohn an, aber Sie sind nicht seine Frau.

LEAH *hebt die Akte hoch* Aber hierin bezieht er sich doch auf mich als seine Frau...

TOM Das ist bedeutungslos – er wurde nie geschieden. Allerdings... *Er unterbricht sich, reibt sich seine Augen.* Ich bin einfach geschockt, kann's nicht fassen.

LEAH Ich hänge auch völlig in der Luft.

TOM Was fragten Sie? Ach ja – vorausgesetzt, daß die gesetzlich rechtmäßige Frau mindestens ein Drittel des Gesamtvermögens erhält, kann er Ihnen soviel vermachen, wie er will, so daß Sie also sehr gut versorgt sind. *Er seufzt und beugt sich vor.* Er fliegt selbst, sagen Sie?

LEAH O ja, mit Begeisterung. Wir haben sogar ein eigenes Flugzeug.

TOM Wissen Sie, jahrelang ist er nur geflogen, wenn's absolut unvermeidbar war.

LEAH Ach, dabei fliegt er fabelhaft. *Pause* Ich pack's nicht. Ich pack's einfach nicht. Kann er verrückt sein?

TOM ... Darf ich Sie etwas fragen ...

LEAH Bitte – übrigens: Wie lange kennen Sie ihn?

TOM Sechzehn, siebzehn Jahre. – Als sie beschlossen zu heiraten, hat er Ihnen gesagt, nehme ich an, daß er sich hat scheiden lassen ...

LEAH Natürlich. Wir sind zusammen nach Reno.

TOM Im Ernst? Und was ist da passiert?

LEAH Gott, das hatte ich völlig vergessen ... *Unterbricht sich* Wie konnte ich nur so blöd sein! – Sehen Sie, es war Juli, fünfundvierzig Grad im Schatten, also ließ er mich im Hotel, während er bei Gericht seine Scheidungspapiere abholte ... *Sie verstummt.*

TOM Ja?

LEAH *kopfschüttelnd* Es ist unglaublich! Ich war neugierig, wie so eine Urkunde aussieht –

Lyman tritt auf, in einem kurzärmeligen Sommerhemd.

Ohne besonderen Grund, nur weil ich nie eine gesehen hatte ...

LYMAN Hab das Ding weggeworfen.

LEAH *überrascht lachend* Warum?

LYMAN Kein Blick zurück! Liebling, ich fühle mich wie 25. *Lacht* Was schaust du so überrascht?

LEAH *gibt ihm einen flüchtigen Kuß* Ich hab nicht geglaubt, daß du's tun würdest, Liebling.

LYMAN Ich weiß. Es ist ein Wunder! Mit dir fühl ich mich wie ein Fels im Fluß, du fließt ruhig und sanft um mich --- Ich hab einen Wagen und einen Fahrer draußen. Auf geht's zu deiner Hochzeit, Liebling!

LEAH Soll ich dir sagen, was für einen Hochzeitseid ich mir wünsche? --- Es klingt merkwürdig, aber ...

LYMAN Nein! – Sag's nur.

LEAH Ich genier mich, aber ich sag's dir: »Lieber Geliebter, ich versprech dir nur Gutes, aber ich muß dich vielleicht manchmal belügen.« Kann man sich so was sagen und sich dennoch lieben? Weil's die Wahrheit ist... Niemand weiß, was passieren kann, stimmt's?

LYMAN *kurze Pause* Woher nimmst du den Mut, so was zu sagen. Ja, es ist die Wahrheit, und deswegen liebe ich dich. *Er küßt sie und wirkt doch verwirrt.*

LEAH Du wirkst erschöpft – tut's dir leid, daß du dich hast scheiden lassen?

LYMAN Ich hab ein bißchen Angst, was ja normal ist, sonst nichts. Weißt du was? Ich lerne fliegen.

LEAH Du haßt doch fliegen.

LYMAN *hebt sie auf* Ja, aber Schluß mit der Angst. Für immer! Jeglicher Art!

Lyman geht ab, ohne die Arme zu senken. Leah wendet sich an Tom.

LEAH Lauter Lügen! Wie ist so was möglich! Warum hat er das getan? Was wollte er?

TOM Übrigens... *Erinnert sich* ... wissen Sie... wir haben mal über Scheidung diskutiert...

LEAH Wirklich? Wann war das ?

TOM Vor etwa neun Jahren... Aber ich hab's damals nicht so ernst genommen. Eines Tages kam er reingeschneit mit einer »Untersuchung«, die er angeblich angestellt hatte...

Lyman tritt im Anzug eines Geschäftsmanns auf.

LYMANN ... Ich habe mich mit Bigamie beschäftigt, Tom.

TOM *lacht überrascht* Bigamie! – Wovon redest du?

LYMAN War 'n Artikel in der Zeitung vor ein paar Wochen. Gibt neuerdings einen Haufen Fälle von Bigamie in den Staaten.

TOM Ach! Und was geht uns das an?

LYMAN Ich habe mir überlegt – wie wär's mit einer Bigamie-Versicherung. Könnten's Verlassen-werden-Schutz nennen.

TOM *lacht* Toller Name für 'ne Versicherung... Du machst wohl Witze.

LYMAN Nein, im Ernst. Die Beiträge wären sehr niedrig, ein paar Cents in der Woche. Grandios, besonders für die geschädigten Frauen.

TOM Sag mal! *Bewundernd* Woher nimmst du nur all diese Ideen?

LYMAN Ich glaube nicht, daß es Ideen sind, ich versetze mich nur in die Lage anderer Leute. *Lacht, amüsiert über seine Unbescheidenheit* Deshalb bin ich heute so, wie ich bin. Aber mal was anderes. Wie häufig werden heutzutage Leute wegen Bigamie strafrechtlich verfolgt, weißt du das?

TOM Es ist ein Delikt ohne Opfer, also wird's nicht oft verfolgt werden.

LYMAN Ganz mein Eindruck, Tom. Setz jemanden dran und laß es untersuchen, bitte, ich will meiner Sache sicher sein. – Ich bleib bis Freitag in Elmira oben. *Er will gehen, zögert aber.*

TOM Wieso kommst du mir so deprimiert vor?

LYMAN Kann sein, irgendwie. *Das selbstverachtende Grinsen* Ich werd im Juli vierundfünfzig.

TOM Fünfzig ist schlimmer, glaub ich.

LYMAN Mein Vater starb mit dreiundfünfzig.

TOM Na, dann bist du ja übern Berg. Jedenfalls bist du besser in Form als irgendeiner, den ich kenne.

LYMAN Klingt wie 'n Nachruf.

TOM Stimmt was nicht, Lyman?

LYMAN *kleine Pause, bevor er sich entschließt zu reden* Ich war heute zu einem Lunch im Vier Jahreszeiten, und grad als ich aufstehe, kommt so 'ne Frau – elegante Erscheinung, verbindliches Lächeln –, lehnt sich zu mir rüber und sagt: »Ich hoffe, Sie trifft der Schlag, Sie miese Ratte.« Du weißt, was sie meinte.

TOM Kaum zu glauben, daß es das noch gibt.

LYMAN Oh, drei-, viermal pro Jahr; sie lassen's nicht immer so raus, aber manche Leute denken immer noch, ich hab meinen Partner angezeigt, um meine Haut zu retten. – Was vielleicht sogar stimmt, nur glaub ich's nicht. Ich glaube, Raoul hat für seine Gaunerei zahlen müssen. Punktum. Ich kann mir nicht helfen, ich mag den Kerl immer noch – wir hatten ein paar tolle Jahre zusammen beim Aufbau dieser Firma ...

TOM Ist jetzt passé und Strich drunter!

LYMAN War schon richtig, was ich gemacht habe – nur mir Feigheit zu unterstellen ... *Bricht ab* Na ja, leck mich, ich hab mein Leben gelebt und denke nicht dran, mich dafür zu schämen! Bis bald. *Geht, steht, zögert*

TOM – Sonst noch was?

LYMAN Ich glaube, dazu fehlt mir der Mut. *Pause. Lyman steht vollkommen ruhig und beherrscht, dann nimmt er die Herausforderung an und wendet sich an Tom.* Komische Sache mit dir, Tom. – Ich war mit anderen Männern enger befreundet, aber keinem vertrau ich wie dir. *Grinsen* Ich nehme an, du weißt, daß ich Theodora betrogen hab, nicht wahr?

TOM Na ja, ich hatte meine Zweifel, stimmt – jedenfalls bis ich zur Tür reinkam und du dabei warst, diese pakistanische Tippse auf deinem Schreibtisch zu besteigen.

LAMAN *lacht* »Zu besteigen« – deine presbyterianischen Sprüche sind herrlich, habe sie seit Jahren nicht gehört.

TOM Quäker.

LYMAN *vertraulich, ruhig* Ich will es nicht mehr. Ganz abgesehen davon, daß es in meinem Alter lächerlich ist. *Mit Überwindung* Ich glaub, ich hab mich verliebt.

TOM Bitte, nein! Erzähl's mir nicht.

LYMAN *zeigt auf ihn und lacht* Schau dich an! – Gott, du liebst Theodora wirklich, stimmt's!

TOM Natürlich tu ich das! – Du denkst doch nicht etwa an Scheidung?!

LYMAN Keine Ahnung, woran ich denke. So was ist mir seit Jahren nicht mehr passiert. Aber wahrscheinlich werde ich gar nichts machen... Vielleicht mußte ich's nur mal jemandem laut und deutlich sagen.

TOM Ich glaube, es wird vorübergehen.

LYMAN Hab ich auch gedacht, aber es wird nur schlimmer. Offen gesagt, konnte ich nie ganz glauben, daß monogame Typen wie du glücklich sein können, aber mit ihr kann ich mir's sogar vorstellen. Und das könnte ich bei Theodora nie. Mit ihr würde ich fremdgehen, bis ich verrecke, so wahr mir Gott helfe.

TOM Du weißt, wie sehr sie dich liebt. Wirklich liebt, Lyman.

LYMAN Tom, ich liebe sie auch, aber unsere Neurosen passen nicht zusammen.

TOM Ehrlich, ich kann mir euch nicht getrennt voneinander vorstellen – ihr gehört so zusammen.

LYMAN Ich weiß. Ich hab mich immer auf ihren Wirklichkeitssinn verlassen, besonders ihre Intuition für dieses Land. Aber ich will sie einfach nicht mehr betrügen – ich hab einen Haß darauf, auf jeden Betrug. ER ist mein Nazi geworden, mein schlimmster Feind --- ich will mein eigenes Gesicht auf meinem Gesicht tragen bis zum Tag meines Todes. Oder hältst du diese Art Ehrlichkeit für möglich?

TOM Das brauch ich dir nicht zu sagen; das Problem ist nicht Ehrlichkeit, sondern wie sehr du andere damit verletzt.

LYMAN Richtig. Wie steht's mit Religion –? Aber da gibt's auch keine Lösung, nehm ich an.

TOM Irgendwie kann ich mir nicht vorstellen, daß du betest, Lyman. *Kurze Pause*

LYMAN Gibt's eine Antwort?

TOM Ich weiß nicht, vielleicht kann man nur hoffen, daß man dem Richtigen nachtrauert.

LYMAN *stumm – dann* Warst du immer treu, Tom?

TOM Ja.

LYMAN Mal ganz ehrlich? – Ich hab doch bemerkt, wie du den Mädchen nachschaust.

TOM Es stimmt aber.

LYMAN Dem wirst du also nachtrauern?

Tom lacht verlegen. Lyman stimmt ein. Und plötzlich ist sein Gesicht von Leiden gezeichnet.

...Mist, das war brutal, Tom, verzeih mir, okay? --- Verdammt, warum bin ich schon wieder depressiv? Nichts als sinnlose Schuld, sonst nichts! Hab mit nichts angefangen, hab Arbeit für viertausendzweihundert Leute geschaffen, hab über sechzig Schwarzen aus dem Ghetto zu Angestelltenposten verholfen, zu einer Zeit, als das nicht leicht war – ich sollte stolz auf mich sein, ich Scheißkerl! Und ich bin's! Ich bin's! *Er haut auf den Schreibtisch, gibt's dann auf und starrt nach vorne.* Tolle Aussicht hast du. Dieser Strom roter Rücklichter, der durch die winterliche Park Avenue gleitet – und all die Schenkel in weißer Seide, die sich da in der Wärme der Limousinen aneinander reiben... Gott im Himmel, kannst du dir was Geileres vorstellen? *Wieder zu Tom* Ich denk oft an meinen Vater – wie unmittelbar der mit seinem Leben eins war; konnte es nicht abwarten, morgens den Laden aufzumachen, fröhlich die Salzgurken zu zählen und die eingelegten Oliven zu sortieren. Solche Leute haben das Wesentliche begriffen. Und das wäre? Was ist das Wesentliche? Hast du 'ne Ahnung!

Tom schweigt.

Schau, mach dir keine Gedanken, ich weiß gar nicht, was ohne Theodora aus mir würde. Sie ist eine großartige Frau, großartig!... Ich liebe sie! Hat mir gutgetan, mit dir zu reden, Tom. *Geht, hält noch mal an* Vielleicht liegt's nur daran: Wenn du versuchst, deine eigentlichen Wünsche auszuleben, wirkst du am Ende wie 'n Dreckskerl. *Ab*

Leah verdeckt ihr Gesicht; eine Pause, während Tom sie beobachtet.

TOM Tut mir leid.

LEAH Er hatte es alles von Anfang an geplant.

TOM Ich würde sagen, es war eher eine... andauernde Improvisation.

LEAH Dabei war e r es. Der darauf bestand, daß wir heiraten, nicht ich... Es ging um das Baby, verstehen Sie? Als ich damals schwanger war, wollte er einfach keine Vernunft annehmen.

Lyman eilt herein, im Wintermantel, eine Hand vorm Mund.

LYMAN Sag bloß nicht, daß es zu spät ist! *Küßt sie* Hast du's gemacht?

LEAH Ich bin gerade auf dem Weg zum Krankenhaus.

LYMAN Gott sei Dank! *Er führt sie zu einem Stuhl und zieht sie herunter.* Bitte, Liebling, hör mir eine Minute zu, dann kannst du tun, was du für richtig hältst.

LEAH Bitte nicht, Lyman, es geht nicht. *Wechselt das Thema – es tut ihr weh.* ––– Weißt du, hier oben in der Gegend sagen alle: Reagan hat so gut wie gewonnen.

LYMAN Na ja, wahrscheinlich ist er gut für die Wirtschaft. Sind die Schlimmsten meistens. –– Wenn du's machen läßt, wird's mit uns nie mehr dasselbe sein.

LEAH Liebling, es würde drauf hinauslaufen, daß es nur eine alleinstehende Mutter hat – und das will ich nicht.

LYMAN Ich hab schon einen Namen für ihn.

LEAH *lächelt, berührt sein Gesicht* Woher weißt du, daß es ein »er« ist?

LYMAN Ich irre mich nie, ich hab ein sehr intimes Verhältnis zum Unterleib der Damen. Er soll Benjamin heißen, nach meinem Vater, und Alexander nach der Mutter meiner Mutter, die ich sehr lieb hatte. *Grinst über seinen eigenen Egoismus* Wir können einen Namen deiner Wahl dazwischensetzen.

LEAH *mit einem unglücklichen Lachen* Danke bestens! *Versucht aufzustehen, aber er hält sie fest* Er bat mich, pünktlich zu sein.

LYMAN Die Russen – haben einen alten Brauch: Vor einer großen Reise sitzen sie einen Augenblick schweigend beieinander. Gib Benjamin diesen Augenblick.

LEAH Es ist kein Benjamin, jetzt hör auf!

LYMAN Vertrau deinen Gefühlen, Leah, alles andere ist Quatsch! Hör in dich hinein; was willst du wirklich und wahrhaftig? *Stiller Augenblick* Ich bringe ihn morgens zur Schule, geh mit ihm ins Stadion.

LEAH Zweimal im Monat?

LYMAN Mit der neuen Filiale hier oben könnte ich leicht die Hälfte der Zeit bei euch sein.

LEAH Und Theodora?

LYMAN Fällt mir nicht leicht, über sie zu sprechen.

LEAH Mit mir, meinst du.

LYMAN Ich kann mir nichts vormachen, Liebling, sie war immer eine tolle Frau. Es wäre zu unfair.

LEAH Aber wenn du's geheimhältst, was bin ich dann? Es fällt mir schwer genug, mich mit meiner Rolle abzufinden. Früher oder später erfährt sie's doch – und was ist dann?

LYMAN Wenn ich je vor die Wahl gestellt werde, würde ich mich für dich entscheiden. Aber sie kennt keine Menschenseele in dieser ganzen Gegend, es wäre ein Treffer in 'ner Million, wenn sie's erfährt. Praktisch verbringe ich jetzt schon die Hälfte der Zeit mit dir, und alles läuft doch prima, oder nicht?

LEAH *faßt an ihren Bauch* ... Und was sagen wir dem da?

LYMAN ... Benjamin.

LEAH Hör auf, es Benjamin zu nennen. Es ist noch keine drei Wochen!

LYMAN Alt genug, um Benjamin zu sein... Er hat ein Horoskop, Sterne und Planeten; er hat eine Zukunft!

LEAH Es ist noch was anderes... Wieso habe ich das Gefühl, daß es noch um was anderes geht? Irgendwas glaub ich hier nicht – was ist es?

LYMAN Vielleicht, daß es mir so wichtig ist. *Er küßt ihren Bauch.*

LEAH Ist es das? ––– Ich kann's nicht ausdrücken... Irgendwie kommt mir dieses Baby... ich weiß nicht... nicht unvermeidlich vor.

LYMAN Liebling, nichts hab ich mir sehnlicher gewünscht, seit ich zwanzig war und mich abgemüht hab, ein Dichter zu werden und was Eigenes, was von Dauer wäre, zu schaffen...

LEAH Wirklich!

LYMAN Die reine Wahrheit!

LEAH Das rührt mich, Lyman... Ich bin gerührt – *Alles ist wieder in der Schwebe.* Aber ich kann nicht, es geht nicht, immer läuft es darauf hinaus, daß ich allein die ganze Verantwortung tragen muß. Ich wäre ganz allein für dein Kind zuständig, und das würde ich schließlich bedauern, und du vielleicht auch. Du bringst mich wieder in dieselbe Situation wie meine Eltern, die mich mit zwölf oder dreizehn fragten, wohin wir in die Ferien fahren oder was für 'n Auto kaufen sollen oder in welcher Farbe die Vorhänge sein sollten. Ich hasse diese Situation! Was ich mit dir richtig sinnlich genossen habe, war, daß ich mich zurücklehnen konnte, während du fuhrst, und jetzt zwingst du mich wieder ans Steuer. Es stimmt hinten und vorne nicht.

LYMAN Aber wenn du sechsunddreißig wirst, bin ich sechzig.

LEAH Ist für mich ohne Bedeutung.

LYMAN Dummchen, du hörst nicht zu: Wenn du sechsundvierzig bist, bin ich siebzig.

LEAH Immerhin keine achtzig. – Mein Entschluß steht fest, Lieber.

LYMAN Ich dachte, wenn wir zehn Jahre zusammengelebt haben, bist du immer noch jung und ziemlich reich, während ich –

LEAH – davongehe, ... der untergehenden Sonne entgegen?

LYMAN Ich versuche nur, so brutal realistisch zu sein, wie das Leben ist, Liebling. Hast du je einen Mann so geliebt wie mich?

LEAH Nein.

LYMAN Na also. Halten wir uns an die Realität.

LEAH Du kannst mich ins Krankenhaus fahren, wenn dir die Realität so wichtig ist.

Sie steht auf. Er ebenso

Du schaust so bekümmert aus, armer Mann, du. *Sie gibt ihm einen Kuß, es ist wie ein stummer Abschied, sie nimmt ihren Mantel und dreht sich zu ihm.* – Diesmal werde ich nicht schwach, Lieber, also gib dir einen Ruck.

LYMAN Wir werden uns verlieren, wenn du das machst. Ich spür's genau.

LEAH Nun, es gibt was ganz Einfaches, um mich nicht zu verlieren, Lieber, es wurde speziell dafür erfunden. – Komm, du kannst im Krankenhaus auf mich warten, wenn du willst. Ansonsten komme ich morgen wieder.

Sie versucht, ihn mitzuziehen, aber er wehrt sich.

LYMAN Läßt du mir 'ne Woche Zeit, es ihr zu sagen? Du bist ja noch früh dran, stimmt's?

LEAH Ihr was zu sagen?

LYMAN ... Daß ich dich heiraten werde.

TOM Verstehe.

Lyman geht ab ins Dunkel.

LEAH Ich begreif's nicht; er hätte Dutzend Weiber haben können, warum mußte ich die Unersetzbare sein? *Schaut auf ihre Uhr, dann ins Leere* Gott! – Wie sag ich's meinem Jungen?

TOM Er ist jetzt neun?

LEAH Und verehrt Lyman. Verehrt ihn.

TOM Ich muß jetzt ins Krankenhaus. *Er geht los, hält an.* Sie brauchen mir nicht zu antworten, aber meinen Sie, Sie könnten ihn je wieder zurücknehmen?

LEAH *denkt einen Augenblick nach* Wie können Sie mich so was fragen? Es ist empörend.

TOM Tut mir schrecklich leid, ich bitte um Entschuldigung.

LEAH *neugierig geworden* ––– Warum? – Würde Theodora?

TOM Keine Ahnung.

LEAH Warum fragen Sie mich?

TOM Ich spüre, daß es von Bedeutung sein könnte.

LEAH Es geht nicht. Wie sollte ich ihm je wieder vertrauen? *Pause* Ich glaube, daß sie immer schnell mit einem Urteil bei der Hand ist, stimmt's?

TOM Oh, sie hat auch ihre zärtliche Seite. – Ich nehme an, daß sie genausowenig Zeit hatte wie Sie, über die Zukunft nachzudenken.

LEAH *zögert kurz* Nie könnte ich ihn zurücknehmen, aber das Ganze bestätigt den Eindruck, den ich schon immer von ihm hatte... Es klingt geheimnisvoll und dumm...

TOM Bitte. Ich würde ihn gerne besser verstehen.

LEAH Na ja... seine Wünsche sind zu groß für ihn; wie ein Kind auf dem Jahrmarkt; Kandisfrüchte hier, Zuckerwatte da, eine Fahrt auf der Achterbahn... und nichts ist genug; und manchmal ist's, als ob er schon mal gelebt hätte, ein Leben voller Entbehrungen, und diesmal dürfte er partout nichts auslassen. Und das macht ihn so attraktiv – für Frauen, meine ich – Lyman will einem gleich unter die Röcke, aber es ist selten, so einem starken Wunsch zu begegnen – Gleichgültigkeit ist es, was die meisten Männer ausstrahlen – ich meine, sie hätten schon Appetit, aber keinen Hunger – und da kommt so ein herrlich hungriger Mann, es ist einfach... also... kostbar, wenn man über fünfundzwanzig ist. Ehrlich gesagt, irgendwo tief im Inneren hab ich gespürt, daß mit ihm was nicht stimmt... Ich hab ihn nur so sehr geliebt, daß ich... *Unterbricht sich* – Aber ich sollte nicht so reden, es ist unverzeihlich! Es ist das Mieseste, was ich je gehört habe! Die Antwort ist nein, definitiv nein!

TOM Na ja, ich gehe. Hoffentlich fällt es Ihnen nicht zu schwer mit dem kleinen Jungen.

Er geht ab.

Blackout auf Leah

Lyman schnarcht leicht; doch er schläft nicht gut, von Träumen geplagt. Vater erscheint, sein Raucherhusten kündigt ihn im Dunkeln an.

VATER Bleib von dem Dach weg! – Schlecht fürs Geschäft, wie du all die Mädchen da oben bumst. Warum redest du so viel mit deiner Mutter? Sie hat von nichts eine Ahnung. Sie will nicht mit mir nach Florida kommen. Ein Land genügt ihr, sagt sie. Blödes Weib. Ich dachte, jüdische Frauen wären schlauer. Ihr seid beide 'ne große Enttäuschung für mich. Bleib bloß von dem Dach weg, sag ich dir, bevor die Schande das Geschäft ruiniert.

Tom tritt auf mit der Krankenschwester. Sie prüft Lymans Augenlid. Vater verschwindet hustend.

SCHWESTER Er dämmert immer noch vor sich hin, aber versuchen Sie's.

TOM Lyman? Hörst du mich?

Lyman hört auf zu schnarchen, macht aber die Augen nicht auf.

Ich bin's, Tom Wilson.

SCHWESTER Versuchen Sie's weiter. Er sollte langsam zu sich kommen.

LYMAN *öffnet die Augen* Du im Laden?

TOM Du bist im Krankenhaus.

LYMAN Krankenhaus? ... Jesus Christus, richtig, richtig... *Versucht, sich zu konzentrieren* Eine Sekunde bitte, bin ein bißchen verwirrt... Wieso bist du hier?

TOM Theodora hat mich angerufen.

LYMAN Theodora?

TOM Dein Wagen ist in New York zugelassen. Deshalb hat die Polizei sie benachrichtigt.

LYMAN Ich hatte 'n verrückten Traum, daß sie und Bessie... *Unterbricht sich* Sie sind doch nicht hier, oder?

SCHWESTER Hab Ihnen doch gesagt, daß Ihre Frau da ist...

TOM *zur Schwester* Entschuldigen Sie bitte?

SCHWESTER Aber ich hab's ihm gesagt. *Ab*

TOM Sie sind sich begegnet, Lyman.

LYMAN Theo... ist zusammengebrochen, oder?

TOM Ja, aber sie hat sich schon erholt, keine Sorge.

LYMAN Ich verstehe gar nichts, ich dachte, ich hätte 's nur geträumt.

TOM Na ja, kann ich mir vorstellen, aber es war ja unvermeidlich.

LYMAN Warum bist du so brutal?

TOM Wir haben keine Zeit zu verlieren, Lyman. Du hast einiges zu entscheiden. Es kam sogar im Fernsehen...

LYMAN Oh, verdammt! – Hast du sie getroffen? Leah?

TOM Wir hatten ein Gespräch. Sie ist eine beachtliche Frau.

LYMAN Ist sie nicht, hm? – Sie ist auch wütend, oder?

TOM Na ja, was erwartest du?

LYMAN Siehst du... Ich dachte, irgendwie würde ich mich später von Theo scheiden lassen. — Aber dann lief's ganz gut so mit beiden. Nach 'ner Weile erschien's nicht mehr so – verwerflich... Was ist mit Bessie?

TOM Die hat's schwer getroffen, glaub ich.

LYMAN Gott, und der arme kleine Benni! Jesus Christus, ich wollte, ich könnte durch die Decke schweben und verschwinden!

TOM Es war überall im Fernsehen. Ich denke, du solltest eine Presseerklärung abgeben, um der Sache ein Ende zu machen. Bezüglich deiner Absichten.

LYMAN Was für Absichten? Gib jeder von beiden einfach, was sie will. Ich werde wahrscheinlich anderswo leben... vielleicht in Brasilien oder so.

TOM Willst du keine von beiden zu halten versuchen?

LYMAN Die wollen nichts mehr mit mir zu tun haben. Mein Gott... *Er wendet sich ab, Tränen in den Augen.* Wie konnte ich nur alles zerstören! *Intensiver* Warum bin ich bei dem Sturm gefahren! – Ich begreif's nicht. Ich hatte ein Zimmer im Motel, ich glaube, ich war schon im Bett.

TOM Vielleicht klärt es sich. – Kannst du Theo ein paar Minuten reinlassen? Sie will sich verabschieden.

LYMAN Das schaff ich nicht, wie soll ich ihr in die Augen schauen? Bitte sie, bis morgen zu warten, vielleicht geht's mir dann besser.

Theodora und Bessie kommen herein; Lyman sieht sie nicht, da sie hinter ihm stehen.

TOM Da sind sie, Lyman.

Lyman schließt die Augen, atmet heftig. Bessie hält Theodoras Ellbogen und führt sie zum Bett.

BESSIE *erschrocken* Sieh dir den Verband an! *Wendet sich ab* Ach, Mutter!

THEO Laß das! *Beugt sich über Lyman* Lyman? *Er antwortet nicht.* Ich bin's: Theodora.

LYMAN *blickt sie an* Tag.

THEO Wie fühlst du dich?

LYMAN Schon besser. Hoffentlich klinge ich nicht zu verwirrt wegen der Schmerzmittel... Bist du das, Bessie?

BESSIE Ich bin nur wegen Mutter hier.

LYMAN Ach. Na gut. Tut mir leid, Bessie – wegen meinem Charakter, mein ich. Aber ich bin stolz, daß du die Kraft hast, mich zu verachten.

BESSIE Das würde jeder.

LYMAN Richtig! – *Seine Stimme bricht, aber er faßt sich.* Gut gesprochen, Schätzlein.

BESSIE *mit plötzlicher Wut* Nenn mich nicht so!

THEO *zu Bessie* Pst! *Sie hat ihn schweigend betrachtet.* Lyman? – Stimmt es?

Er schließt die Augen.

Ich will's von dir selbst hören. Hast du diese Frau geheiratet?

Tiefes Schnarchen ertönt aus dem Kopfverband.

Dringlicher Lyman!

BESSIE *zeigt auf ihn* Er schläft nicht wirklich!

THEO Hast du ein Kind mit dieser Frau? Lyman? Ich will's wissen!!

Lyman erscheint auf der der Hinterbühne zugewandten Seite des Bettes, beide Hände an die Ohren gepreßt, während der Gipsverband auf dem Bett liegenbleibt. Er trägt ein Krankenhausnachthemd, aber keinen Verband. Lichtwechsel, irgendwie farbloses Licht ohne Schatten.

LYMAN *mit einem Schmerzensschrei, hält sich immer noch die Ohren zu* Ich höre dich!

Theo spricht weiter zu dem bandagierten Kopf, ebenso Bessie, doch deren Verhalten ist formeller, da sie Teil seiner Vision geworden ist – alles wirkt auf ihn nun überaus bedrohlich.

THEO Was in Gottes Namen hast du getan?

Lyman räuspert sich, bleibt hinter dem Bett stehen, der Konflikt beutelt ihn.

BESSIE *über den verbundenen Körper gebeugt* Pst! Er sagt was!

LYMAN Mir ist klar... wie verrückt es klingt, Theodora... *Bricht ab*

THEO Ja, bitte?

LYMAN ...Ich bin mir nicht sicher, ob... Ich frag mich, ob der Unfall... nicht irgendwie unbewußt war... damit ihr beide euch begegnet... endlich.

THEO *angewidert* Um der zu begegnen?

LYMAN Ich weiß, es klingt absurd, aber...

THEO Absurd? – Es ist widerlich! Sie ist genau der Typ, der vergißt, sich die Höschen auszuwaschen.

LYMAN *erschrocken, aber mit einer gewissen Genugtuung, sie wiederzuerkennen* Ich wußte's, daß du so was sagen würdest! – Ich gebe allerdings zu, daß sie etwas Schlampiges hat...

THEO Sie gehört zur schlimmsten Generation unserer Geschichte – alles vögeln, was Hosen trägt, dann ihre Bälger wie Katzen werfen und mystische Glaubensbekenntnisse verbreiten über kosmische Gesetze, Ökologie und Menschenrechte!

LYMAN Bis zur Stunde meines Todes wird es mich verblüffen, wie du's fertigbringst, in druckreifen Sätzen zu reden!

THEO Ich bestehe darauf, daß du's mir selbst erklärst. Lyman? – Lyman!

Leah tritt auf. Theo reagiert sofort.

Niemand hat hier Zutritt außer der Familie! *Zu Bessie* Hol die Schwester!

Leah nähert sich dem Verband trotzdem, aber doch unsicher, weil sie nicht weiß, wie er auf sie reagieren wird.

LEAH Lyman?

THEO *zu Tom* Schaff sie hier weg!

Tom rührt sich nicht, sie geht wütend auf ihn los.

Sie gehört nicht hierher!

LEAH *zu dem Verband... mit Gefühl* Ich bin's Leah. Kannst du mich hören?

THEO *stürzt drohend auf Leah zu* Raus hier, raus, raus!

Gerade als sie Leah packen will, wirft Lyman die Arme hoch und ruft flehentlich.

LYMAN Alle hinlegen, ich will, daß sich alle hinlegen.

Die drei Frauen beruhigen sich auf der Stelle, als ob sie unter seiner Kontrolle stünden. Lyman bedeutet den beiden, ohne sie jedoch zu berühren, sich auf das leere Bett neben dem seinen zu legen. Bessie schaut bewegungslos zu.

LEAH *beim Hinlegen mit sanfter, entfernter Stimme* Wie soll ich's nur Benni sagen? Ach du Schreck, Lyman, was hast du getan?...

THEO *legt sich neben Leah* Sie haben einen herben Körpergeruch, Sie sollten was dagegen unternehmen.

LEAH Eigentlich schon, aber er mag's.

THEO Papperlapapp. *Zu Lyman* Und was würdest du sagen, wenn eine von uns mit einem anderen Mann ins Bett ginge und dich einladen würde, dich danebenzulegen?

LYMAN *nimmt ihr die Brille ab* Oh, ich würde ihn umbringen, Liebling. Aber du bist eine Dame, Theodora: die aparte Wölbung deines adeligen Auges, dein jungmädchenhafter Glaube an mich und deine Enttäuschung; deine hohen Ideale und deine uneingestandene Gier nach Reichtum; die unbeholfene Zärtlichkeit deiner hölzernen Finger, deine unverbesserlich protestantische Kochkunst; dein gesellschaftliches Geschick und deine sexuelle Unerfahrenheit; deine praktischen Schuhe und deine opferbereite Mutterschaft, deine radikale Haltung früher und deine eiserne Vaterlandsliebe jetzt --- dein Theodorismus! Wer könnte dich je ersetzen?

LEAH *lachend* Wieso lache ich?

LYMAN Weil du 'ne verdammte Anarchistin bist, mein Liebes. *Er beugt sich über beide.* Oh, welch ein Vergnügen, was für ein Rausch! Eure Spannung durchzuckt mich wie blanke Stromkabel. *Er küßt sie abwechselnd.* Es wäre für mich kein Problem, euch beide bis zum Tode zu verteidigen! Oh, du doppelte Hitze zweier gesegneter Weiber – ich bin im Himmel! *Er legt seinen Kopf an Leah, während er Theos Hand an seine Backe drückt.*

LEAH Hör zu! Du mußt dich schon entscheiden...

LYMAN Ich schieb es nur auf, so lang wie möglich, laßt es uns aufschieben, bis wir sterben! Aufschieben, aufschieben, wie süß ist es, meine liebende Leah, aufzuschieben.

THEO *richtet sich auf* Wie du über Liebe reden kannst, geht über meinen Horizont.

LYMAN Dabei liebe ich dich, Theodora, auch wenn gewisse Teile deines Körpers nur noch blinde Wut in mir auslösen.

THEO Deshalb hast du dir einfach ein paar andere Teile besorgt.

Leah, noch auf dem Rücken liegend, hebt ein Bein in die Höhe, wobei ihr Rock bis über die Schenkel zurückgleitet.

LYMAN *antwortet Theodora, während er Leahs Schenkel küßt* Stimmt, ja – jedenfalls war's das Fleisch zuerst.

LEAH *streckt und reckt Körper und Arme* Hm, war das gut! Ich fühl's noch bis in die Fußspitzen! *Steht auf und kommt zu ihm* Du bist doch wirklich gesund, oder?

LYMAN *trockene Bemerkung* Du meinst, für 'n Mann in meinem Alter? – Ja.

LEAH Das hab ich n i c h t gemeint.

Er hakt sie unter, und sie spazieren im Sonnenschein, während die anderen im Dunkel verschwinden.

LYMAN Ich bin prima in Form; meine Würde ist sogar in Gefahr.

Sie setzen sich wie auf eine Parkbank.

LEAH Wieso?

LYMAN Na ja, wie komme ich dazu, mit einem jungen Mädchen im Park zu sitzen, noch dazu an einem Werktag! Das hatte ich wirklich nicht vor heute nachmittag. Oder hast du das von mir erwartet?

LEAH Nein, aber ich mache keine Pläne.

LYMAN Wirklich? Dabei wirkst du so organisiert.

LEAH Beruflich ja, aber nicht beim Vergnügen.

LYMAN Am meisten hat mich dein ungezwungenes Lachen überrascht mit der ganzen Chefetage da am Tisch.

LEAH Na, das lag an deinem Vortrag. Ich hatte einen Intellektuellen erwartet, keinen Komiker.

LYMAN Na ja, das Versicherungsgeschäft ist nun mal grundsätzlich komisch, stimmt's? Zumindest mitleiderregend.

LEAH Wieso?

LYMAN Man kauft sich Unsterblichkeit, stimmt's? – Aus dem Grab heraus zahlt man noch die Rechnungen, damit die anderen deine Liebe nicht vergessen? Das nenne ich Poesie. Früher war die Seele unsterblich, heute gibt's 'ne Versicherungspolice.

LEAH Das klingt reichlich zynisch.

LYMAN Überhaupt nicht – ich wollte mal Schriftsteller werden, und niemand giert so nach Unsterblichkeit wie Schriftsteller.

LEAH Wie bist du bei Versicherungen gelandet?

LYMAN Reiner Zufall. Und du?

LEAH Als Mutter starb und mein Vater seinen Schlaganfall hatte, waren Versicherungen etwas, was ich von zu Hause machen konnte. Vater kannte als Arzt eine Menge Leute, und so hatte ich einen guten Start.

LYMAN Versteh mich nicht falsch – aber weißt du, was ich an dir so sexy finde?

LEAH Was?

LYMAN Deine finanzielle Unabhängigkeit. Schrecklich, was?

LEAH Wieso? – *Trocken* Was hilft, hilft.

LYMAN Es hört sich nicht so an, als ob du verheiratet wärst, oder?

LEAH Wird Zeit, daß du danach fragst.

Sie lachen, rücken näher.

Ich sehe mich einfach nicht als verheiratete Frau – noch nicht jedenfalls – Hörst du mir überhaupt zu?

LYMAN Ja, aber meine Aufmerksamkeit verlagert sich auf einen warmen, kuscheligen Ort...

Sie lacht, entzückt.

Komisch, meine Generation hat geheiratet, um als erwachsen zu gelten, ihr laßt es aus demselben Grund.

LEAH Stimmt genau.

LYMAN Ich bin so glücklich! *Riecht an seiner Hand* ... Mit dir in Elmira in der Sonne zu sitzen, und deinen Geruch noch an den Fingern! Gott! – Was es für verschiedene Arten gibt, wirklich zu sein.

LEAH Was meinst du damit?

LYMAN Ich kenne den Zusammenhang nicht, aber als ich zwanzig wurde, habe ich drei Gedichte an den New Yorker und 'ne Story an Harper's verkauft, und das erste, was ich mit dem Geld gemacht habe, war, mir einen offiziellen blauen Anzug zu kaufen, um meinem Vater zu beweisen, wie existent ich war – selbst als Schriftsteller. Er hatte 'n Delikatessenladen an der 40. Straße, Ecke 9. Avenue. Spezialitäten aus dem Mittleren Osten... Weißt schon, Oliven, Weinblätter und lauter so wunderbar duftende Tatsachen. *Grinsend, fast ein Lachen* Und er sieht den Anzug und fragt: »Wieviel hast du bezahlt?« Und ich sage: »Neunundzwanzigfünfzig«, was ich für 'ne tolle Gelegenheit hielt. Und er: »Gott befohlen, er möge dein Lebtag auf dich aufpassen!«

LEAH *lacht* Wie entsetzlich!

LYMAN Nein! – Es hat mich angespornt. *Lacht* Er hatte zwei Grundregeln: Vertrau keinem und vergib niemals! – Komisch, ich kann mich nicht mehr erinnern, wie wir zwei in dem Bett gelandet sind.

LEAH *mit einem Blick auf die Uhr* Ich muß jetzt wirklich zurück ins Büro. – Kommt Lyman aus dem Albanischen?

LYMAN Lyman hieß der Richter in Wooster, Massachusetts, der meinen Vater zum Amerikaner gemacht hat. Felt heiße ich nach meiner Mutter, Abkürzung von Feltman, weil der Name meines Vaters nicht auszusprechen war und sie einen erfolgreichen Amerikaner als Sohn wollten.

LEAH Dann war deine Mutter Jüdin.

LYMAN Und die Quelle all meiner Konflikte. In jedem jüdischen Herz steckt ein Anwalt und ein Richter, in jedem albanischen ein Bandit, der die Regierung mit dem Messer provoziert.

LEAH Du bist schon eine Überraschung!

Sie steht auf, er folgt ihr.

LYMAN Weil ich so kindisch bin?

LEAH Weil du so interessant bist – und im Versicherungsgeschäft.

LYMAN *hält ihre Hand* Wann hast du's gespürt? Ich bin nur neugierig.

LEAH Ich weiß nicht... Ich glaub, am Konferenztisch hab ich gedacht: »Im Grunde spricht er nur zu mir.« Aber dann hab ich mir überlegt: Wahrscheinlich ist er deshalb so ein guter Verkäufer, weil jeder, den er anspricht, sich geliebt fühlt.

LYMAN Weißt du was? – Ich war noch nie mit einem jüdischen Mädchen zusammen.

LEAH Und du bist mein erster Albaner.

LYMAN Irgendwas Ehrwürdiges ist in deinen Augen. Nicht alt – archaisch. Wie unsere Völker.

LEAH *streichelt seine Wange* Mach's gut, Lieber.

Als sie an ihm vorbeigeht, nimmt er ihre Hand.

LYMAN Wieso hab ich das Gefühl, nichts über dich zu wissen?

LEAH *achselzuckend lächelnd* Vielleicht hast du mir nicht zugehört... was mich nicht stört, wenn's einen guten Grund dafür gibt.

LYMAN *läßt ihre Hand los* Ich wandere im Tal deiner Schenkel.

Sie lacht, gibt ihm einen kurzen Kuß.

Wenn du jetzt gehst, dreh dich mal zu mir um, bitte.

LEAH *amüsiert* Klar, warum?

LYMAN *mokiert sich über seine romantische Ader* Ich muß mit 'ner kleinen Propellermaschine zurück, und wenn ich abstürze, will ich das als meine letzte Erinnerung mitnehmen. –

LEAH *geht mit einem Winken rückwärts* Bye, Lyman...

LYMAN Darf ich fragen, wer der Kerl war, der an deine Wohnungstür gehämmert hat?

LEAH *überrumpelt* Jemand, mit dem ich mal zusammen war – er war nur wütend.

LYMAN Hast du Angst vor ihm?

LEAH *mit einer Geste eingestandener Unsicherheit* Bis bald, Lieber.

Sie geht ein paar Schritte, dreht sich dann um und schaut ihn über die Schulter an.

LYMAN Wunderschön.

Leah ab

Allein Ein Wunder. *Denkt nach* Obwohl... war's eigentlich so toll?

Das Telefonlicht flackert, er geht hin und hebt ab, verwirrt.

Theo, hi, Liebling, ich wollt gerade gehen. Oh, absolut, sieht nach 'ner viel größeren Angelegenheit aus; hab hier mit Äthnas Generalvertreter gesprochen, sie ist mit dem Abschluß einverstanden, so daß ich wahrscheinlich öfter hier raufkommen muß. – Ja, eine Frau; hat 'ne große Vertretung hier, ich hätte nichts dagegen, bei ihr einzusteigen. – Hör zu, Liebling, warum fliegst du nicht hier rauf, und wir mieten einen Wagen und fahren durch das Tal der Kirschbäume ––– stehen jetzt in voller Blüte! ––– Ach, hab ich vergessen; nein, nein, dann geh nur zu deinem Treffen, schon gut. Nein, ich dachte nur gerade, wie schnell alles vergeht und – Hast du auch manchmal das Gefühl, daß man eigentlich nie jemanden richtig kennt? *Hat sie natürlich nie, worüber er sich ärgert, und sein Tonfall wird schärfer.* Na ja, bitte, ich hab das Gefühl manchmal, stark sogar; ich hab das Gefühl, eines Tages werde ich spurlos verschwinden. *Unglücklich jetzt, mit unterdrücktem Ärger, ohne Gefühl* Theo, Liebling, es ist nichts gegen dich, ich meinte nur, daß wir trotz aller Analysen, aller Romane und Dr. Freud immer noch so undurchsichtig und unbegreiflich sind wie Statuen an einer Kirchenwand.

Er legt auf. Licht fällt auf den Gipsverband im Bett. Er geht hin und betrachtet sich. Bessie, Theo und Leah stehen bewegungslos neben dem Bett, Tom etwas abseits beobachtet sie. Lyman hebt langsam die Arme und den Kopf, wie ein Flehender.

Wir sind alle in einer Höhle...

Die drei Frauen bewegen sich zunächst sehr langsam; ihre Blicke scheinen etwas in weiter Ferne, Tiefe oder Höhe zu suchen.

... in der wir Liebe oder Geld oder Ruhm suchen. Es ist dunkel hier drin, dunkel wie Schlaf, und jeder bewegt sich blind, auf der Suche nach dem andern; tastend, in der Hoffnung, ihn zu berühren, und voller Angst; hoffnungvoll und ängstlich.

Während er spricht, bewegen die Frauen und Tom sich kreuz und quer auf kurvenreichen Pfaden, sich knapp verfehlend, immer weiter verteilt über die Bühne, bis sie nacheinander verschwinden. Lyman steht über dem Bett und seinem Verband.

Und nun, ... da wir hier sind ... was sollen wir sagen?

Er bückt sich und kriecht in den Verband. Lichtwechsel. Farben und die Atmosphäre der Wirklichkeit kehren zurück. Tom tritt mit der Schwester auf. Sie gehen ans Bett, die Schwester untersucht sein Gesicht exakt wie bei ihrem ersten Auftritt am Anfang der Szene, zieht das Augenlid hoch etc.

SCHWESTER Er kommt immer mal wieder zu sich. Versuchen Sie's. Komm, mein Lieber, der Doktor will Sie wach haben.

Sie kurbelt das Kopfteil hoch und schiebt das Bett, so daß er zum Publikum schaut.

TOM Lyman? Theo möchte sich verabschieden.

Theo tritt mit Bessie ein und kommt ans Bett.

THEO Lyman? Hast du diese Frau geheiratet? Ich bestehe darauf, daß du es mir selbst erklärst. Ich bestehe darauf!

Leah kommt herein. Theo reagiert sofort.

Niemand hat hier Zutritt außer der Familie!

Leah geht weiter.

Raus hier, raus, raus!

Als sie ausholt, um Leah zu schlagen ... ein tierischer Schrei Lymans von ganz innen heraus. Theo hält inne, alle schauen ihn an, wie er um Atem ringt. Jetzt starrt er sie alle an.

LYMAN Mein Gott! – noch einmal?

THEO *ruhig zu Tom, fassungslos* Was hat er gesagt?

Blackout

2. Akt

Das Wartezimmer im Krankenhaus. Tom sitzt bei Theodora.

TOM Wirklich, Theo, du hättest mit Bessie in die Stadt zurückfahren sollen.

THEO Nun hör schon auf damit! *Kurze Pause* Ich muß mit ihm sprechen... Ein letztes Mal. Ich kann nicht einfach so weggehen. Hast du meine nervösen Zuckungen bemerkt?

TOM Ein bißchen, vielleicht. Solltest dich vielleicht von einem der Ärzte anschauen lassen.

THEO Es wird schon werden. In meiner Familie kommen diese Störungen öfter vor, ich hatte's jahrelang bei Streß. Wie spät ist es?

TOM Laß ihm noch ein paar Minuten. – Du bist blaß.

THEO *drückt ihre Fingerspitzen an die Schläfen, um das Kopfzucken zu beruhigen* Als du mit dieser Frau gesprochen hast... hast du irgendwie gemerkt... was sie vorhat?

TOM Sie war genauso verstört wie du. Ihr ging's hauptsächlich um das Kind.

THEO Tatsächlich. Hätte ich nicht gedacht.

TOM Doch, er ist ihr ein und alles.

THEO *nörgelnd* Na ja, nett von ihr. – Wie immer, ist auch dieser Schlamassel grundsätzlich erst einmal komisch, nicht wahr?... Bis es um die Kinder geht. Ich mach mir Sorgen um Bessie. Sie liegt nur noch da und starrt an die Decke. Sie kann kaum reden, ohne anzufangen zu heulen. Er war ihre... ganze Welt. *Sie erholt sich.* – Du hast recht. Ich werde abfahren. Es schien mir nur alles so unfertig... aber vielleicht ist es besser, es dabei zu belassen... *Sie holt ihre Tasche.* Ich weiß nicht, was ich machen soll. Mal könnte ich ihn umbringen, im nächsten Augenblick frag ich mich, ob er Opfer irgendeiner Verwirrung...

Leah tritt ein. Sie haben nicht erwartet, sich noch einmal zu begegnen. Verblüffte Pause. Leah setzt sich.

LEAH Guten Morgen.

TOM Guten Morgen.

Peinliche Stille

LEAH *fragend* Ist er nicht in seinem Zimmer?

THEO *wendet sich ihr nur langsam zu, es fällt ihr schwer, Leah zu antworten* Sein Auge wird behandelt.

LEAH Sein Auge?

TOM Nichts Ernsthaftes, er hat heute nacht versucht, aus dem Fenster zu steigen. Wahrscheinlich im Schlaf. Sein Augenlid wurde leicht zerkratzt, wahrscheinlich von dem Rhododendron.

THEO *um das Gespräch abzuwürgen* Er hatte wohl vergessen, daß er im Erdgeschoß liegt.

LEAH *nach kurzer Pause* Hm! Wie interessant, weil ein Freund von uns, Ted Colby, der Chef der Landespolizei hier oben, rief gestern abend noch an. Sie hatten die Straße durch eine Holzbarriere abgesperrt, als es glatt wurde; und er meint, Lyman muß die Absperrung weggeräumt haben.

TOM Woher wollen Sie wissen, daß er's war?

LEAH Es gab nur die eine Reifenspur im Schnee.

THEO Ach, mein Gott.

LEAH Er macht sich Sorgen um ihn. Sie sind gute Freunde, gehen zusammen auf die Jagd.

THEO Lyman jagt?

LEAH Und wie!

Theo schüttelt nur noch ungläubig den Kopf.

– Aber ich kann ihn mir nicht so deprimiert vorstellen, oder?

TOM Eigentlich – kann ich das schon.

LEAH Also wirklich! Mir kam er immer so aufgeräumt vor, und glücklich mit mir.

Theo wirft ihr einen Blick zu, dann wieder weg. Leah schaut auf die Uhr.

Ich muß nur ganz kurz was Geschäftliches mit ihm erledigen, ich will Ihnen nicht im Wege stehen.

THEO Mir im Weg? Sie sind frei, zu tun und zu lassen, was Sie wollen – soweit es mich betrifft.

LEAH *etwas pikiert* Ja... dasselbe gilt für mich... in Ihrem Fall. – – – Ich meine, was mich betrifft. *Theos Feindseligkeit läßt sie wieder auf die Uhr schauen.* Ich möchte Ihnen was sagen... Es tut mir fast mehr leid für Sie, irgendwie, als für mich selbst.

THEO *hartes Lachen* Wieso denn? Seh ich so alt aus?

Jetzt wird Leah stocksteif.

Hätte ich nicht sagen sollen. Ich bitte um Verzeihung, ich bin erschöpft.

LEAH *läßt es dabei bewenden* Wie geht's Ihrer Tochter? – Ist sie noch hier?

THEO *trotz allem noch feindselig* Im Motel. Sie ist völlig erschüttert.

TOM Hat Ihr Junge es verkraftet?

LEAH Nein, hat ihn umgehauen, schrecklich. *Zu Theo* Ich dachte, Lyman würde was einfallen, ihm drüber wegzuhelfen. Die Kinder haben immer von ihm geschwärmt. Ich jedenfalls weiß nicht mehr weiter.

THEO *bitter und ärgerlich, aber beherrscht* Wir sind der Staub, den er aufwirbelt, und ist er vorbei, setzen wir uns wieder. Billie Holiday... *Sie faßt sich an die Stirn.* Mir fällt nicht mehr ein, wann sie gestorben ist – schon 'ne Weile her, oder?

TOM Billie Holiday? Wieso?

Tom und Leah beobachten verwirrt die stumme Theo.

LEAH Am besten, ich komme in ein paar Stunden wieder – ich hab um neun Uhr eine Besprechung, und es ist schon spät... *Sie steht auf und streckt Theo die Hand hin.* Also, falls wir uns nicht mehr treffen...

THEO *berührt kurz ihre Hand und überwindet die Feindseligkeit* Verstehen Sie das Ganze?

LEAH Es ist haarsträubend. Er ist auf der Mount-Morgan-Strecke Rennen gefahren, er weiß sogar, wie die Strecke im Sommer ist.

THEO Rennen? Sie meinen Autorennen?

LEAH Klar. Er hat einen Lotus und einen Z. Er hatte auch einen Ferrari: Totalschaden.

Theo wendet sich ab und starrt ins Unendliche.

Ich hab vorhin gedacht...

THEO Er hatte immer eine Heidenangst vor hoher Geschwindigkeit, ist nie über hundert gefahren...

LEAH Er kommt mir vor wie ein Frosch.

THEO Wie ein Frosch?

LEAH ...Ich meine, wenn man einen Frosch anschaut, weiß man nie, ob's derselbe ist wie zuvor oder ein anderer. *Zu Tom* Wenn Sie mit ihm sprechen – das Fernsehen ist hinter uns her; er muß wirklich eine eindeutige Erklärung abgeben, damit all diese blödsinnigen Gerüchte aufhören.

THEO Was für Gerüchte?

LEAH Haben Sie nicht die Abendzeitungen gelesen?

THEO Was?!

LEAH Wir sind beide auf der Titelseite mit 'ner Schlagzeile...

TOM *zu Theo, Imponiergehabe* Völlig belanglos...

THEO *zu Leah* Was steht denn in den Schlagzeilen?

LEAH »Wer kriegt Lyman?«

THEO So eine Frechheit!

TOM Keine Aufregung! Er wird heute noch eine Erklärung abgeben...

LEAH Wiedersehen, Mrs... *Unterbricht sich und lacht* Beinah hätte ich Mrs. Felt gesagt, aber... *Verbessert sich wieder* Nun ja, Sie sind's ja – nehme an, ich bin die, die's nicht ist! Ich komme gegen zehn oder so noch mal vorbei. *Ab*

THEO Sie will ihn zurückhaben, stimmt's?

TOM Wieso?

THEO *ein bitteres, kleines Lachen* Hast du's nicht gehört? – – Sie ist die einzige, mit der er je glücklich war!

TOM Ach, das hat sie nicht so gemeint . . .

THEO *unbeugsam* Nur so hat sie's gemeint, irgendwie hat diese Frau etwas Ordinäres. – – Mir tut sie ja leid – – mit einem so kleinen Kind. *Sie kocht vor sich hin.* Kann es Selbstmord gewesen sein?

TOM Ehrlich, irgendwie hoffe ich's.

THEO . . . Es würde auf Spuren eines Gewissens hinweisen, meinst du das?

TOM Na ja, mir gefällt der Gedanke nicht, daß dieses Doppelspiel ihm leichtfiel.

THEO Es sei denn, sein Bewußtsein war einfach gespalten. Der Lyman, den ich kannte, hat weder Tiere gejagt noch Rennen gefahren noch . . .

TOM Ich weiß nicht, vielleicht wollte er nur sein Leben ändern; Dinge tun, die er nie getan hatte; ein ganz anderer Mensch sein . . .

THEO *starrt vor sich hin, dann* . . . Vielleicht kein so ganz anderer.

TOM Wie meinst du das?

THEO *langes Zögern* Ich weiß nicht, warum ich immer noch versuche, ihn zu beschützen – – er hat mal versucht, mich umzubringen.

TOM Das ist nicht dein Ernst.

Lyman erscheint im Sonnenlicht, er trägt Badehosen und atmet tief ein auf dem Sonnendeck. Sie geht zu ihm.

THEO O ja! Ich wußte damals nichts von dieser Frau, aber jetzt ist mir klar, daß es etwa die Zeit war, als sie heirateten oder kurz davor standen. *Während sie zu Lyman geht, läßt sie ihren Mantel fallen, drunter trägt auch sie einen Badeanzug.* Er schien sehr merkwürdig, unwirklich. Wir waren auf einem Zwei-Tage-Segeltörn vor der Küste von Montauk . . .

Lyman macht Atemübungen.

LYMAN Bei Morgennebel über dem Meer ist die Welt immer wie am ersten Tag ... die »Ostgoten und die Westgoten« ... *Theo betritt seinen Bühnenraum.*

THEO ›Finnegan's Erwachen‹. Magst du Tee, Lieber?

LYMAN Toll! – Ja! *Er kniet sich hin und mimt Am-Radio-Drehen, so wie sie Tee-Einschenken.* Ich suche den Wetterbericht. Neuer Badeanzug? – Ganz schön sexy.

THEO Zwei Jahre alt. Du hast ihn mir in San Diego gekauft.

LYMAN *mimt Pistole an der Schläfe* Päng!

RADIOSTIMME ... Wegen der ungewöhnlich warmen Frühjahrsströmungen besteht akute Haifischgefahr vor der Küste von Montauk ... Es wurden Exemplare bis zu vier Meter Länge gesichtet ...

Wellensalat und Rauschen stört, er schaltet das Radio ab.

LYMAN Jesus Maria.

THEO Ach was, lächerlich, es ist erst Mai! Paß aufs Teewasser auf, bitte, ich spring kurz rein ... *Sie schaut über die Wasserfläche.*

LYMAN Aber der hat gerade gesagt ...

THEO Unsinn. Ich segle hier seit meiner Kindheit, und Vater und Großvater vor mir – noch nie gab's hier vor Juni Haie, wenn überhaupt; das Wasser ist viel zu kalt. Kommst du auch?

LYMAN *vorwurfsvolles Lächeln* Ich bin der Mittelmeertyp – wir sind unzuverlässig und hassen kaltes Wasser. Aber geh nur, ich bleib hier und bewundere dich.

THEO Liebling, ich darf wohl noch sagen, daß es um diese Jahreszeit keine Haifische geben kann, oder?

LYMAN *angestrengtes Lachen über diese Zumutung* Ich weiß, ich sollte's nicht sagen, aber wie kannst du an deinen Überzeugungen festhalten, angesichts eines solches Berichtes ... es scheint ... irgendwie fanatisch.

THEO *mit hartem, entschlossenem Lachen* Na, das ist ja unerhört! Du bist genauso dickköpfig wie ich, wenn du zu was entschlossen bist.

LYMAN Worauf du dich, verdammt noch mal, verlassen kannst! Und mir gefallen deine Überzeugungen! Du bist einfach toll, Süße – *Er legt ihr einen Arm um die Hüfte.* Geh nur, ich passe auf dich auf.

THEO *liebevoll lachend* Du erträgst nur nicht, daß ich dir widerspreche, Liebling, aber es ist die beste Übung für deinen Charakter.

LYMAN *lacht mit ihr, deutet sich an die Stirn* Stimmt! Und was für 'n jämmerlicher Charakter. Rein in die Wellen! *Er geht zur Seite und schaut über den Ozean.*

THEO *beugt sich zum Sprung* Auf die Plätze … fertig …

LYMAN *deutet nach links* Was ist das da drüben?

THEO Nichts, Haie bewegen sich, das ist Treibholz.

LYMAN Okay. Dann spring. Los!

THEO Laß mich erst warm werden, ich nehm Anlauf. *Sie geht ein paar Schritte rückwärts.* Komm mit! – Mach schon.

LYMAN Ich kann nicht, Liebes, ich fürchte den Tod.

Sie ist hinter ihm, läuft auf der Stelle. Er dreht ihr den Rücken und entdeckt jetzt rechts etwas; mit offenem Mund starrt er entsetzt auf den herumschwimmenden Hai. Sie beugt sich vor und läuft los.

THEO Okay, eins … und zwei … und die … Drei!

Sie läuft los, und erst, als sie an ihm vorbeikommt, streckt er den Arm aus und hält sie auf.

LYMAN Halt!!

Er deutet voraus; sie schaut, Entsetzen packt sie, als sie den Fisch entdeckt.

THEO Mein Gott, diese Riesengröße! Ohhh …

Sie bricht in Tränen aus, den Schreck in den Gliedern; er hält sie in seinen Armen.

LYMAN Meine Süße … wann wirst du mir endlich mal was glauben!

THEO O je, mir wird schlecht …!

Wie um sich zu übergeben, beugt sie sich vornüber und verschwin-

det nach hinten. Das Licht auf Lyman blendet ab und über zu Tom im Wartezimmer. Im erweiterten Lichtkreis steht Theo im Pelzmantel.

TOM Es klingt, als hätte er dich gerettet.

THEO Ja, so hab ich es auch immer verstehen wollen, aber jetzt muß ich alles in Betracht ziehen – *Sie kommt nach vorn, wieder verzweifelt bei der Erinnerung.* Er klang nicht wirklich entschlossen, ich meine, es war nicht...

Licht flammt nochmals auf Lyman, der mit sich überschlagender Stimme ruft.

LYMAN Halt!! *Erstarrt schaut er auf den Hai. Dunkel*

THEO Es klang mehr wie...

Licht flammt wieder auf, und wie beim ersten Mal, nicht sehr dringend, ruft er.

LYMAN Haalt!

Dunkel bei Lyman

THEO Ich sag dir, er hat mich beinahe springen lassen.

TOM Du bist jetzt verärgert, Theo, das glaubst du selbst nicht. Ich meine, wie hättest du sonst weiter mit ihm leben können?

THEO Na ja, wir hatten zwei ernsthafte Auseinandersetzungen und... Monate vergingen ohne jeden... Verkehr. *Ein verlegenes Lächeln, bevor sie sich allmählich in ihre Wut steigert –* Nein, verdammt, ich werde dieser Frage nicht ausweichen. – Wie hab ich weitergelebt? Vielleicht bin ich korrumpiert, Tom. Früher war ich's nicht, aber jetzt, wer weiß? Er ist reich, nicht wahr? Und sehr angesehen, und was hätte ich allein anfangen sollen? Wieso bleiben die Leute überhaupt zusammen, nachdem sie einmal begriffen haben, mit wem sie's zu tun haben?! *Plötzlich blaß* Was zum Teufel tue ich hier überhaupt noch? Es ist ja das Blödeste, was ich je in meinem Leben gemacht habe! *Empört greift sie nach ihrer Handtasche.*

TOM Du liebst ihn, Theo. *Er hält sie mit Gewalt auf.* Bitte geh einfach nach Hause. Und laß dir ein paar Wochen Zeit, ehe du eine Entscheidung triffst.

Schweigen. Dann ein unterdrücktes Schluchzen, als er sie umarmt.

Ich weiß, wie verrückt das klingt, aber ein Teil von ihm verehrt dich. Ich weiß es genau.

THEO *schreit ihm ins Gesicht* Ich hasse ihn, ich hasse ihn.

Sie ist starr, blaß; er faßt nach ihren Schultern, um sie zu beruhigen. Pause

Ich muß mich hinlegen. Ich muß einfach wissen, was passiert ist, wenn ich schon hier bin. Wahrscheinlich fahren wir um die Mittagszeit in die Stadt. – Oder ich fahr einfach ab, ich weiß nicht. Ruf mich an, falls er bald aufwacht. *Sie streicht sich mit der Hand übers Gesicht.* Ich fühle, wie merkwürdig ich aussehe.

TOM Nur müde. Komm, ich besorg dir ein Taxi.

THEO Es ist nicht weit, ich brauche frische Luft. *Geht los, dreht sich um* Wie schön die Landschaft hier oben noch ist – irgendwie überraschend, daß sie nicht zerstört ist!

Sie geht ab. Tom steht mit verschränkten Armen allein da und überlegt, wie er die Sache angehen soll.

Blackout

Lymans Zimmer. Die Schwester fährt Lymans Bett herein. Er schläft tief und schnarcht zunächst. Er murmelt vor sich hin.

SCHWESTER Warum ruhen Sie sich nicht ein bißchen aus. Sie richten im Schlaf mehr an als die meisten von uns, wenn sie wach sind. Sie sollten mal mit uns fischen gehen. Das würde Sie beruhigen.

Schwester ab. Nun wird sein Schlaf unruhig, er stöhnt. Leah und Theodora erscheinen an den beiden Seiten des Bettes, aber leicht erhöht, wie Steinerne Gottheiten; sie tragen Küchenschürzen und Bänder im Haar. Aber ihre totenartige Starrheit hat etwas Drohendes, als das grabähnliche Licht sie nun trifft. Nach einer langen Pause erwachen sie, beide sehr zurückhaltend, wie in Wirklichkeit, einander abwägend. Trotz des Humors bei einigen ihrer Bemerkungen bleibt ihre Art zu sprechen göttergleich, tödlich.

THEO Mir würde es nichts ausmachen, wenn du einen Teil des Kochens übernimmst, ich bin da nicht gerade eine Größe.

LEAH *großzügig* Aber deine Nachspeisen sollen gut sein.

THEO Apfelstrudel, ja; Ingwerkuchen mit Schlagsahne. *Mit zunehmendem Vertrauen* Und gelegentlich Waffeln zum Frühstück, mit echtem Ahornsirup, nur auf die Würstchen muß er aus Diätgründen verzichten.

LEAH Ich kann Kartoffelpuffer und Szegediner Gulasch.

THEO *ablehnend* Das ganze Paprika?

LEAH Man muß es nur richtig abschmecken.

THEO *unsicher, will nicht verlieren* Ach, abschmecken! Ich fürchte, dazu wäre ich nicht imstande.

LEAH *lächelnd, schamlos ihren Vorteil ausnützend* O ja, richtig dosiert und richtig abgeschmeckt! Und meine Gefillte Fisch sind federleicht! *Schlägt ihre Handflächen aneinander* Ich mache meine Hände naß und knete und knete, bis sie genau die richtige Form haben.

THEO *kämpft mit der Niederlage* Überlassen wir ihm die Entscheidung – manchmal jedenfalls kannst du's machen... *Ein plötzlicher Einfall* Vanillepudding!

LEAH *großzügig* Dann kannst du immer Pudding, Schinken in Brotteig machen und ich die Gefillte Fisch und Gulasch... und das Abschmecken.

THEO Aber manchmal darf ich auch? Ein-, zweimal im Monat vielleicht?

LEAH Mein Schinken in Brotteig schmeckt. Überlaß ihm das – Monatsweise kannst du's machen...

THEO Ja! – Und an anderen du!

LEAH Okay! Würdest du meine Höschen auswaschen?

THEO Gewiß. Solang er mir meine Lügen erzählt.

LEAH Gut. Dann hast du deine Lügen und ich meine.

LEAH UND THEO Ein Hurra fürs Menü!

LEAH *voller Bewunderung* Du bist wirklich Klasse!

Lyman kichert im Schlaf, während sie nach vorne kommen und sich umarmen; untergehakt gehen sie zurück zum Bett. Sie knien an den gegenüberliegenden Seiten nieder, das Kinn auf die Bettkante gestützt, schauen ihn an. Er dreht sich um... Er atmet angsterfüllt, als ob er in ihren Blicken gefangen sei. Nun nehmen beide je eine seiner Hände und beginnen, an einem Finger zu saugen. Entsetzen schüttelt ihn, nach Luft ringend schreit er Unverständliches. Die Frauen erheben sich und verschwinden im Dunkel. Ein schwarzes Stoffbündel regt sich am Boden; er beugt sich aus dem Bett und starrt es an; ein Feuerzeug flammt auf, eine Zigarette wird angezündet. Vater setzt sich, hustet gemächlich und inhaliert dann.

VATER Dummkopf. Sehr schlecht fürs Geschäft.

Lyman schlüpft aus dem Gipsverband, hebt den breitkrempigen Panamahut vom Boden auf und tut, als ob er reinpinkelt. Eine Herausforderung, in Erwartung eines gewalttätigen Ausbruchs hält er ihn dem Vater hin, der ihm den Hut ärgerlich aus der Hand reißt. Vater mit einem Blick in den Hut

Was hast du da gemacht?

Lyman, dessen Trotz nachläßt, schaut in den Hut; es wird ihm immer peinlicher, und er faßt sich zwischen die Beine. Er versteckt sich hinter dem Bett, aber Vater steht auf und versperrt ihm den Weg, das grobe schwarze Tuch hinter sich herschleppend. Ein tiefes, rhythmisches Pulsieren, wie aus der Mitte der Erde.

Pißt du in Vaters Hut, du Dreckskerl? Bist du 'n Kommunist, oder was?

LYNAM Nein – nein, Papa! – Kaugummi! Donald Duck!

VATER Kaugummi? Du hältst dich wohl für 'n Amerikaner? Du und Amerikaner?! Daß ich nicht lache. *Schaut in den Hut* Wie soll ich nun vor den Kunden den Hut ziehen – voller Pisse. Sehr schlecht fürs Geschäft.

LYMAN *in der Hoffnung, ihn zu ködern* Fünfzigtausend Dollar?

VATER Und wie willst du's zurückzahlen? Mit Pisse? *Steht mit Hilfe seines Spazierstocks auf und hält das schwarze Tuch mit beiden Händen hoch* Ist das alles, was du kannst – in Vaters Hut pissen?! Wenn ich dich erwische, kannst du was erleben . . . !

Er versucht, das Tuch über Lymans Kopf zu werfen, aber Lyman entwischt.

LYMAN Bitte nicht, Papa . . . !

VATER *zeigt mit dem Stock auf Lymans Penis* An dir steht alles ab!

Lyman klettert mit kleinen Angstschreien in seinen Verband, der Vater haut jetzt mit dem Stock böse auf das Bett; mit jedem Schlag ertönt ein tiefes Echo aus der Erde.

Bleib mit den Ami-Mädchen vom Dach weg! Lauter Nutten, diese amerikanischen Mädchen! Sehr schlecht fürs Geschäft!

Lyman heult entsetzt auf, als die Schwester hereinkommt . . . und Vater im Dunkel verschwindet, hustend und das schwarze Tuch hinter sich herziehend.

Vom Dach runter, du Dummkopf, hast du keine Ehre im Leib?

Das unterirdische Grollen hört auf. Die Schwester, mit Wasserschüssel und einem Lappen bewaffnet, nähert sich dem Bett. Sie nimmt seine Hand und tätschelt sie, während er wimmert.

SCHWESTER Schon gut jetzt, aufwachen, mein Lieber, aufwachen . . .

Sein Kampf läßt nach, er öffnet die Augen.

LYMAN Was? Oh! Diese Träume. Mein Gott, ich wollte, ich wäre tot.

SCHWESTER Bemitleiden Sie sich nicht schon wieder; Sie kennen doch den Spruch: Steigen Sie runter vom Kreuz, das Holz wird gebraucht.

LYMAN Ich ersticke. Können Sie nicht das Fenster aufmachen?

SCHWESTER Tut mir leid, darf ich nicht mehr.

LYMAN Was? – Ach, hören Sie zu, das ist lächerlich, ich wollte gar nicht wirklich rausklettern, die Tabletten haben mich durcheinandergebracht . . .

SCHWESTER Na ja, später vielleicht. Jetzt muß ich Sie abwaschen. Ihr Anwalt draußen fragt, ob er reinkommen kann.

LYMAN Ich dachte, er sei zurück nach New York. Seh ich schlimm aus?

SCHWESTER *wischt sein Gesicht und Hände ab* Sie nehmen's zu schwer. Wär was anderes, wenn Sie diese Frauen hätten sitzenlassen, aber man sieht ja, wie gut versorgt die sind...

LYMAN Nur weiter, Logan, mir können Sie nichts vormachen – tief unter Ihrer lässigen Art ist es auch für Sie ein Schlag.

SCHWESTER Putzen Sie sich die Zähne.

Er tut es.

Der letzte Schlag, der mich getroffen hat, war vom Staubsaugerkabel...

Er lacht und windet sich vor Schmerzen.

Aber über etwas hab ich mich doch gewundert.

LYMAN Und über was?

SCHWESTER Was ist nur in Sie gefahren, die Frau zu heiraten? – So 'n schlauer Kerl wie Sie?

LYMAN Haben Sie vorhin über Eis gesprochen?

SCHWESTER Eis? Ach, Sie meinen... ja, wir gehen Eisfischen auf dem See, ich und mein Mann und mein Junge. – Sie erinnern sich schon viel besser.

LYMAN *nachdenklich* Es wird Ihnen eigenartig vorkommen – ich war nie nicht verheiratet, wissen Sie. Mir kommt's vor, als sei mein Verfahren plötzlich eingestellt, und ich brauche nicht mehr vor Gericht.

SCHWESTER Reden Sie nicht schlecht von diesen Frauen; mir kommen sie nicht bösartig vor.

LYMAN Ich war eben noch nie so eifersüchtig wie bei ihr, dabei hab ich 'ne Menge Frauen gekannt. Und sie hatte einen phantastischen Geruch; Leah roch wie eine saftige, reife, leicht überreife Melone. Und ihr Lächeln – wenn sie ihre Zähne entblößte, war's, als fielen ihr die Kleider vom Leib. Ich weiß nicht, wir hatten eine Art prähistorischer Beziehung – ich schwöre, ich könnte sie mit verbundenen Augen unter Dutzenden von Frauen auf der Straße am Klang ihrer Absätze erkennen. Mir gefiel's sogar, im Bett zu liegen und einfach dem ruhigen Plätschern ihres Badewassers zuzuhören. Und natürlich in ihr weiches Kirchenschiff zu gleiten …

SCHWESTER Sie haben die schmutzigste Phantasie, die mir bei einem gebildeten Menschen je untergekommen ist.

LYMAN Ich wollte sie nicht verlieren, Logan. Hätte ich nicht ertragen. Ich wollte sie nicht verlieren, und deshalb hab ich sie geheiratet. Und das sind lauter gute Gründe, außer man ist schon verheiratet.

SCHWESTER Ich hole Ihren Anwalt, einverstanden?

Er ist plötzlich gerührt, weint.

Jetzt fangen Sie nicht wieder an zu heulen …

LYMAN Nur wegen der Kinder … Sie haben keine Ahnung, wie die mich geliebt haben … das ist etwas, womit ich einfach nicht fertig werde … *Reißt sich zusammen* Aber andere sind auch nicht besser, verdammt noch mal!

Tom Wilson tritt auf.

TOM Darf ich reinkommen?

LYMAN *verunsichert, versucht, Toms Haltung einzuschätzen* – Hallo! Dachte, du seist weg – irgendwas los?

TOM Können wir reden?

Schwester geht ab.

LYMAN Wenn du's erträgst. *Grinst* Verachtest du mich, Tom?

TOM Ich bin noch wie vor den Kopf geschlagen, ich weiß nicht, was ich denken soll.

LYMAN Klar weißt du das, aber es macht nichts. *Sein Charmeur-Grinsen* Was ist los?

TOM Ich habe mit den Frauen gesprochen …

LYMAN Ich ertrag es nicht, über sie zu sprechen – hab ich dir doch gesagt – oder nicht? Gib ihnen einfach, was sie wollen. Das heißt, in vernünftigem Maße.

TOM Das ist es ja – Ich bin nicht sicher, ob sie wissen, was sie wollen.

LYMAN Raus damit – sie wollen mich umbringen, stimmt's?

TOM Oh, daran besteht kein Zweifel, aber... ich glaube wirklich, daß Theo nach einem Weg sucht, dir zu verzeihen.

LYMAN O nein! Das geht nicht!

TOM Sie hat Format, Lyman.

LYMAN ...Kein so großes! Ich müßte den Rest meines Lebens auf Knien verbringen.

TOM Vielleicht nicht – wenn ihr offen zueinander wärt und euch einigt...

LYMAN Mir ist klar, – daß ich ein egoistisches Schwein bin. Aber die Wahrheit ist mir das Wichtigste.

TOM Und was ist die Wahrheit?

LYMAN Ein Mann kann sich selbst treu sein oder anderen – aber nicht beides. Zumindest nicht glücklich. Wir alle wissen es, aber es gilt als unmoralisch, es zuzugeben – das oberste Gesetz im Leben ist Verrat; warum sonst haben diese Rabbiner Kain und Abel an den Anfang der Bibel gesetzt?

TOM Aber die Bibel hört damit nicht auf, oder?

LYMAN Du meinst, Jesus Christus? Selbstverleugnung ist nicht mein Ding. Tut mir leid, aber ich find's einfach nicht richtig. Jeder von uns ist ein Egoist, Junge, ein Egoist, der gelegentlich betet.

TOM Warum hast du dir dann die Mühe gemacht, eine der am sozialsten eingestellten Firmen in Amerika aufzubauen?

LYMAN Willst du die Wahrheit wissen? Das hab ich vor 25 Jahren gemacht, als ich noch versuchte, meinen Egoismus zu verleugnen. Aber jetzt verleugne ich nichts mehr. – Was soll ich ihnen sagen, Tom? Was soll ich machen?

TOM Liege ich falsch? – Oder bist du deprimiert?

LYMAN Ich fürchte mich, sie wiederzusehen. Vor allem Bessie. Ich ertrage einfach den Gedanken an sie nicht... Gib mir 'n Rat, sag mir was.

TOM Vielleicht solltest du's aufgeben, so stark sein zu wollen.
Kurze Pause

LYMAN Was willst du hören? Daß ich ein Versager bin?

TOM Na ja? In dieser Situation – bist du etwa keiner?

LYMAN Nun... nein, verdammt noch mal. Ein Versager hat ein Leben gelebt, das nicht seins ist; ich hab mein eigenes gelebt; wie beschissen's auch scheint, es ist meins. Und ich bin nicht schlimmer als irgendwer sonst! – Jetzt beantworte mir das, und mach mir nichts vor.

TOM Also gut, ich werd dir nichts vormachen; ich finde, du hast diesen Frauen schrecklichen Schaden zugefügt.

LYMAN Findest du?

TOM Theo vor allem. Du hast ihr Innerstes zerstört. Wenn du einen Ausweg aus diesem Schundroman suchst, solltest du dich dem zuerst stellen.

LYMAN Ich hab ihr auch ein interessantes Leben geboten, eine phantastische Tochter, und ich hab sie ziemlich reich gemacht. Ich meine, von was für einem Schaden sprichst du überhaupt?

TOM Lyman, du hast sie betrogen...

LYMAN *Wut übermannt ihn* Aber sie hätte das doch alles nie haben können, wenn ich sie nicht betrogen hätte! – Du weißt so gut wie ich, daß niemand es mit Theo länger als einen Monat aushalten kann ohne einen kleinen Seitensprung! Ich hab in dieser verdammten Ehe mindestens soviel gelitten wie sie!

TOM *ratlos* Na ja...

LYMAN ...Jetzt paß auf, willst du noch eine Wahrheit hören? – Ich verfluche den Tag, an dem ich sie zum ersten Mal gesehen habe, und ich pfeife auf ihre Vergebung!

TOM Um Himmels willen, reg dich nicht auf.

LYMAN *sofort von seinen Erinnerungen überwältigt* Du machst dir nämlich ein völlig falsches Bild! Hab ich dir je gesagt, wie wir uns getroffen haben? – Hören wir auf, über diese Ehe zu reden, als wäre sie im Himmel gestiftet worden, Herrgott noch mal! – Ich kam vom Cornell College zurück, per Anhalter; im unschuldigen Alter von siebzehn Jahren; ich steh mit meinem Koffer am Straßenrand und muß mal pinkeln. Also laß ich den Koffer stehen und schlag mich in die Büsche. Ein Pfarrer sieht den Koffer, hält an und nimmt mich mit zu einem Picknick der AUDUBON-Gesellschaft, wo ich – ob du's glaubst oder nicht – seine Tochter treffe: Theodora. – Hätt ich den Koffer mit hinter den Busch genommen, wäre ich ihr nie begegnet. – Und da soll's noch ernsthafte Leute geben, die nach dem tieferen Sinn des Universums forschen.

TOM Bis auf ein paar Sprünge und angeschlagene Ecken ist eure Ehe die beste, die mir je untergekommen ist.

LYMAN *seufzt* Ich weiß. – Schau, wir sind alle gleich; ein Mann ist ein Haus mit vierzehn Zimmern – im Schlafzimmer liegt er bei seiner klugen Frau, im Wohnzimmer treibt er's mit irgendeinem nacktarschigen Mädchen, im Arbeitszimmer zahlt er seine Steuern, im Hinterhof zieht er Tomaten, und im Keller bastelt er an 'ner Bombe, um alles in die Luft zu jagen. Und keiner ist anders ... außer dir, vielleicht. Oder nicht?

TOM Ich ziehe keine Tomaten ... Hör zu, das Fernsehen reitet auf der Story rum, und es ist erniedrigend für die Frauen; laß uns eine Erklärung abfassen und die Sache erledigen. Was willst du?

LYMAN Dasselbe wie immer: beide.

TOM Mal ernst ...

LYMAN Ich kenne diese Frauen, und sie lieben mich noch! Es sind nur die Gefühle, die man von ihnen erwartet, die sie verwirren. – Klingt das verrückt?

TOM Es gibt noch was anderes zu besprechen ...

LYMAN – Was sagt Leah dazu ... irgendwas?

TOM Sie ist fassungslos. Aber offen gesagt, auch sie scheidet, glaube ich, nicht ganz aus ... falls das der Schritt ist, den du erwägst.

LYMAN *tief berührt* Ein Format haben diese Frauen! Ich wollte, mich träfe der Schlag. *Wieder nah am Heulkrampf* Ach Tom, ich bin verloren.

TOM ... Tut mir leid, aber eines ist dringend. Jeff Huddleston hat heute früh um sechs angerufen. Er hat's im Radio gehört. Er besteht darauf, daß du vom Verwaltungsrat zurücktrittst.

LYMAN Nicht ums Verrecken! – Ich hab die Firma aufgebaut, und ich behalte sie! – Ist doch unerhört! – Jeff Huddleston hat eine Frau im Trump Tower einquartiert und zwei in L. A.

TOM Huddleston?

LYMAN Einmal wollt er mir eine ausleihen! Huddleston hat mehr außereheliche Fotzen als ein Puff in Nevada!

TOM Aber er heiratet sie nicht.

LYMAN Genau! – Mit anderen Worten, was ich wirklich verletzt hab, ist das Gesetz der doppelten Moral.

TOM Unglücklicherweise ist es das gültige.

LYMAN Ja. Aber nicht mit mir, Junge – was ich will, mache ich! *Bessie und Theo treten ein. Theo steht neben dem Bett und betrachtet ihn ausdruckslos. Bessie schaut ihn nicht mal direkt an. Nach einer langen Pause ...*

Verdrängt die Angst Mein Gott, Theo – danke schön ... fürs Kommen, mein ich. Ich hab nicht damit gerechnet ...

Sie setzt sich in gewichtigem Schweigen. Bessie bleibt stehen, streng auf der Hut. Er ist offen und ungeschickt beschämt.

Hi, Bessie.

BESSIE Ich bin ihretwegen hier, sie wollte dir was sagen. *Drängt sie* Mutter?

Aber Theo beachtet sie nicht, betrachtet Lyman mit einem unergründlichen Lächeln. Nach einer peinlichen Pause

LYMAN *um die Leere zu überbrücken* Wie fühlst du dich heute? Ich habe gehört, daß du ...

THEO *trocken, bringt ihn zum Schweigen* Ich werd dich nicht mehr wiedersehen, Lyman.

LYMAN Ja, nun... ich nehme an, es ist zwecklos, mich zu entschuldigen, du kennst mich... Trotzdem, es tut mir leid.

THEO Ich kann mein Leben nicht so verschleudern.

LYMAN Ich bin bereit, über alles zu reden, Theo. Du brauchst keine Rücksicht zu nehmen.

THEO Ich mag dir verwirrt vorkommen, aber ich bin's nicht; es hat sich nur soviel in mir angestaut, was ich nicht mehr zurückhalten will.

LYMAN Klar, verstehe ich.

THEO Weißt du noch, was der junge Englischlehrer, den seine Frau verlassen hatte, dir für einen Rat gegeben hat in punkto Sex?

LYMAN Ein Englischlehrer?

THEO »Nimm ihn«, hat er gesagt, »und mach einen Knoten rein.«

LYMAN *lacht, ist aber beunruhigt* Ach, sicher, Jim Donaldson!

THEO Alle haben darüber gelacht.

Ihr Lächeln ist leer, sein Charme verzweifelt.

LYMAN Genau! »Nimm ihn und mach einen Knoten...« *Er gluckst vor sich hin.*

THEO *unterbricht ihn* Ich fand es widerlich, wenn du darüber lachtest; es zeigte deine ordinäre Seite. Ich habe mich geschämt, für dich und für mich.

LYMAN *überrumpelt* Verstehe. Aber das ist lange her, Theo...

THEO Ich hätte damals beinahe auf der Stelle Schluß gemacht, aber ich hielt mich für zu unerfahren, um so was zu beurteilen. Aber ich hatte recht – du warst ein ordinärer, gefühlloser Mann, und du bist es noch.

Ängstlich schaut er zu Bessie, in der Hoffnung auf Hilfe oder eine Erklärung für diese Ungereimtheiten.

LYMAN Ich verstehe. Nun, ich nehme an, unser ganzes Leben

war demnach ein Irrtum. *Verärgert, aber um Charme bemüht* Aber mit gutem Einkommen.

BESSIE Bitte, Mutter, laß uns gehen. Er macht sich lustig über dich, merkst du das nicht?

LYMAN *empört sich* Darf ich mich nicht verteidigen? Soll ich mich hinlegen und zerstören lassen? – Bitte, Theo, mach weiter, ich höre zu, ich verstehe, was du sagst, und es ist in Ordnung, es sind deine Gefühle.

THEO *anscheinend völlig entspannt* Wie hieß der Fluß, ungefähr eine halbe Stunde zu Fuß hinter der Chemiefabrik?

LYMAN *überrascht – ist sie verrückt* Was für ein Fluß?

THEO Wo wir im Mondschein schwimmen waren mit diesen Geologen und ihren Freundinnen...

LYMAN *völlig verloren – dann* Ach, du meinst, nach der Examensfeier?

THEO ...Die ganze Truppe nackt unter dem Wasserfall... und das Lachen der Mädchen in der Dunkelheit...

LYMAN *beginnt zu lächeln, ohne zu verstehen* Ach, sicher... war 'ne tolle Nacht!

THEO Wir hielten uns umschlungen, und über deine Schulter sah ich... oder ist das ein Traum?... Ich erinnere mich an eine hohe weiße Wand aus Kalkstein, senkrecht aus dem Fluß aufsteigend...

LYMAN Ganz genau, Xertiär. War voller Fossilien.

THEO Ja! Käfer, Abdrücke, Würmer, Schalentiere, 50 Millionen Jahre alt, krochen an dieser steilen, weißen Tempelmauer hoch... und wir schwammen drunter, wie zwei Frösche im Dunkeln... unsere nassen Wimpern aneinander...

LYMAN Ja.

THEO Es war ein wunderschöner Abend.

LYMAN Ich freue mich, daß du dich an ihn so erinnerst.

THEO Siehst du, ich bin keineswegs puritanisch, es ist nur eine Frage des Geschmacks – diese Nacht war ein Erlebnis.

LYMAN Nun, Geschmack hatte ich nie, darin sind wir uns

einig. Aber ich will dir nichts vormachen, Theo – Geschmack ist für mich, was vom Leben übrigbleibt, wenn die Leute nicht mehr vögeln können.

THEO Das hättest du mir vor dreißig Jahren sagen sollen.

LYMAN Vor dreißig Jahren wußte ich das noch nicht.

THEO Und erinnerst du dich noch daran, was du mir da beim Schwimmen gesagt hast?

LYMAN *zögernd* Ja.

THEO Nein, tust du nicht.

LYMAN Ich sagte: »Was könnte je zwischen uns kommen.«

THEO *enormes Staunen und erleichtert* Ja. Und hast du es damals gemeint? Oder war ich naiv, dir zu glauben? Bitte sag mir die Wahrheit.

LYMAN *berührt* Ja, ich hab's geglaubt.

THEO Wann hast du angefangen, mir was vorzumachen?

LYMAN Bitte hör auf damit ...

THEO Ich suche nur den Punkt, wo ein Schlußstrich unter mein Leben gezogen wurde. Damit ich es weiß; das ist doch nicht zuviel verlangt, oder?

LYMAN Von Herzen, Theo – bitte ich dich um Vergebung.

THEO – Wann ist Billie Holiday gestorben?

LYMAN Billie Holiday? ... Ich weiß nicht, vor zehn – zwölf Jahren? Warum? Ach, Theo, es tut mir so leid ...

Sie starrt weiter.

Warum willst du das von Billie Holiday ...

BESSIE Okay, Mutter, laß uns gehen?

LYMAN Bessie, ich denke, es ist besser, wenn sie sich ausspricht ...

BESSIE Niemanden interessiert, was du denkst. *Zu Theo* Ich will, daß du jetzt kommst.

LYMAN Hab Erbarmen mit ihr!

BESSIE Du sprichst von Erbarmen?!

LYMAN Mit ihr, nicht mit mir! – Sie hat mich geliebt! Hörst du nicht, was sie zu sagen versucht?

BESSIE Wer kann sich so 'n Scheiß anhören?

LYMAN Was fällt dir ein! Ich hab dir ein verdammt schönes Leben geboten, Bessie!

BESSIE Du hast nichts mehr zu sagen, du bist ein Witz.

THEO Bitte, Liebes! –Warte draußen einige Minuten.

Angesichts ihres Ernstes schlüpft Bessie hinaus.

Du hast ihr das Herz rausgerissen.

Er wendet sich ab, um nicht zu schluchzen.

Hat es Spaß gemacht, mich für blöd zu verkaufen? Was steckt dahinter? Warum konntest du mir nichts sagen von dieser Frau?

LYMAN Ich hab's versucht, viele Male, aber... ich nehme an, es klingt verrückt, aber... ich konnte es nicht ertragen, dich zu verlieren.

THEO Aber –! *Plötzlich fast hysterisch intensiv* – Du hast mich neun oder zehn Jahre lang jeden Tag betrogen, und davor mit anderen Weibern, stimmt's? – Was gab's denn da noch zu verlieren?!

LYMAN *entschlossen, nicht zurückzuweichen* ... Dein Glück.

THEO Mein Glück!

LYMAN Ich liebe dich.

THEO Du liebst mich.

LYMAN *wagt es zögernd* Nur die Wahrheit kann uns weiterhelfen, Theo – ich denke, du warst in diesen Jahren glücklicher als je zuvor in unserer Ehe – empfindest du das nicht so?

Sie widerspricht nicht.

Und der Grund ist, glaube ich, daß es mir nie langweilig mit dir war.

THEO Vorher hast du dich gelangweilt?

LYMAN Genauso wie du dich mit mir, Liebes... Ich meine nur – du weißt schon – normale eheliche Langeweile.

Da sie darauf nicht eingeht, erklärt er weiter.

Du weißt, wie beim Abendessen – wenn ich eine Geschichte wiederhole, die du tausendmal gehört hast...? Wie mein

Großvater drei Finger unter der Straßenbahn 9. Avenue verloren hat...?

THEO Aber mir gefiel diese Geschichte! Ich hab mich nie mit dir gelangweilt... So blöd war ich.

LYMAN *scheint jetzt geradezu pervers* Theo, du hast dich gelangweilt – das ist keine Sünde! Genauso wie ich, wenn du Leuten zum zehntausendsten Mal erzählt hast, wie du – zum Beispiel – *mit Charmeur-Lächeln* als Pfarrerstochter nicht auf Bäume klettern durftest, damit man deine Schlüpfer nicht sehen konnte!

THEO *widersteht seinem Charme* Aber ich denke, die Leute interessieren sich sehr wohl für eine Gesellschaft, die völlig verschwunden ist! Diese Geschichte hat eine historische Bedeutung!

LYMAN *leidet Todesqualen* Aber Liebling, mir ist diese Geschichte ins Fleisch gebrannt!... Und ich bitte dich, mach daraus keine moralische Kardinalfrage, es geht nur drum, dieselbe Zeitungsseite dreißig Jahre lang zu lesen! Es ist nur der gewöhnliche, häusliche Alltag, Liebes, es ist das Leben, und ich kenne keine andere Frau, die ehrlich und stark genug wäre, es als das Leben hinzunehmen – wenn du nur wolltest!

THEO *Pause, trotz ihrer Verwirrung versucht sie ihn zu verstehen* Und wieso meinst du, ich sei während dieser letzten Jahre glücklicher gewesen?

LYMAN Weil du mir meine Zufriedenheit ansehen konntest, denn ich war zufrieden...

THEO Weil sie...?

LYMAN Weil ich dich trotzdem liebenswert finden konnte, wenn du mit deinen Schlüpfern anfingst, weil ich wußte, daß diese Geschichte nicht das einzige war, was mir vor dem Tode blieb.

THEO Weil sie auf dich wartete.

LYMAN Genau.

THEO Mit ihr hast du dich nie gelangweilt?

LYMAN Bei Gott! Oft mehr als mit dir.

THEO *kurze, hoffnungsvolle Neugier* Wirklich! Und was dann?

LYMAN Dann dankte ich meinem Schicksal, daß ich zu dir zurück konnte. – Ich weiß, wie schwer das zu verstehen ist, Theo.

THEO Nein... nein... irgendwie hab ich's schon immer gewußt.

LYMAN Was?

THEO Du bist eine Art... Riesenmuschel.

LYMAN Muschel?

THEO Liegst am Meeresgrund und wartest, daß dir irgendwas ins Maul fällt; du willst deine Leere füllen, und das nennst du Liebe. Du bist eine Art Monster, und ich denke, du weißt es sogar, oder nicht? Ich fange fast an, dich zu bemitleiden, Lyman. *Sie will gehen.* Ich hoffe, du erholst dich schnell. Ich weiß jetzt Bescheid, bin froh, daß ich geblieben bin.

LYMAN Erstaunlich – gerade als das Geheimnisvolle des Lebens sich bemerkbar macht, denkst du, alles sei geklärt.

THEO Für mich gibt's da nichts Geheimnisvolles, du hast nie jemanden geliebt!

LYMAN Dann erklär mir, wie diese wertlose, lieblose, verräterische Miesmuschel ganz allein zwei so verschiedene Frauen glücklicher machen konnte, als sie je im Leben gewesen sind!

THEO Also wirklich! *Ihr Lachen endet in einem Schrei.* Wirklich und wahrhaftig glücklich?!

Lyman steigt empört aus dem Verband – ihre Aufmerksamkeit bleibt natürlich darauf gerichtet.

LYMAN ... Wenn ich es wagen würde, die ganze schwachsinnige Wahrheit auszusprechen, war ich in Wirklichkeit der einzige, der in diesen vergangenen neun Jahren gelitten hat – ich selbst.

Ein gewaltiges, hallendes Brüllen ertönt, das Brüllen eines Löwen.

Licht fällt auf Bessie, die mit einem Fernglas nach vorn schaut; sie trägt Shorts, Tropenhelm und eine Safarijacke.

THEO Du und leiden? – Gott im Himmel, erbarme dich unser!

Sie versucht, ihr bitteres Lachen in die Länge zu ziehen, während sie zu Bessie kommt und einen Tropenhelm aus dem Picknickkorb nimmt und ihn aufsetzt. Lyman taucht gleichzeitig hinter dem Verband auf, jedoch im Krankenhaushemd. Er folgt Theo, der Dialog geht ohne Unterbrechung weiter.

LYMAN ...Wie würdest du's anders nennen? – In eure unschuldigen, zufriedenen Gesichter schauen zu müssen, während ich doch wußte, auf was für einem hohlen Fundament euer Glück gebaut war? Ist das nicht Leiden? *Er nimmt seinen Platz neben den beiden Frauen ein, schaut in dieselbe Richtung, eine Hand über den Augen.*

BESSIE *blickt durch das Fernglas, ohne Pause* Gott im Himmel, bumst er sie schon wieder?

LYMAN Er heißt nicht umsonst König der Tiere.

BESSIE Die Ärmste, wie geduldig sie's erträgt.

THEO *übernimmt das Fernglas* Also komm, Liebes, sie ist nicht nur geduldig.

BESSIE *breitet die Tischdecke fürs Picknick aus* Aber es ist doch nur einmal jedes halbe Jahr, oder?

LYMAN Das sind die Male, die uns bekannt sind.

THEO *verteilt die Gedecke* O nein, es sind wunderbar treue Paare.

LYMAN Nein, Liebling – sie haben einen ganzen Harem. Du verwechselst sie mit Störchen.

BESSIE *hält ihm ein Ei hin* Papi?

LYMAN *setzt sich und ißt zufrieden* Ihr gefallt mir in euren Helmen, wie zwei adelige Damen auf einer Safari.

THEO *streckt sich auf dem Boden aus* Die Luft hier! Die Ruhe. Diese Hügel.

BESSIE Danke, daß du mich mitgenommen hast, Papi. Schade,

daß Harold diese Vorträge hatte. Ich werde die Reise nie vergessen. – Warum schaust du so traurig aus?

LYMAN Ich? Nein.

THEO Schuldgefühle.

LYMAN *erschrocken* Schuld?

THEO Er war seit einer Woche nicht im Büro.

LYMAN *erleichtert* Ach ja – wieso betrachten wir eigentlich Monogamie als eine höhere Lebensform?

THEO Nun, es beinhaltet eine Intensivierung der Liebe.

LYMAN Was sagst du dazu, Bess? Du hattest doch eine Menge Freunde vor Harold.

BESSIE Schon ... ja, aber ich nehm an, mit einem ist es intensiver.

LYMAN Folgt daraus, daß es was Höheres ist?

THEO Monogamie stärkt die Familie; wahlloses Rumvögeln untergräbt sie.

LYMAN Aber unter uns Neurotikern: Wer will schon eine starke Familie?

THEO Na ja, es hilft auch der Freiheit.

LYMAN Der Freiheit? Wieso das?

THEO Die Familie gibt ihren Mitgliedern Halt; wenn die Familie schwach ist, muß der Staat einspringen. Also je stärker die Familie, je weniger Polizei. Und deshalb ist Monogamie eine höhere Form.

LYMAN Jesus Maria, hast du dir das gerade ausgedacht? *Zu Bessie* Ist sie nicht wunderbar? Ich geb ihr eine Einsplus!

THEO *glücklich getroffen* Ach, sei still!

LYMAN Und was ist mit den Moslems? Die sind ja wirklich für starke Familien, aber viele haben zwei oder drei Frauen.

THEO Aber nur eine ist wirklich die Frau.

LYMAN Laut meinem Vater keineswegs – die hatten oft zwei Hauptfrauen, eine für den Haushalt, eine fürs Bett. Aber beide gleichberechtigt.

THEO Mit der Völkerkunde deines Vaters stand es wie mit seiner Moral – mangelhaft.

LYMAN *lacht; zu Bessie* Deine Mutter ist der Inbegriff einer Frau, weißt du, warum?

BESSIE *lacht entzückt* Warum?

LYMAN Weil sie immer klar und logisch ist und ...

THEO ... ziemlich langweilig.

Er gluckst zufrieden und klatscht mit den Händen überm Kopf Beifall.

BESSIE Du bist nicht langweilig! *Sie umarmt Theo.* Sag ihr, daß sie nicht langweilig ist!

LYMAN *umarmt beide zusammen* Nicht doch ... Ehrenwort, ich hab nicht langweilig gemeint!

THEO *den Tränen nahe, verletzt* Lieber bin ich langweilig und klar als niedlich und dumm!

BESSIE Aber er hat's nicht so gemeint ...

LYMAN Wer spricht denn von niedlich?

THEO *schmerzlicher Blick* Ich wollte, ich wüßte, wie man's dir recht macht.

LYMAN Großes Ehrenwort, Theo, ich langweile mich nicht! – Und jetzt hör bitte damit auf.

THEO Du blickst so trübe vor dich hin, seit wir diesen unglückseligen Kontinent betreten haben!

LYMAN *nimmt sie voller Schuldgefühl in die Arme* Ich find die Reise wundervoll – und mit euch beiden zu sein ... Theo, bitte! ... Jetzt mach mir keine Schuldgefühle!

Das Brüllen des Löwen unterbricht sie, und sie schauen erschrokken in seine Richtung.

BESSIE Kommt er in unsere Richtung ...? Papi! – Er läuft!

STIMME DES FÜHRERS *über Lautsprecher* Bitte alle zurück zum Auto, alle bitte! Sofort.

LYMAN Schnell! *Er schiebt beide Frauen vor sich her.*

BESSIE *im Gehen* Komm, Papi!

THEO *spürt, daß er zurückbleibt* Lyman ...?

LYMAN Geht vor! *Er stößt sie weg, kehrt aber selbst um.*

STIMME DES FÜHRERS Kommen Sie ins Auto, Mr. Felt!

Das Brüllen des Löwen – näher jetzt. Lyman starrt dem Löwen entgegen, bereit zum Weglaufen, aber er weicht nicht zurück.

Mr. Felt, kommen Sie ins Auto!

Erneutes Brüllen

LYMAN *im Angesicht des Löwen, schreit ihm mit Furcht und Heidenspaß entgegen* Ich bin glücklich, jawohl! Daß ich mit Theodora verheiratet bin und Bessie habe … ja, und Leah auch!

Erneutes Brüllen

BESSIE *aus der Ferne* Papi, bitte komm her!

LYMAN Und daß ich einen Haufen Geld gemacht hab … und daß mir keine Prozesse anhängen! –

BESSIE *aus der Ferne* Papi …!

LYMAN *schleudert der sich nähernden Bestie seine Worte entgegen, aber bereit, jederzeit zu fliehen* … Und daß ich keinen Tag meines Lebens Dingen opfere, an die ich nicht glaube – einschließlich Monogamie, jawohl! Ich liebe mein Leben, du verdammter Löwe!

Mit aufgerissenen Augen, zum Weglaufen gebückt, starrt er dem Löwen entgegen – dessen Brüllen jedoch, wie wir jetzt hören, in ein gutturales, gemütliches Brummen umschlägt. Lyman richtet sich vorsichtig auf und dreht sich triumphierend zu den Frauen hinter der Bühne um. Bessie kommt herausgelaufen, wirft sich ihm an den Hals und küßt ihn überschwenglich und erleichtert.

BESSIE *nach vorne schauend* Papi, er ist umgekehrt! Warum hast du das gemacht?

Theo tritt auf.

THEO Er läuft weg! Wie hast du das gemacht? *Zu Bessie* Hast du gesehen, wie er stehen geblieben ist, ihn angeschaut hat und dann umgekehrt ist! *Zu Lyman* Was ist passiert?

LYMAN Ich glaube … er hat gespürt, daß ich … Liebling, daß ich frei von Schuldgefühlen bin.

THEO Wie bitte?

LYMAN *verwundert* Sein Brüllen ist mir durch und durch gegangen wie ein Stromschlag, und plötzlich war mir klar, daß ich... *Dreht sich zu ihr* ...ich immer glücklich mit dir war, Theo! – Irgendwie wollt ich's nur nicht wahrhaben! Es ist wie ein Wunder – ich bin glücklich, und ich werde mich nie wieder dafür entschuldigen!

THEO *Tränen der Dankbarkeit, faltet ihre Hände wie zum Gebet* Ach, Lyman. *Gibt ihm einen Kuß* Ach, Lyman!

LYMAN *noch in Fahrt, streckt ihr die Hand hin* Was für gute, alte Freunde wir sind, Theo! Schlag ein!

Sie lacht und schüttelt seine Hand wie ein Mann.

Was für ein Mensch du bist, was für ein schönes, ernstes Gesicht du hast!

BESSIE Ach, Papi, das ist so lieb! – Du bist so w u n d e r b a r.

LYMAN Wieso zum Teufel, sind wir noch zusammen – ist dir klar, wie sehr sie mich lieben muß, um meinen Charakter zu ertragen? Und ich liebe sie auch! Eins steht fest, Bessie, ich verehre diese Frau!

THEO Ach, ich wußte, so etwas würde eines Tages passieren! *Ein gepflegtes Lachen* – Nicht mit einem Löwen, natürlich, aber dieser plötzliche Strahl des Lichts...!

LYMAN Die ganze Zukunft ist mir jetzt klar! Wir werden uns nicht verschämt ins mittlere Lebensalter mogeln, sondern es erhobenen Hauptes betreten! Ich baue uns eine kleine, egoistische Hütte in der Karibik, dahin bringen wir all die dikken englischen Romane, die wir nie zu Ende gelesen haben – und Proust! – Und ich kaufe zwei Mopeds mit Körben an der Lenkstange für unsere Einkaufstouren...

THEO Ich wußte es, ich wußte es!

LYMAN ...Und ich verbringe jeden Tag mit dir – außer vielleicht ein, zwei Wochen im Monat in der Filiale in Elmira oben!

BESSIE Wie fabelhaft, Mutter!

THEO Danke dir, Löwe! Danke dir, Afrika! *Zu ihm* Lyman?

LYMAN *schon wieder geistesabwesend* ...Hm? Ja?

THEO Ich fühl mich wie neugeboren!

Sie legt ihm die Arme um den Hals, schmiegt ihr Gesicht an seinen Nacken, während er in tiefer Verzweiflung vor sich hinstarrt.

BESSIE Das waren die schönsten zwei Wochen meines Lebens! Ich liebe dich, Papi! *Auch sie eilt in seine Arme, die nun beide umschließen, Tränen in den Augen.*
Weinst du?

LYMAN Vor Staunen, Schätzlein... über mein Glück, nehm ich an... Kommt, wir müssen weiter.
Melancholisch führt er sie nach hinten; Lichtwechsel, es wird dunkler, und sie verschwinden, während er zurückbleibt. Allein – immer noch im Nachthemd – wendet er sich nach vorn, wo die Krankenschwester im aufblendenden Licht am Bett sitzt.

SCHWESTER *zu dem Verband, wie zuvor* Ich begreife nur nicht, wieso Sie diese Frau geheiratet haben – ein kluger Mann wie Sie!
Lyman blickt Leah entgegen, die im Licht erscheint; sie trägt denselben Pelzmantel wie im 1. Akt, als sie zur Abtreibung aufbrechen wollte. Die Schwester bleibt am Rande, bewegungslos.

LEAH Gut, soviel ich weiß, hat es noch eine Woche oder so Zeit, aber... wirklich, Lyman, du weißt so gut wie ich, daß du sie nie verlassen wirst.

LYMAN Du sagst den Eingriff ab, okay? Und ich rede morgen mit ihr.

LEAH Über was?

LYMAN *mit angehaltenem Atem* Ich will dich nicht wegrationalisieren. Ich hab nur ein Leben! Ich werde sie bitten, sich scheiden zu lassen.

LEAH Mein Gott, Lyman!

LYMAN *zieht sie in seine Arme* Wieso sind wir so ur-verbunden? – Fühlst du es?

LEAH Es ist so stark. Es ist, als ob ich dich schon immer gekannt hätte. Aber hör zu, ich weiß, wie sehr du an ihr hängst...

LYMAN Ich vertraue dir... ich möchte dir etwas sagen. *Aus*

reiner Rücksicht macht er eine Pause. Ich hatte mal einen Sohn, mit einem tollen Mädchen. Vor langer Zeit. – Ich schäme mich dafür – ich hab sie überredet, ihn zu bekommen. Ich war verrückt nach ihr. Aber ich mußte die Beziehung abbrechen oder meine Ehe opfern. Es war die reinste Qual. – Etwa siebzehn Jahre später bin ich bei der PANAM in Los Angeles beim Einchecken, als ich so 'n jungen Kerl in der Reihe vor mir sehe. Genau mein Ebenbild. Unverkennbar. Als er sein Ticket auf den Schalter legte, wiederholte der Angestellte seinen Namen, natürlich – der seiner Mutter. Wir saßen uns im Warteraum gegenüber. Ich war wie gelähmt.

LEAH Warum hast du dich nicht vorgestellt?

LYMAN Also, er war ärmlich angezogen... und wirkte unglücklich. Es hätte ihm ja wie Verrat vorkommen müssen, ich war sicher, daß er mich hassen würde... *Pause, er küßt ihre Hand.* Behalt's für dich, Kleines. Versprochen? Und bleib zu Haus und kneife die Knie zusammen, hörst du? – Keine Verabredungen.

LEAH Hör schon auf, dir wegen einem anderen Mann Gedanken zu machen. Okay? – Bitte, ich bin nicht so, wenn's mir ernst ist.

LYMAN *kneift ihr mit gespieltem Ärger in die Backe* Klosterschule, bis ich wiederkomme, hörst du?

LEAH Ist das dein Ernst?

LYMAN Es ist mein Ernst. Ich reiche die Scheidung ein.

LEAH Auf einmal... weiß ich gar nicht, ob ich Mutter werden will. – Soll ich, was meinst du?

LYMAN Ja. Du willst es.

Er küßt sie. Sie lachen beide. Er geht los; sie greift nach seiner Hand und preßt sie wie zum Gebet zwischen ihre, den Blick zum Himmel gewandt.

LEAH Bitte! Etwas Glück für mich! *Direkt zu ihm* Warum ist alles so gefährlich? *Sie gibt ihm einen heftigen Kuß.*

Blackout

Theo erscheint; sie versteckt etwas hinter ihrem Rücken und lächelt liebevoll. Lyman kommt; er wirkt feierlich und gefaßt für den Showdown.

LYMAN Theo, Liebste ... ich muß dir etwas sagen ...

THEO *hält ihm den Kaschmir-Pullover hin* Alles Gute zum Geburtstag!

LYMAN *durcheinander* Was? Aber es ist doch nicht Juli, oder?

THEO Aber er war so sündhaft teuer, daß ich eine Entschuldigung brauche. *Zieht ihm den Pullover über* Hier ... zieh ihn an. Ein italienischer. Nicht zu groß? *Tritt zurück, um ihn zu bewundern* Ein Prachtstück! Schau in den Spiegel!

LYMAN Ja, wunderschön, danke dir, Liebe. Aber hör zu, ich muß dir wirklich etwas ...

THEO Mein Gott, Lyman, du schaust einfach prächtig aus! *Hakt ihn unter und macht ein paar Schritte in ihrer schwerfälligen Art* Ich hab noch eine Überraschung – Karten für die Oper! Und anschließend einen Tisch bei Luigi's!

LYMAN *sammelt grimmig Mut – und ist allmählich von ihrem dominierenden Verhalten irritiert* Ich muß dir was sagen, Theo, also warum machst du's mir so schwer!

THEO Was?

Er ist gelähmt.

Was ist? Was ist passiert? *Beunruhigt* Lyman! – *Fragend* Warst du zu der Untersuchung?

LYMAN *explodiert fast* Gottverdammt, nein, das doch nicht!

THEO Dein Gesicht ist ganz grau! Bitte, was ist los, du siehst völlig verstört aus!

Er entfernt sich von ihr und ihrer schrecklichen Anteilnahme, schaut nach vorn. Sie bleibt hinten und ruft aus der Entfernung.

– Mein Vetter Wilbur ist noch an der Massachusetts-Klinik, wir können zusammen hinfahren ...! Bitte, Liebling, mach dir keine Sorgen ...! Was willst du mir sagen?

Völlig blockiert – sowohl in der Vergangenheit wie in der Gegenwart – atmet er tief ein und stößt ein lang anhaltendes, riesiges

Heulen aus, mit beiden Armen den Himmel um Erlösung anflehend. Dieser Laut vertreibt sie aus seinem Kopf, sie wird von der Dunkelheit verschluckt, und er ist wieder allein.

LYMAN *zu sich, nach vorn blickend* Keinen Mumm! Mit einem Wort: Keinen Mumm!

Eine Krankenbahre rollt herein. Leah liegt drauf. Sie stützt sich auf den Ellbogen.

LEAH Du hast's geschafft!

LYMAN *grinst breit* Natürlich hab ich's geschafft!

LEAH Haben sie ihn dir gezeigt? Es ist ein Junge! – Und hast du gesehen, wie ähnlich er dir ist?

LYMAN Nein, mir nicht – meinem Vater nach dem Rasieren. *Küßt sie* Wie unwirklich sanft deine Augen sind. Als ob Gott sich runtergebeugt hätte, um dich auf die Brust zu küssen.

LEAH Ich hab gehofft, daß du's schaffst herzukommen. *Küßt seine Hand* Danke dir für ihn, Liebling. Ich liebe dich. Und ich verstehe, warum du dich nicht scheiden lassen kannst, und es ist in Ordnung so. Wirklich. Ironischerweise verstehe ich jetzt, was Zuverlässigkeit ist.

LYMAN Ich liebe dich, Leah. Du hast die wunderbare Gabe, einem nahe zu sein …

LEAH Du kommst uns doch besuchen, oder? – Wann du's einrichten kannst?

Er bedeckt sein Gesicht.

Sei nicht bedrückt, wir können uns auch so ein schönes Leben machen! Wie soll ich ihn nennen?

LYMAN *läßt die Hände sinken, im Kampf um den Verlust* Ich hab das Formular für dich ausgefüllt.

LEAH *lacht* Du hast es ausgefüllt.

LYMAN Ich hab Benjamin hingeschrieben. Ist das okay?

LEAH Wenn's von dir kommt, gefällt es mir. Und als Familienname? – Meinen, nehme ich an?

LYMAN Ich möchte Felt schreiben. – Das heißt, ich hab's getan.

LEAH Felt! – Wie soll ich ihm das erklären?

LYMAN *zögert, dann mit einem angestrengten Lächeln* Ich weiß, du schuldest mir nichts, Liebling, aber ich habe erfahren, daß es da einen Mann gibt, der dich besucht.

LEAH Ein Arzt; gelegentlich; ich kenne ihn von früher. Aber ehrlich ... ich habe das Gefühl, daß ich doch mal heirate. Vielleicht nicht, aber vielleicht doch – eines Tages.

LYMAN Wen?

LEAH Weiß ich nicht! Als ich aus der Narkose erwacht bin, dachte ich – vielleicht wenn ich verheiratet wäre, wären wir gleich schuldig, und es wäre leichter für dich.

LYMAN Ich versuche nicht einmal zu verstehen, was du meinst.

LEAH *lachend, plötzlich Tränen* Bitte geh, mein Lieber, ich ertrag's nicht ... Komm später wieder oder schreib mir – oder ruf mich an und bring mich zum Lachen!

LYMAN Ach, mein Liebling, mein Liebling ... wir müssen zusammenbleiben!

LEAH *ärgerlich* Du kannst doch nicht! – Warum sagst du's immer wieder!

LYMAN Wie wär's, wenn ich dir ein Atelier in der Stadt unten kaufe, dich hier auslöse, dann kannst du mit ihm zu Hause bleiben und malen? – Was sagst du dazu? Ich lege einen Aktienfonds für euch an ...

LEAH Warum warten wir nicht einfach, wie sich alles entwikkelt?

LYMAN Was meinst du damit?

LEAH Besuch mich, wenn du kannst, und ich treffe dich gelegentlich in der Stadt, wenn ich runterfahre ...

LYMAN ... Mir zerreißt es das Herz, es ist, als ob du mir schon entgleitest!

LEAH *direkt und gradaus* ... Aber wie soll ich mich denn fest binden, wenn du nur ab und zu mal vorbeischaust? ... Ich meine, früher oder später würde mich das sehr ärgern. – Du armer Mann, du bist so hin und her gerissen ... oder meinst du, du bist zu alt?

In seinem schrecklichen Konflikt vermeidet er es, sie anzuschauen. Sie streichelt sein Gesicht.

Sei nicht deprimiert; es geht uns eben, wie's uns geht... Im Grunde bin ich mir nicht sicher, ob ich überhaupt verheiratet sein sollte, egal mit wem – ich bin wohl noch zu neugierig.

LYMAN Auf Männer?

Sie nickt geheimnisvoll. Er ist plötzlich entschlossen.

Gib mir einen Monat Zeit! Am 1. Juni habe ich entweder mit Theo abgeschlossen, oder ich verschwinde.

LEAH Du armer Mann. Ich wollte, ich könnte dir helfen, aber ich bin selbst so durcheinander.

LYMAN Ich habe jedes Urteilsvermögen verloren, ich habe keinen Bezug mehr zu meinem eigenen Alter, und ich benehme mich wie ein Verrückter.

LEAH Aber du bist nicht alt, du bist sinnlich und romantisch, und ich finde dich einfach fabelhaft.

Er kommt nach vorne in ein Spotlight, während sie im Dunkel verschwindet.

LYMAN Nein! Ich weiß, was mit mir nicht stimmt – ich könnte niemals stillhalten für den Tod. Ab einem gewissen Alter muß man das aber, oder man macht sich lächerlich – man muß edel und heiter dastehen

Leah ist jetzt verschwunden, er ist allein.

und den Tod sein Bandmaß an die Arme und um den Bauch und unter den Sack legen lassen, bis er für den letzten schwarzen Anzug Maß genommen hat. Und ich kann und ich will das nicht!... Also schlage ich mich mit meiner unzeitgemäßgen Energie rum... *Während er in den Verband steigt, ruft er der Welt zu.* ...der Energie, mit der Gott mich aufgeladen hat und die ich nutzen werde, bis mir die Erde in den Mund geschaufelt wird! Leben! Leben! Tod und Sterben verrecke!

Der Lichtkreis vergrößert sich, zeigt Leah in der Gegenwart, die anders gekleidet ist – wieder im Pelzmantel –, sie steht neben der Schwester am Bett und lauscht seinen Schreien.

SCHWESTER Keine Angst, warten Sie 'n Moment, er kommt gleich zu sich. Er will Sie sicher sehen.

LEAH *nähert sich vorsichtig dem Verband* Lyman?

Er schaut sie an, ein nebelhaftes Erkennen.

Ich bin's, Leah.

Schwester ab

LYMAN *jetzt ganz bei sich und ihr* Leah! *Wendet sich ab* Jesus Christus, was habe ich dir angetan! – Warte... *Einen Augenblick sieht er sich um.* War Theo hier?

LEAH Ich glaube, sie ist weg; ich bin gerade angekommen.

LYMAN Ich weiß nicht mal, wo zum Teufel ich bin... Ach, Leah, es lastet mir auf der Brust wie ein Sack Zement.

LEAH Was denn?

LYMAN Mein Charakter.

LEAH Na ja... ist ziemlich mies.

LYMAN Und doch, ich schwör's, habe ich immer nur versucht, ehrlich zu sein. *Gerührt* Danke, daß du gekommen bist.

LEAH Ich bin nur wegen Benni hier, ich weiß nicht, wie ich's anfangen soll, ihm alles zu erklären.

LYMAN *fast weint er wieder* Es gehört viel dazu, hierherzukommen und so lässig zu reden. Hut ab vor dir! – Was sagt er denn?

LEAH *wendet sich frustriert ab* Er findet's aufregend, daß er eine Schwester hat!

LYMAN *mit schmerzlicher Bewunderung* Ach, der liebe Junge!

LEAH Er ist völlig durcheinander, Lyman; er hat uns alle im Fernsehen gesehen, und eins der andern Kinder hat ihm gesagt, daß er zwei Mütter hat. Er schwitzt im Schlaf. Er fragt dauernd, ob du wieder nach Hause kommst. Es schnürt mir das Herz ab. Ich habe Angst, daß es sein ganzes Leben versauen könnte, wenn wir keine Lösung finden. *Unter Tränen* Du bist sein Idol, Lyman! – Sein Abgott!

LYMAN Ach, es ist ein Chaos, ein absolutes Chaos...

LEAH Sag mir die Wahrheit; es ist in Ordnung, wenn nicht, aber ich will's wissen: Spürst du irgendeine Verantwortung?

LYMAN *erzürnt, so verschreckt wie empört* Wie kannst du so was fragen?

LEAH Aber bitte! Ist doch eine vernünftige Frage?

LYMAN Jetzt paß mal auf – ich weiß, ich hab unrecht und unrecht und unrecht. Aber ich hab weder die eine noch die andere von euch aufs Pferd geschmissen, um euch in meinem Zelt zu vergewaltigen! Du wußtest, daß ich verheiratet war, und du hast mich verführt, und also bin ich nicht ganz...

LEAH Lyman, wenn du mir die Schuld gibst, versinke ich hier im Erdboden!

LYMAN Ich spreche von Wahrheit, nicht von Schuld – es handelt sich hier nicht um ein Ein-Mann-Desaster!

LEAH Erstaunlich, sobald du von Wahrheit sprichst, kommst du immer besser weg als alle andern!

LYMAN Jetzt bist du unfair!

LEAH *Pause* Ich will über Benni reden.

LYMAN Du kannst ihn morgen mitbringen. Aber bitte, wir können auch jetzt reden. *Pause, während sie sich setzt*

LEAH *kurzes Grinsen* Übrigens... ich bin nur neugierig, was mit deiner Frau ist? – Es heißt, sie war über eine Stunde bei dir.

LYMAN Sie hat nur dagesessen und mir erzählt, was ich für ein Monster bin, das nie jemanden geliebt hat.

LEAH *grinst hart* Ich nehme an, du hast ihr das Gegenteil versichert.

LYMAN Ich habe sie geliebt. Genauso wie ich dich geliebt habe. Was wahr ist, ist wahr, Kind.

LEAH Du bist ein Phänomen, Lyman, wirklich – fällst von einem hohen Berg und verstehst immer noch nichts.

LYMAN Was gibt's da zu verstehen?

LEAH Laß es bleiben.

LYMAN Was bleiben?

LEAH *ängstlich und ärgerlich* Es geht mich ja nichts an, aber dein Haß auf diese Frau ist monumental. Ich meine, er ist ... ist ozeanisch.

LYMAN Wovon zum Teufel redest du?

LEAH Weil es einem auf die Nerven geht, den ganzen Scheiß noch mal hören zu müssen!

LYMAN Was für einen Scheiß? Was hab ich denn gesagt?

LEAH Mein lieber Mann, falls dir es entfallen ist: Als ich im zweiten Monat schwanger war, sind wir nach New York gefahren und du hast mich im Carlyle Hotel untergebracht, vier Straßen von deiner Wohnung! »Ich habe sie geliebt« – Mein Gott ...!

Ein Fenster erscheint im Hintergrund, dahinter sitzt Theo im Profil und liest ein Buch. Er steigt aus dem Verband und starrt hin – während Leah ohne Unterbrechung weiterspricht.

Wenn das kein Haß war! – Mich unter dem Fenster vorbeizuführen, wo sie saß ...? Und – ja, mein Gott, fast hätte ich es vergessen – sie sogar zu besuchen? Innerlich warst du ein Mörder und bist es noch! – Wahrscheinlich auch in bezug auf mich!

LYMAN *schaut hinauf zu Theo am Fenster* Aber ich kam mir keineswegs wie ein Mörder vor. Ich tanzte auf dem Drahtseil am Rande der Welt ... Ich riskierte endlich alles, um mich selbst zu finden! – Mit dir an meiner Wohnung vorbeizuspazieren, die Frühlingsluft, die Seidenwäsche in den Schaufenstern der Madison Avenue, das Rascheln ... Trugst du damals nicht ein Tuffeta-Kleid? ... Und mein neues Baby in deinen Bauch gekuschelt? – Ich hatte endlich die Schuldgefühle überwunden, für immer!

Sie geht zu ihm und neben ihm her, als Teil seiner Erinnerung.

... Und wie sinnlich du warst, und wie sich unter der Straßenlaterne deine schwangere Herrlichkeit wölbte!

Sie bewegt sich hingebungsvoll, wie bei diesem lang vergangenen Spaziergang.

LEAH Ist sie das?

Lyman schaut hinauf zu Theo, dann zu Leah, begeistert lebendig.

LYMAN Ach, Leah Liebling, wie sexy du ausschaust vor den Hochhäusern!

LEAH *liebliches Lächeln, Arm in Arm* Du bist nervös, stimmt's?

LYMAN Na ja, ich hab so viele Jahre hier mit ihr gelebt...

LEAH War sie sehr aufgebracht, als du's ihr gesagt hast?

LYMAN *tragisch, aber zögernd* ... Ja, Liebes, das war sie.

LEAH Nun, vielleicht denkt sie nach der Scheidung daran, wieder zu heiraten.

LYMAN *mit einem Blick zum Fenster lockert er ihren Griff auf seinen Arm* Das glaube ich kaum.

LEAH *ein neugieriges Lächeln* Dürfen wir uns nicht anfassen?

LYMAN *greift rasch wieder nach ihrem Arm* Natürlich!

Sie gehen weiter.

LEAH Ich würde sie gerne irgendwann mal treffen... nur so als Freunde.

LYMAN Vielleicht irgendwann.

LEAH Du fühlst dich immer noch schuldig, oder?

LYMAN *bleibt stehen, plötzlich eigenartig entschlossen* Etwas schon, ja. Und das hasse ich. – Hör zu, ich möchte mal sehen, ob ich reingehen und Guten Tag sagen kann.

LEAH Wirklich! Willst du, daß ich mitkomme?

LYMAN Jetzt noch nicht. Macht es dir was aus? Sag's ruhig.

LEAH Nein, geh nur. Mir gefällt's ja, daß du die Leute nicht einfach fallenläßt.

LYMAN Herrgott, du bist ein Mordskerl! Ich treffe dich in zwanzig Minuten im Hotel, okay?

LEAH Laß dir Zeit! Ich spiel so lang mit der herrlichen Wäsche, die du mir gekauft hast. *Umfaßt ihren Bauch* Ich bin so zufrieden, Lyman!

Sie dreht sich um und geht zu dem Verband, der ins Licht kommt. Er bleibt unter dem Fenster zurück und schaut ihr nach.

LYMAN Woher kommt es nur, daß ich um so trauriger werde, je glücklicher sie ist? Es ist diese verdammte Objektivität! – So muß Gott sich fühlen, wenn er glückliche Leute sieht – bei seinem Wissen über Würmer! *Nun schaut er hoch zu Theo, und sein Herz wird schwer.* Was habe ich getan! Hab ich nur den Abstand zu meinem eigenen Leben verdoppelt? *Wild entschlossen* Idiot! – Liebe sie! Jetzt, wo sie dich an nichts mehr hindert, gib deiner klugen und wunderbaren Frau deine ganze Liebe! Zum Teufel mit den Schuldgefühlen! *Er eilt zu Theo, dreht aber plötzlich entsetzt um, läuft im Kreis und atmet heftig, bedeckt sein Gesicht mit den Händen. Dann beißt er die Zähne zusammen und eilt zu dem Fenster, das verschwindet, als Theo überrascht aufsteht.*

THEO Lyman! – Du hast doch gesagt, Dienstag erst?

Er umarmt sie, küßt sie mit rasender Leidenschaft, sie ist überrascht und glücklich.

LYMAN Was für eine gutaussehende Dame! Theo, du trägst Gottes Handschrift.

THEO Ralph Waldo Emerson.

LYMAN Eines Tages finde ich einen Vergleich, den du noch nie gehört hast!

Kameradschaftlich lachend umarmt er sie fest und führt sie zu einem Sessel – die Szene hat etwas aufregend Intimes.

Hör zu, ich bin einfach bei einem Pilot in seiner neuen Cessna mitgeflogen – dabei hab ich morgen Termine da oben ab sieben Uhr früh, aber ich wollte dich unbedingt überraschen!

THEO Du bist nachts in einem Propeller-Flugzeug geflogen?

LYMAN Die ganze Angst kam von den Schuldgefühlen, Theo – ich dachte, ich würde es verdienen abzustürzen. Aber ich verdiene es, zu leben, weil ich kein schlechter Kerl bin und dich liebe.

THEO Na schön, ich ergebe mich! Wann mußt du zurück?

LYMAN Jetzt.

THEO *lacht über diese Absurdität* Können wir nicht mal plaudern?

LYMAN Nein. Überhaupt, ich muß anrufen, um zu sagen, daß ich unterwegs bin. *Er geht zur Seite, um zu »telefonieren«.*

THEO Ich bring dich zum Flughafen.

LYMAN Er holt mich am Carlyle ab ... Hallo?

Licht auf Leah, am »Telefon«

LEAH Liebling!

LYMAN Bin in zehn Minuten da.

LEAH Ach? Gut. Warum rufst du an?

LYMAN Um sicher zu sein, daß du mich nicht vergessen hast und auf und davon bist.

LEAH *lacht über seinen Charme* Deine Eifersucht tut richtig gut! – Weißt du, es war ein Bild der Würde, wie sie da am Fenster saß – wie ein Edward Hopper, irgendwie verwunschen.

LYMAN Ja. Also, ich geh jetzt los. *Er mimt Auflegen.*

THEO Du vergißt nicht, daß wir Donnerstag abend mit Leona und Gilbert essen ... Er hat ein Hörgerät, so daß es nicht zu schlimm sein wird.

LYMAN *fast feierlich nimmt er ihre Hände* Ich mußte einfach diesen gemeinsamen Augenblick stehlen ... Das Leben ist so blödsinnig kurz, Theo.

THEO *glücklich* Warum schielst du dauernd nach dem Tod, du hast mehr Leben in dir als jeder andere! *Sie fährt ihm durchs Haar, bringt es durcheinander.* Heute abend sprühst du nur so!

LYMAN *atemlos* Hör zu, die Zeit reicht gerade noch, um uns zu lieben.

THEO *überraschtes, entzücktes Lachen* Wenn ich nur wüßte, was dich gepackt hat.

LYMAN Daß ich am Leben bin, das ist's! – Ich muß dich lieben! *Er beginnt, sie wegzuführen.* Immer wieder vergeß ich, was meine Frau für 'n süßer Braten ist.

THEO Das muß die neue Filiale in Elmira sein – Neuanfänge sind immer aufregend!

LYMAN *dreht sie zu sich, küßt sie auf den Mund* Ich wollte dich schon lange fragen – hat es je einen Gott gegeben, der schuldig war?

THEO Götter sind nie schuldig, sonst wären's keine Götter – außer Jesus natürlich.

LYMAN Ich fühle mich, als ob der Mond in meinem Bauch wäre und die Sonne in meinem Mund, und ich scheine auf die Erde runter. *Er lacht charmant über sich selbst.* ... Eine ganz normale planetarische Taschenlampe! Komm! *Und in höchster Anspannung lächelnd zieht er sie an der Hand ins Dunkle.*

THEO Ach, Lyman – wunderbar, wie überraschend du immer wieder bist!

Blackout

Licht auf Leah im Krankenzimmer; Lyman ist wieder in seinem Verband.

LEAH Du hast sie also an jenem Abend gebumst.

LYMAN Was soll ich sagen?

LEAH Du kannst nie genug kriegen, stimmt's? – Und als du ins Hotel zurückkamst, haben wir da nicht?...

LYMAN Ich konnte nicht anders. Ich platzte vor Leben! Vielleicht hat's damit zu tun, daß du nur um die Ecke warst, aber sie sah plötzlich so toll aus. Was soll daran schlimm sein?

LEAH *seufzt* Hör zu, ich hab Geschäftliches zu besprechen. Ich will, daß das Haus sofort auf meinen Namen überschrieben wird.

LYMAN Was sagst du da? Leah...!

LEAH Ich weiß, wie sehr du daran hängst, aber ich brauche es als Sicherheit für Benni.

LYMAN Leah, ich flehe dich an: Warte damit...

LEAH Ich werde nicht warten! Und ich will auch meine Firma zurück!

LYMAN Das wird schwierig – sie ist jetzt viel größer als zu der Zeit, als ich sie übernahm...

LEAH Ich will sie zurück! Sie hätte auch ohne dich expandiert! Ich werde mich nicht total zum Narren machen lassen! Ich werde dich verklagen.

LYMAN *mit einem sehr unsicheren Grinsen* Du würdest mich wirklich verklagen?

LEAH *blättert* Ich mach keinen Spaß, Lyman. Du hast mich sehr tief verletzt... *Bricht ab, bezwingt ihre Tränen. Sie holt ein Blatt Papier heraus.*

LYMAN *muß sich von ihr abwenden* Himmel Herrgott, ich ertrag's nicht, dich weinen zu sehen.

LEAH Ich will, daß du mir etwas unterschreibst.

LYMAN Unterschreiben?

LEAH Es ist eine Verzichtserklärung auf das Haus und die Firma. Willst du sie lesen?

LYMAN Das kann nicht dein Ernst sein.

LEAH Ich bat Ted Lester, sie aufzusetzen. Hier, lies es.

LYMAN Ich weiß, was eine Verzichtserklärung ist, erklär mir nicht, wie so ein Schriftsatz aussieht. Wie kannst du so was machen?

LEAH Wir sind nicht verheiratet, und ich möchte nicht, daß du mit irgendwelchen Ansprüchen kommst.

LYMAN Und... und was ist mit Benni. Du willst mir doch nicht Benni wegnehmen...

LEAH Ich...

LYMAN Ich wünsche, daß du ihn morgen früh hierherbringst, damit ich mit ihm sprechen kann.

LEAH Einen Augenblick mal bitte...

LYMAN Du wirst ihn hierherbringen, Leah...

LEAH Nun hör mir mal zu! Ich bin das alles mit Ted Lester durchgegangen, und juristisch hast du nicht die Spur eines Anspruchs. Ich werde nicht zulassen, daß du ihn siehst, bevor ich nicht weiß, wie du ihm die Angelegenheit erklären wirst.

LYMAN Ich werd ihm die Wahrheit sagen – ich liebe ihn...

LEAH Du liebst ihn.

LYMAN *drohend* Ich sagte: Ich liebe ihn, Leah!

LEAH Und was soll er daraus lernen? – Daß es in Ordnung ist, Leute zu betrügen, die man liebt?

LYMAN Ein Mensch, der sich verliebt, kann außer Kontrolle geraten; es kann nicht schaden, wenn er das lernt. Du beschützt ihn zu sehr.

LEAH Wie soll er das denn verkraften? – Du liebst ihn und hast ihn so fürchterlich belogen? – Er ist alles, was mir bleibt, Lyman, ich werd nicht zulassen, daß du ihn verrückt machst.

LYMAN Jetzt hör auf damit! Ich hab noch viel mehr für ihn getan, als ihn zu belügen...

LEAH *ein Ausbruch* Du hast ihn belogen! – Warum kannst du das immer noch nicht begreifen? Die ganze Angelegenheit war eine Lüge!

LYMAN Ich liebe den Jungen.

LEAH ...Ihm ein Pony zu kaufen, ihm Skifahren beizubringen, ihn im Segelflugzeug mitzunehmen... nur damit er dich verehrt, wo du doch wußtest, was du wußtest! Das war grausam!

LYMAN In Ordnung, ich will keinen Streit. Was soll ich ihm also sagen?

LEAH Ich denke, du solltest ihm sagen, daß du ihn lieb hast, aber daß er deinem Beispiel nicht folgen darf, weil lügen die Menschen verletzt. Und du bittest ihn um Verzeihung und versprichst, ihn nie wieder zu betrügen.

LYMAN Ich werde mich nicht vor meinem Sohn klein machen! Das dient nicht seiner Erziehung, Kind, sondern deiner Rache an mir! Wenn ich ihm jetzt irgendwas beibringen kann, dann den Mut, sich selbst treu zu sein! Nur das zählt.

LEAH Auch wenn er die ganze Welt dafür betrügen muß?

LYMAN *voller Qual* Nur die Wahrheit ist geheiligt, Leah! – Nichts zu verheimlichen!

LEAH Du mußt verrückt geworden sein – du hast doch alles verheimlicht! – Du kannst wirklich nicht zwischen Recht und Unrecht unterscheiden, stimmt's!

LYMAN Himmel Herrgott, du klingst wie Theo!

LEAH Na ja, vielleicht passiert das allen, die dich heiraten! Schau – ich glaub nicht, daß es eine gute Idee ist, ihn jetzt...

LYMAN Ich habe ein Recht, meinen Sohn zu sehen!

LEAH Ich will nicht, daß du zu seinem Vorbild wirst, Lyman, es würde sein Leben zerstören!

LYMAN Ich will Benni! Ich will Benni, Leah! Du wirst mir Benni bringen!

Bessie tritt allein auf, sie ist sehr angespannt und besorgt.

BESSIE Ach, ich bin so froh, daß Sie noch da sind. Weil...

LEAH Ich wollte gerade gehen.

BESSIE Bleiben Sie, bitte! Sie hatte irgendeine Art Anfall – sie wird gerade ein paar Zimmer weiter untersucht.

LYMAN Um Gottes willen, Bessie, ... was ist passiert?

BESSIE Ich glaube wirklich, es würde ihr helfen, Sie zusammen zu sehen.

LEAH Aber wir sind nicht zusammen.

BESSIE Ach! – Das tut mir nicht allzu leid. Ich dachte, Sie würden's ihm durchgehen lassen.

LYMAN Nun, es ist noch nichts endgültig...

LEAH Vielleicht ist es endgültig, mein Lieber. *Zu Bessie* Was meinten Sie damit?... Zu sehen, daß wir zusammen sind?

BESSIE Sie redet davon, ihn mit nach Hause zu nehmen.

LYMAN Im Ernst?

BESSIE *mit einem kurzen, feindseligen Blick zu ihm* Sie redet wirres Zeug... Ich frage mich, ob Sie mit ihr über ihre Gefühle sprechen könnten, vielleicht hilft ihr das, ihn wieder klarer zu sehen.

LEAH Tut mir leid, Liebes, aber ich stehe kurz vor einem Nervenzusammenbruch, ich kann jetzt unmöglich...

LYMAN Was heißt überhaupt wirres Zeug? Vielleicht will Mutter mich wirklich wieder haben …

BESSIE *stampft frustriert auf* Ich will, daß sie hier verschwindet und mit nach Hause kommt!

LYMAN Was soll ich machen, mir Hörner aufsetzen und einen Schwanz an den Arsch heften? Ich bin kein Ungeheuer, Bessie! Herrgott, woher hast du nur diese Grausamkeit?

LEAH Er will sie, sehen Sie …

LYMAN Ich will euch beide!

BESSIE *fast hysterisch, schreiend* Wirst du endlich einmal in deinem Leben an einen anderen Menschen denken?

Tom und Theo treten mit der Schwester auf; er führt sie. Sie hat einen abgehobenen, alles durchschauenden Ausdruck, ein tödliches, starres Lächeln; ihr Kopf zittert.

LYMAN Theo! – Komm her, setz dich.

LEAH *zu Bessie, beunruhigt* Ich sollte wirklich gehen …

THEO Oh, es wäre mir lieb, wenn Sie noch ein paar Minuten bleiben könnten! *Zur Schwester* Bitte geben Sie Frau Felt einen Stuhl.

Die Anrede löst bei Bessie Überraschung aus; Leah schaut ratlos zu Bessie, denn das ist das Gegenteil von dem, was Theo angeblich wollte; Lyman ist durch das Ganze sehr ermutigt. Die Schwester sieht sich nach einem Stuhl um, ratlos.

Nun, jetzt sind wir alle versammelt.

Pause

TOM Sie hatte einen kleinen … Anfall, Lyman. *Zu Bessie* Ich hab ein Flugzeug organisiert; wir können alle drei zusammen in die Stadt zurück.

BESSIE Ah gut. – Wir können gehen, wann immer es dir paßt, Mutter.

LYMAN Danke, Theo, daß du gekommen bist.

THEO *dreht sich zu ihm, mit leerem Lächeln* Der Sozialismus ist tot. *Pause* Und das Christentum ist erledigt, also … *Sucht* es ist nichts geblieben, das uns … uns … außer Einfachheit? ... Halt gibt. *Sie schlägt die Beine übereinander, wobei ihr Mantel sich öffnet und ein nackter Schenkel zum Vorschein kommt.*

BESSIE Mutter! – Wo ist dein Rock?

THEO Ist mir bequem so, schon in Ordnung ...

Die Schwester kommt mit einem Stuhl zurück.

BESSIE Sie muß ihren Rock in dem Zimmer gelassen haben, wo sie gerade war – würden Sie bitte mal nachschauen.

Die Schwester geht, wieder ratlos.

THEO *zu Leah* Ich wollte, ich hätte mich nicht so gehenlassen ... Tut mir leid. *Zu Lyman* Die Überraschung war zuviel für mich. Ich war einfach völlig unvorbereitet. Aber jetzt geht's mir besser. *Zu Leah* Viel besser, wirklich ... *Bricht ab* Bekommen Sie die ›Village Voice‹ hier oben?

LEAH Ja, gelegentlich.

THEO Es gab da ein merkwürdiges Interview, vor ein paar Jahren, mit dem Schriftsteller Isaac Bashevis Singer. Die Journalistin war eine Frau, deren Mann sie gerade wegen einer anderen Frau verlassen hatte, und sie konnte nicht verstehen, warum. Und Singer sagte: »Vielleicht war ihm ihr Loch lieber.« Ich war damals völlig schockiert, empört – wissen Sie, wo er doch den Nobelpreis bekommen hatte. Aber heute meine ich, es war sehr mutig, das zu sagen, denn wahrscheinlich stimmt es. Mut ... Mut ist immer das Wichtigste! Jeder weiß das natürlich, aber auf einmal wird es so ... so deutlich.

Die Schwester kommt, hält ihr den Rock hin.

SCHWESTER Soll ich Ihnen helfen?

THEO *nimmt den Rock, betrachtet ihn verständnislos und läßt ihn auf den Boden fallen* Ich erinnere mich nicht, ob ich sie Leah oder Mrs. Felt genannt habe.

LEAH Ich bin nicht wirklich Mrs. Felt.

THEO *ein nettes Konversationslächeln* Es hat keine besondere Bedeutung ... Wir sind wohl sowieso alle austauschbar. Außer den Kindern. *Kurze Pause* Ihr Junge braucht seinen Vater, nehme ich an.

LEAH Na ja... ja, aber...

THEO Dann sollte er hier bei Ihnen bleiben, nicht wahr. *Zu Lyman* Wenn du willst, kannst du jederzeit hier raufziehen... falls das dein Wunsch ist.

BESSIE *zu Tom* Es geht ihr wirklich nicht gut. – Komm, Mutter, wir gehen jetzt.

THEO *zu Lyman* Ich kann »ficken« sagen, weißt du. Ich mochte das Wort nie besonders, aber ich bin sicher, sie hat auch ihre Schwächen. Ich kann sagen »fick mich« – »fick dich«, egal was.

Lyman ist stumm in schuldvoller Beklemmung.

BESSIE *zu Lyman wütend* Wirst du ihr endlich sagen, daß sie gehen soll! – – Einfach aus Freundschaft, und aus Achtung!

LYMAN Ja. *Vorsichtig* Sie hat recht, Theo, ich glaube, es wäre jetzt das Beste...

THEO *zu Bessie* Nein, zu Hause kann ich mich besser um ihn kümmern. *Zu Leah* Ich habe wirklich den ganzen Tag nichts zu tun, und Sie sind beschäftigt, ich kann mir vorstellen...

BESSIE Tom, wirst du bitte...

TOM Warum lassen wir sie nicht sagen, was sie sagen möchte?

THEO *zu Bessie* Es war sein gutes Recht, sich über mich zu ärgern. Ich habe ihn immer nur kritisiert. *Zu Leah* Sie kritisieren ihn nicht. Stimmt's? Sie mögen ihn so, wie er ist. Auch jetzt noch. Und das ist das Geheimnis, nicht wahr? *Zu Lyman* Also ich kann das. Ich muß dich nicht kritisieren... oder vielmehr so zu tun als ob...

BESSIE Ich halte das nicht mehr aus, Mutter!

THEO *ruhig zu Bessie* Aber Bessie, ich wußte immer ziemlich genau Bescheid, was mit ihm los war. Jedenfalls nehme ich es an; warum habe ich es geduldet? *Plötzlich schreit sie mit voller Lautstärke.* Warum habe ich es geduldet?

Stille; alle voller Furcht

BESSIE *entsetzt über ihre Mutter* Papi, bitte, sag's ihr...

LYMAN Sie versucht nur, die Wahrheit auszusprechen, Liebling.

LEAH *schaltet sich plötzlich ein* Sie arme Frau! – *Zu ihm* – Was für ein Schuft du bist; ein ehrlicher Satz von dir, und all das hier wäre uns erspart geblieben; es ist abscheulich! *Appelliert an Theo* Es tut mir so leid, Mrs. Felt...

THEO Nein, nein – – er hat völlig recht – – er hat's mir immer gesagt – – ich ertrage das Leben nicht! Aber Sie haben es hingenommen, Sie haben ihm vertraut, und deshalb sollen Sie gewinnen...

LEAH ABER DAS STIMMT NICHT – – Ich habe ihm nie getraut! Nicht wirklich! Nicht wirklich v e r t r a u t! Um die Wahrheit zu sagen, ich wollte überhaupt niemanden heiraten, ich kenne kein einziges glückliches Paar! – – Hören Sie zu, Sie dürfen sich nicht selbst beschuldigen, die ganze verdammte Erfindung funktioniert nicht, noch nie... und das wußte ich und hab's doch gemacht, und ich werde nie begreifen, warum!

LYMAN *bitter und verärgert* Weil du OHNE Heirat Benni nicht behalten hättest! Jetzt sei kein Dummkopf, Leah.

Sie findet keine Worte.

– – du hättest weder Benni noch diese neun glücklichen Jahre gehabt. Du bist die Frau geworden, die du immer sein wolltest, anstelle... *Er unterbricht sich.* Was soll's, ist ja egal...

LEAH Nein, nur weiter – – anstelle von was? Wovor hast du mich bewahrt?

LYMAN *nimmt die Herausforderung an* Also gut... anstelle von lauter einsamen One-night-stands, sinnlosem Bettgeflüster und Schachteln voll herzloser Kondome im Nachttisch!

LEAH *sprachlos* Na so was!

LYMAN Dieser Quatsch macht mich ganz krank, Leah! – – Für dich ist ja schließlich einiges abgefallen bei dieser abscheulichen Betrügerei!

THEO Entsetzlich, so was zu der Frau zu sagen.

LYMAN Aber die Wahrheit ist entsetzlich, hast du das nicht gerade selbst gesagt? Suchst du immer noch nach Reinheit, Theo? Du hast mich geduldet, weil du mich geliebt hast, und zwar mehr als ich's verdiente, aber war's nicht auch wegen dem angenehmen Leben, das ich dir bot? Und wenn schon, warum nicht? Sind Frauen nicht Menschen? Lieben Menschen nicht Macht? Ich verstehe nicht, was das für ein Unglück sein soll?

BESSIE *zu beiden Frauen* Warum sitzt ihr beide noch hier, habt ihr keinen Stolz? – – *Zu Leah* Es ist abscheulich!

LEAH Nun hör schon auf, alle herauszufordern! Ich muß geschäftlich mit ihm reden! – – Ich werd noch verrückt hier! Stehe ich etwa unter Anklage?

BESSIE Sie dürften gar nicht im selben Raum sein wie er!

LEAH *wütend* Ich hab's gerade erklärt, oder! Was zum Teufel wollen Sie denn?

LYMAN *ein Aufschrei* Sie will ihren Vater!

BESSIE Du Dreckskerl! *Sie ballt die Fäuste, weint dann hilflos.*

LYMAN Ich liebe dich, Bessie! – – Euch alle! Ihr seid alle großartig!

BESSIE Dich sollte man umbringen!

Sie bricht in Tränen aus. Ein hilfloser Tränenstrom, der nun auch Lyman zu überfluten droht; dann schlägt die Welle des Weinens auch auf Leah über. Alle Strategien brechen zusammen, als es nun auch Theo packt. Alle vier verbergen hilflos ihre Gesichter. Eine wahrhaftige Massenklage, eine Explosion von Verletztheit und Trauer, jeder über sein eigenes Los, über enttäuschte Liebe und über das Ende der Fähigkeit, klar zu denken. Tom hat sich von ihnen abgewandt, die Hände zum Gebet gefaltet, die Augen geschlossen.

LYMAN Theo, bitte! – – Zieh dir was an! *Hilfesuchend zu Tom* Tom, ich halte es nicht aus, sie in diesem Zustand ... *Bricht ab* Um Himmels willen, betest du?

TOM *starrt geradeaus, nur gelegentliche Seitenblicke* Es kann so nicht weitergehen. Sie müssen alle aufhören, ihn zu lieben. Sie müssen – oder er wird sie zerstören. Er ist unfähig zu irgendwelchen Bindungen. – Theo braucht jetzt Beistand, Lyman, und da ich keinen Konflikt will, sehe ich nicht, wie ich dich weiter vertreten kann.

LYMAN Wer ist nicht unfähig zu Bindungen? *Ein Schrei, der bei dem Schmerz des Verlustes seine Unfähigkeit, sich zu binden, ausdrückt* Wer ist denn noch an irgendwas gebunden heutzutage! – – Ich bin ein Mensch und ich bin stolz drauf! – – Auf den Scheiß und die Herrlichkeit!

TOM Du mußt dich der Sache stellen, Lyman, du hast die Absperrung beiseite geräumt...

LYMAN Es war kein Selbstmord! – Ich bin nicht so einer, der sich aus dem Staub macht!

TOM Wieso nennst du es sich aus dem Staub machen, wenn man ein Gewissen hat? Du hast dich geschämt, stimmt's? Warum kannst du das nicht zugeben? Ist ein Gewissen nicht was Menschliches? Daß du dich schämst, ist noch das Beste an dir, verdammt noch mal! *Bricht ab, gibt es auf* – – Wir können gehen, Theo.

LYMAN Laß sie noch eine Weile bleiben *Zu Theo* Du willst doch bleiben, oder?

BESSIE Mutter?

Sie hilft Theo auf die Beine; deren Kopf zuckt, sie wendet sich Lyman zu.

LYMAN Du kannst mich doch nicht verlassen, Theo – das kannst du nicht!

THEO Ich fürchte, es ist nichts mehr... in mir, Lyman.

Bessie nimmt sie am Arm, um zu gehen. Leah steht auf, auch sie zum Gehen bereit.

LYMAN – – Bessie? Ich werde dich wiedersehen, nicht wahr? – – Irgendwann?

Bessie bleibt stumm.

Leah – – du kannst doch noch bleiben, oder?

LEAH *ausweichend* Ich habe im Büro zu tun...

LYMAN *mit einem verschreckten Lachen* Ihr haut alle ab? – – Seh ich das richtig?

LEAH Ich werde versuchen, morgen vorbeizukommen, falls es geht...

LYMAN *in Panik wegen ihres kühlen Tons* Ich will, daß du Benni herbringst!

LEAH ...Das geht nicht, an einem Schultag...

LYMAN *entsetzt* Du wirst mir doch Benni nicht wegnehmen?

Sie kann nicht antworten.

Du bringst mir Benni, Leah!

Vater erscheint, er schüttelt sein schwarzes Leichentuch aus. Alle bewegen sich fort.

LEAH Hör auf rumzuschreien! – – Ich kann ihn dir nicht bringen!

Vater schüttelt das Tuch, das sich vor ihm aufbläht. Lymans Angst wächst.

LYMAN Verlaßt mich nicht einfach so, Herrgott noch mal!

Sie bewegen sich weiter, er ist entsetzt.

Ich sagte, einen Augenblick!... Verlaßt mich nicht! Leah, Bessie!... Theo, hör zu!

Mit einer plötzlichen, weit ausholenden Bewegung wirft Vater das aufgeblähte Tuch über Lyman auf das Bett, so daß er ganz verschwindet. Er schreit unter dem Tuch...

Nein. Nicht! Papi! Bitte! Mach das nicht!

LEAH *gleichzeitig* Hör auf! Schluß mit dem Geschrei!

LYMAN *wirft sich entsetzt hin und her* Wo ist Licht? Wo ist das verdammte Licht?

LEAH *zu Tom, um Hilfe bittend* Was hat er?

Er wirft das Tuch von sich. Sie sehen nur, wie er sich herumgeworfen hat, und jetzt liegt er schwer atmend da, während Vater in der Dunkelheit verschwindet, das Tuch hinter sich herschleppend und murmelnd.

Entfernt sich rasch Ich halt's nicht mehr aus!

LYMAN Warte! Warte!... Gerade fällt mir ein, was passiert ist! – – Wie ich auf den Berg kam! *Er erinnert sich.* – – Ich habe dauernd versucht, dich vom Motel aus zu erreichen – – ja. Um dir zu sagen, daß ich wegen dem Sturm über Nacht da bleiben wollte. Aber es war immer besetzt. Also ging ich zu Bett, ja... und immer noch war's besetzt!... Über eine Stunde... länger! Und ich... ja... ich bat die Vermittlung zu unterbrechen, wegen einem Notfall, aber... *Bricht ab* Ich erinnerte mich an etwas, was du mir mal gesagt hast...

LEAH Ich hatte ein Gespräch mit...

LYMAN *schnelle Wut* Ich erzähle grad, was passiert ist – – laß mich zu Ende reden!

LEAH Es war ein Gespräch mit meinem Bruder!

LYMAN In Japan, über eine Stunde?

LEAH Er ist am Montag zurückgekommen.

LYMAN Na ja, ist nicht wichtig.

LEAH Natürlich ist es wichtig!

LYMAN Leah, erinnere dich, was du gesagt hast: »Es kann sein, daß ich dich mal belüge«, erinnerst du dich? Ganz am Anfang? Es klang damals wundervoll... daß du so ehrlich sein konntest; aber jetzt, in dem Motelzimmer, war mir zum Sterben zumute.

LEAH *empört* Ich sag doch, es war mein Bruder!

LYMAN Du verstehst mich nicht, ich mach dir keinen Vorwurf. Ich habe mich angezogen und bin ins Auto, um... um wieder irgendwas zu fühlen. Weil alles in mir abgestorben war... diese zehn Jahre Pendlerdasein waren einfach... grotesk! Ich war eine Leiche, begraben in einem Hotelzimmer; *Er ist beschämt, versucht zu lachen, seine Augen füllen sich mit Tränen.* ich weiß, es war verrückt, aber ich dachte, wenn ich um zwei, drei morgens, aus dem tobenden Schneesturm bei dir reinkäme... wärst du so beeindruckt gewesen, du hättest geglaubt, wie sehr ich dich brauche...

und ich hätte es selbst geglaubt! Und vielleicht hätten wir uns wirklich wieder verliebt.

LEAH *bedeckt ihr Gesicht, schluchzt* Ach Gott, Lyman...!

LYMAN Ich bin losgefahren, um dem Sterben ein Ende zu machen. Ich weiß also, was ihr jetzt leidet. *Er sieht sich um.* Es ist viel zu spät, aber ich schwöre, ich habe euch nie mehr geliebt als in diesem Augenblick.

Sie bleiben stumm.

Hilf mir, Bessie? Was verstehe ich nicht?

BESSIE Es gibt andere Menschen.

Lange Pause

LYMAN Ja. Und ich würde alles geben, daß du mir verzeihst. Aber du verdienst es, die ganze gottverdammte Wahrheit zu erfahren: in irgendeiner dunklen Ecke meine Seele verstehe ich immer noch nicht, warum ich verurteilt werde. *Er weint hilflos. Pause*

BESSIE Komm, Mutter.

THEO ...Verabschiede dich von ihm, Liebes.

BESSIE Hoffentlich geht's dir bald besser, Papi. Auf Wiedersehen.

Sie nimmt ihre Mutter am Arm – Theo widersteht ihr nicht, als sie ins Dunkel verschwinden.

LYMAN *zu Leah* Ach Leah, sag was Knallhartes, was Ehrliches... wie's deine Art ist.

LEAH Ich weiß nicht, ob ich je wieder irgendwas glauben werde... oder irgendwem.

LYMAN O nein! Nein! – – Das habe ich nicht gewollt.

Schluchzen überkommt sie, und sie eilt hinaus.

Leah! Leah!

Aber sie ist weg.

TOM Ich melde mich.

Er sieht, Lyman ist in Gedanken versunken, und geht auch. Die Schwester kommt aus ihrer Ecke zu ihm.

SCHWESTER Schmerzen?

Keine Antwort
Ich hole was dagegen.

LYMAN Lassen Sie mich nicht allein, okay? – Nur eine Weile. Bitte, setzen Sie sich zu mir. *Klopft auf die Matratze* Na los, keine Angst.
Sie nähert sich widerwillig, er zieht sie herunter, hält ihre Hand.
Es sind einfach zwei Welten, verstehen Sie? – – Frauen wollen Sicherheit, aber das ist gefährlich, so einfach, kann man nichts dran machen. Es ist schrecklich. Und es ist in Ordnung.

SCHWESTER *ohne zuzustimmen* Lassen Sie mich was holen. *Entzieht ihm ihre Hand, Lyman hält sie fest.*

LYMAN Noch zehn Sekunden! – – Ich mag Ihre Wärme, Logan. Die Wärme einer Frau ist das letzte Heiligtum; Sie sind ein Stück Sonne. Der letzte Zauber. – – Was mich daran erinnert... *Er küßt ihr den Handrücken und läßt sie los.* Wenn Sie draußen auf dem See im Eis fischen, mit Ihrem Mann und Ihrem Jungen, – – worüber reden Sie da?

SCHWESTER ...Hm, was... letztes Mal hatten wir uns alle Schuhe gekauft, an dem Verkaufsstand vor der Fabrik – – zweite Wahl, sieht man aber nicht.

LYMAN Also haben Sie über Ihre neuen Schuhe gesprochen.

SCHWESTER Eine sehr günstige Gelegenheit.

LYMAN Richtig. Das ist... das ist einfach herrlich. Ich weiß nicht warum, aber so ist es.

SCHWESTER Ich komme gleich wieder. *Sie geht.*

LYMAN Hassen Sie mich?

SCHWESTER *ein verlegenes Achselzucken* Weiß nicht. Muß ich drüber nachdenken.

LYMAN Bis gleich also, ja? ... Ich bin noch ein bißchen zittrig.
Sie beugt sich und gibt ihm einen Kuß auf die Stirn.
Wieso denn das?

SCHWESTER Ohne Grund. *Geht ab*

LYMAN *schmerzliche Verwunderung und Sehnsucht im Gesicht,*

seine Augen weit offen, lebendig Was doch alles ein Wunder ist! Absolut alles!... Stell dir vor... sitzen die drei draußen auf dem Eis beisammen und reden über ihre Schuhe! *Er beginnt zu schluchzen, faßt sich doch rasch wieder und starrt voll konzentriertem Leid vor sich hin.*

ENDE

DER LETZTE YANKEE

Personen

FRICK

LEROY

PATRICIA

KAREN

Patienten

1. Szene

Das Besucherzimmer in einer staatlichen Nervenklinik. Etwa ein halbes Dutzend Stühle. Auf einem sitzt Leroy Hamilton und blättert eine alte Illustrierte durch. Er ist achtundvierzig Jahre alt, sehr gepflegt angezogen; er trägt einen unaufdringlichen Blazer mit einem Universitätsabzeichen, Freizeithose und polierte Schnürstiefel. An seinem Stuhl lehnt ein Banjokasten. Mr. Frick kommt herein. Er ist sechzig Jahre alt, kräftig, trägt einen Anzug. Er hat einen kleinen Koffer in der Hand. Er sieht sich im Raum um, wirft Leroy einen Blick zu, nickt fast unmerklich und setzt sich in einiger Entfernung hin. Er sieht auf seine Uhr, betrachtet dann ungeduldig den Raum. Leroy blättert weiter in seiner Illustrierten.

FRICK *zeigt nach rechts* Muß man da drin irgend jemandem Bescheid sagen?

LEROY *zeigt nach links* Haben Sie sich beim Pförtner angemeldet?

FRICK Ja. Hat den aber nicht besonders interessiert.

LEROY Dann wissen die jedenfalls, daß Sie hier sind. Er ruft auf der Station an. *Er blättert weiter in seiner Illustrierten.*

FRICK *nach einer kleinen Pause* Ist ja 'n Riesenparkplatz da unten. Brauchen die so was?

LEROY Na ja, am Wochenende kommen eine Menge Leute zu Besuch. Dann ist er ganz schön voll.

FRICK Wirklich? Der ganze Platz?

LEROY So ziemlich.

FRICK Na ja. *Er geht zum Fenster und sieht hinaus.* Aber 'ne schöne Gegend, kann man nichts gegen sagen.

LEROY Ja, es ist sehr schön hier.

FRICK Wenn man die da draußen rumlaufen sieht, merkt man

kaum was. Ich habe einen angehalten und nach dem Weg gefragt, und erst, als er seinen Finger ausgestreckt und auf meine Nase gezeigt hat, ist mir ein Licht aufgegangen.

LEROY He-he.

FRICK Ganz schöner Schock. Sitzt da und liest irgend so 'n dikkes Buch und ist total plemplem. Käm man nie drauf.

Er setzt sich auf einen anderen Stuhl. Leroy blättert wieder in seiner Illustrierten. Frick betrachtet ihn.

Ihre Frau?

LEROY Ja.

FRICK Ich hab meine auch hier.

LEROY Tja. *Er sieht nach vorn und unterläßt es höflich, weiterzublättern.*

FRICK Ich heiße Frick.

LEROY Hamilton.

FRICK Nett, Sie kennenzulernen. *Kleine Pause* Und wie finden Sie das hier?

LEROY Ich glaube, die sind hier ganz gut.

FRICK Ist erstaunlich gut in Schuß für 'ne staatliche Anstalt.

LEROY Ja.

FRICK Sind aber 'ne Menge Farbige, was?

LEROY Ja, einige schon.

FRICK Ist Ihre schon lange hier?

LEROY Es werden jetzt sieben Wochen.

FRICK Und haben die schon mal 'ne Andeutung gemacht, wann sie raus kann?

LEROY Tja, ich könnte sie sofort mitnehmen, aber ich warte lieber noch ein paar Wochen.

FRICK Wieso das?

LEROY Na ja, sie ist schon das dritte Mal hier.

FRICK Ach nee.

LEROY Ich möchte sie erst wieder mitnehmen, wenn die sich wirklich sicher sind ... Obwohl – ganz sicher sein kann man nie.

FRICK Ist das öfter so – daß sie wieder hierherkommen müssen.

LEROY Die sagen, ungefähr ein Drittel. Ist Ihr erstes Mal, nehme ich an?

FRICK Ich hab sie erst letzten Dienstag hergebracht. Und ich hoffe doch, daß sie nicht lange bleiben muß. Haben die wenigstens gesagt, was mit ihr los ist?

LEROY Sie ist depressiv.

FRICK Ach, das sagen sie von meiner auch. Ist sie auch immer – irgendwie traurig?

LEROY Nein, eher – ängstlich.

FRICK Klingt genau wie bei meiner. Es ging so weit, daß sie nicht mehr aus dem Haus wollte.

LEROY So ist es.

FRICK Ach, Ihre auch?

LEROY Ja, sie ging einfach nicht mehr raus. Jedenfalls nicht, wenn es sich vermeiden ließ.

FRICK Hört sie auch Geräusche?

LEROY Früher ja. So ein lautes Summen.

FRICK Genau wie bei meiner. Tsss. Was es nicht alles gibt. – Wie alt ist sie?

LEROY Vierundvierzig.

FRICK Erst? Und ich habe gedacht, es hängt irgendwie mit dem Alter zusammen.

LEROY Glaube ich nicht. Meine Frau ist immer noch – also, ich würde nicht behaupten, daß sie eine umwerfende Schönheit ist, aber sie ist immer noch ... eine sehr attraktive Frau. Wissen Sie, meistens sind sie schon eine ganze Weile krank, bevor man es merkt. Ich habe es jedenfalls nie gemerkt.

FRICK Bei meiner gab es auch überhaupt keine Anzeichen. Sie war immer eine nette, ruhige Frau. Hat gut geschlafen ...

LEROY Also, schlafen tut meine auch gut.

FRICK Ach ja?

LEROY Die meisten schlafen gern. Das weiß ich inzwischen.

Hat jeden Nachmittag ihr Nickerchen gemacht. Und das wurde immer länger.

FRICK Meine auch. Und vor sechs oder acht Monaten kriegte sie plötzlich so 'n Fimmel und bestand darauf, daß die Türen immer abgeschlossen waren. Dann die Fenster. Ich mußte bei uns zu Hause eine Klimaanlage einbauen lassen. Schließlich mußte ich sogar einkaufen gehen. Sie ging einfach nicht mehr aus dem Haus.

LEROY Och, ich kaufe schon seit zwanzig Jahren ein.

FRICK Ach nee!

LEROY Man hält es einfach nicht für eine Krankheit. Ich geh gern Skifahren zum Beispiel oder Schlittschuhlaufen – sie ist nie mitgekommen. Oder im Sommer zum Schwimmen. Ich bin immer allein gegangen mit den Kindern.

FRICK Ach, Sie haben Kinder.

LEROY Ja. Sieben.

FRICK Sieben! – Und ich hab schon überlegt, ob es daran liegt, daß sie nie eins hatte.

LEROY Nein, daran liegt es nicht. – Sie haben gar keine?

FRICK Nein. Wir haben es immer aufgeschoben, und dann war es zu spät – plötzlich merkt man … es ist einfach zu spät.

LEROY Eine Weile habe ich gedacht, sie hätte vielleicht zu viele Kinder …

FRICK Na ja, wir haben gar keine, also …

LEROY Tja. Das ist es dann wohl auch nicht.

Kleine Pause

FRICK Es will mir einfach nicht in den Kopf. Wir haben keine Schulden, uns geht es finanziell gut; sie hat ein schönes Zuhause … Sie hat wirklich nicht ein einziges Problem. Aber, weiß der Himmel, vielleicht ist gerade das das Problem …

LEROY Glaub ich nicht, ich habe reichlich Schulden, und das hat meiner auch nichts genützt. Ich glaube nicht, daß es daran liegt, wieviel Schulden man hat.

FRICK Was meinen Sie denn, woran es liegt?

LEROY Fragen Sie mich nicht, ich weiß es nicht.

FRICK Als sie angefangen hat, alles abzuschließen, habe ich gedacht, vielleicht sind es diese Schwarzen, wissen Sie? Bei uns in der Gegend haben so viele Leute Angst; dauernd irgendwelche Verbrechen.

LEROY Glaube ich nicht. Meine Frau hatte Angst, bevor es überhaupt Schwarze gab. Ich meine, in unserer Gegend.

FRICK Na ja, ein Gutes hat es ja – ich habe tatsächlich gelernt, wie man Kaffee kocht. Und meiner ist sogar besser, als ihrer je war. Trotzdem, es ist ein blödes Gefühl – man kommt nach Hause, und es ist niemand da.

LEROY Wär es Ihnen lieber, Sie kommen nach Hause, und da sind sieben?

FRICK Tja, da hab ich wohl doch Glück.

LEROY Hab ich auch. Es sind wunderbare Kinder.

FRICK Sind sie noch klein?

LEROY Zwischen fünf und neunzehn. Aber sie packen alle mit an. Alles ist picobello, der Haushalt läuft wie geschmiert.

FRICK Da haben Sie aber Glück – heutzutage anständige Kinder zu haben. – Vielleicht haben wir beide Glück.

LEROY Genauso muß man es sehen. Wenn man anfängt, sich selber leid zu tun, dann fangen die Probleme erst richtig an.

FRICK Läßt sich aber manchmal schwer vermeiden.

LEROY Man darf aber trotzdem nicht aufgeben. Heute abend zum Beispiel – da hatte ich die Nase so voll – ich hab mich einfach ins Bett gelegt... ich wollte am liebsten alles hinschmeißen. Aber dann bin ich aufgestanden, hab mir das Gesicht gewaschen, mich angezogen – und hier bin ich. Schließlich kann sie ja auch nichts dafür. Wem kann man denn einen Vorwurf machen?

FRICK Es ist mir ein Rätsel – eine Frau, die alles hat, was sie sich nur wünschen kann. Selbst wenn in diesem Land alles drunter und drüber geht – ihr kann doch nichts passieren.

Und trotzdem kriegt sie plötzlich, wie aus heiterem Himmel, diese panische Angst... Sie hat ihren ganzen Optimismus verloren. Ihre auch?

LEROY Meine war nie sehr optimistisch. Sie ist Schwedin.

FRICK Ach so. Aber meine war's. Egal, was ich geschäftlich gemacht habe, ich konnte es kaum abwarten, nach Hause zu kommen und darüber zu reden. Immobilien, Aktien – sie hat sich für alles interessiert. Aber dann plötzlich – überhaupt kein Interesse mehr. Ich könnte mich genausogut mit der Wand da drüben unterhalten. – Hat Ihre Frau Geschwister?

LEROY Ja, mehrere.

FRICK Ach. Ich hatte schon gedacht, es läge daran, daß sie ein Einzelkind ist. Vielleicht, wenn sie Geschwister hätte, mit denen sie reden könnte...

LEROY Oh, nein – glaub ich wenigstens nicht. Macht es eher noch schlimmer.

FRICK Sind keine große Hilfe, was?

LEROY Sie glauben, sie sind eine Hilfe. Liegen mir in den Ohren, es wäre eine Schande, daß ihre Schwester in einer Anstalt für Hinz und Kunz ist. So sieht ihre Hilfe aus. Ich habe nur gesagt: »Ich bin Hinz und Kunz.«

FRICK Genau! – Ist doch sehr nett hier.

LEROY Die wollen, daß sie in Rogers Sanatorium geht.

FRICK Rogers! – Das kostet doch mindestens ein paar hundert Dollar am Tag...

LEROY Na ja, wenn ich das Geld hätte, hätte ich ja nichts dagegen, aber...

FRICK Nein, nein, tun Sie das bloß nicht. Ich könnte es mir ja leisten, aber wozu zahlen wir eigentlich Steuern?

LEROY Dann könnten die überall rumerzählen, daß ihre Schwester in Rogers Sanatorium ist, darum geht's doch.

FRICK Das wär ja wohl das letzte. Das sind fünfzigtausend im Jahr. Plus Trinkgelder. Ich bin sicher, da muß man Trinkgelder geben.

LEROY Außerdem sind es achtzig Meilen hin und zurück, ich könnte sie nie besuchen...

FRICK Wenn die so empfindlich sind, dann sagen sie denen doch, sie sollen es bezahlen. Wetten, daß sie dann die Klappe halten.

LEROY Nein, nein – sie haben angeboten, einen Teil der Kosten zu übernehmen. Sogar das meiste, um ehrlich zu sein.

FRICK Und, warum haben Sie das denn nicht angenommen?

LEROY *hält mit etwas hinterm Berg* Ich fand, es ist nicht das Richtige für sie.

FRICK Wieso? – Wenn die es bezahlen? Es soll eins der besten sein. Viele reiche Leute gehen dahin.

LEROY Ich weiß.

FRICK Und Superärzte, wissen Sie. Und man kann zu essen bestellen, was man will. Ich bin hingefahren, um es mir anzugucken. Überhaupt keine Frage – ist wirklich erstklassig, viel besser als hier. Sie sollten die ruhig beim Wort nehmen.

LEROY Mir ist lieber, sie ist hier.

FRICK Also, ich bewundere Ihre Haltung. Diese Art Stolz gibt es heute nicht mehr oft.

LEROY Stolz ist das eigentlich nicht.

FRICK Jedenfalls, ich finde es großartig, bleiben Sie so. Heute sind doch alle nur vom Stamme Nimm, das macht unser Land kaputt. Vor ein paar Wochen hab ich einen Mann kommen lassen, um einen neuen Duschkopf einzubauen. Keine große Sache. Den alten rausschrauben und den neuen rein. Siebzehn Dollar die Stunde.

LEROY Tja, hm – *Er steht auf, kann nicht sitzen bleiben.* Ich nehme an, jeder muß sehen, wie er zurechtkommt.

FRICK Hut ab – das nenn ich souverän. Sie sind nicht zufällig bei der Colonial-Versicherung?

LEROY Nein.

FRICK Irgendwie kommen Sie mir bekannt vor. Was machen Sie beruflich?

Leroy steht am Fenster und sieht hinaus. Kleine Pause

LEROY Ich bin Tischler.

FRICK *verblüfft* Ach nee – haben Sie einen eigenen Betrieb?

LEROY Nein. Ich bin Tischler. – Wenn es nötig ist, hole ich mir ein oder zwei Leute dazu, aber meistens arbeite ich allein.

FRICK Darauf wäre ich nie gekommen.

LEROY Tja, das ist mein Beruf. *Er sieht auf seine Uhr, weil er weg möchte.*

FRICK Ich meine, Ihr ganzes ... so wie Sie angezogen sind und so.

LEROY Wieso? Sind doch ganz normale Sachen.

FRICK Nein, Sie sehen mehr wie ein Akademiker aus.

LEROY Die haben aber doch meistens lange Haare, nicht?

FRICK Ich meine, wie Akademiker früher. Ich hatte dreißig Jahre mit Tischlern zu tun, deswegen bin ich so überrascht. Sie kennen doch die Firma Frick-Baustoffe, ja?

LEROY Und ob. Ich habe schon viel Holz bei Frick gekauft.

FRICK Ich habe die Firma vor fünf Jahren verkauft ...

LEROY Ich weiß. Ich habe Sie oft da gesehen.

FRICK Ach ja? Warum haben Sie nichts davon gesagt?

LEROY *zuckt die Achseln* Weiß nicht.

FRICK Haben Sie gesagt, Sie heißen Anthony?

LEROY Nein. Hamilton. Leroy.

FRICK *zeigt auf ihn* Mensch, richtig! Na klar! Vor ein paar Jahren stand ein langer Artikel über Sie im ›Herald‹. Sie sind ein Nachfahre von Alexander Hamilton.

LEROY Stimmt.

FRICK Na klar! Kein Wunder! *Er hält die ausgebreitete Hand vor sich, als ob er ein Foto betrachtet.* Wenn ich Sie mir im Overall vorstelle, erkenne ich Sie sofort. An dem Tag, an dem der Artikel erschienen ist, waren Sie übrigens grade bei uns auf dem Hof und haben Furnierholz aufgeladen. Mein Buchhalter hat Sie mir vom Fenster aus gezeigt. Es liegt daran, wie Sie angezogen sind – wenn Sie einen Overall anhätten, hätte ich Sie sofort erkannt. Das ist 'n Ding. *Sein Verhalten ist gönnerhaft und erstaunt.* Ist doch erstaunlich, was Kleider ausmachen, nicht? – Haben Sie gut zu tun?

LEROY Ich habe Aufträge.

FRICK Und was nehmt ihr heute?

LEROY Siebzehn die Stunde.

FRICK Nicht schlecht.

LEROY Ich verlange ungern so viel, aber selbst damit komme ich grade so hin.

FRICK Völlig falsche Haltung; wenn die's bezahlen ...

LEROY Ja schon, aber es ist doch eine Menge Geld. – Irgendwie bin ich immer noch auf dem Stand von vor dreißig Jahren.

FRICK Was machen Sie grade?

LEROY Ich renoviere ein Haus aus der Kolonialzeit, in der Nähe von Waverly. Bin grade fertig geworden, drüben in Belleville – die presbyterianische Kirche.

FRICK Das waren Sie?

LEROY Ja, letzten Mittwoch fertig geworden.

FRICK Wunderbare Arbeit. Sie sind wirklich sehr gut. Wo haben Sie den Altar her?

LEROY Habe ich gebaut.

FRICK Den Altar?

LEROY Ähem.

FRICK Ist ja super. Puh! Sie müssen ja gut im Geschäft sein.

LEROY Reicht grade so.

FRICK *kleine Pause* Wie kommt das?

LEROY Was meinen Sie?

FRICK Na ja, aus so einer alten Familie, und dann – wie kommt es, daß Sie Tischler geworden sind?

LEROY Es ... es hat mir einfach Spaß gemacht.

FRICK War Ihr Vater auch Tischler?

LEROY Nein.

FRICK Was war er denn?

LEROY Rechtsanwalt.

FRICK Und warum Sie nicht?

LEROY Zu blöd dazu, denke ich.

FRICK Kein Bücherwurm, was?

LEROY Scheint so.

FRICK Ihr Vater hätte Sie unter seine Fittiche nehmen sollen.

LEROY *setzt sich mit der Illustrierten hin und schlägt sie auf* Er hatte auch keinen Spaß an der Juristerei.

FRICK Trotzdem. – Haben Sie noch viele Verwandte?

LEROY Meine Mutter und zwei Brüder.

FRICK Nein, ich meine von den Hamiltons.

LEROY Sie sind Hamiltons.

FRICK Ich weiß, aber ich meine – da müssen doch ein paar ziemlich einflußreiche Leute drunter sein.

LEROY Keine Ahnung. Hab keinen Kontakt mit denen.

FRICK Sollten Sie aber. Es sind bestimmt ein paar wichtige Leute dabei. – Haben Sie die nicht mal besucht?

LEROY Nö.

FRICK Ihnen ist doch wohl klar, was für ein bedeutender Mann Alexander Hamilton war?

LEROY Ich weiß, wer er war – mehr oder weniger.

FRICK Mehr oder weniger! Er war einer der Väter der amerikanischen Verfassung.

LEROY Ist mir schon klar.

FRICK Aber Sie haben über ihn gelesen?

LEROY Ja schon... gelesen habe ich über ihn.

FRICK Hat Ihr Vater nichts von ihm erzählt?

LEROY Manchmal. Aber er hatte nicht viel für ihn übrig.

FRICK Nicht viel übrig? Für Alexander Hamilton?

LEROY Es hatte irgendwas mit seiner politischen Haltung zu tun. Aber ich hab das nie so richtig durchschaut.

FRICK *lacht und schüttelt den Kopf* Junge, Junge, Sie sind wirklich ein merkwürdiger Mensch.

Leroy schweigt, wird rot. Frick lacht noch eine Weile vor sich hin.

LEROY Ich hoffe von ganzem Herzen, daß Ihre Frau gesund

wird, Mr. Frick. Ich hoffe, sie muß nie wieder hierherkommen.

FRICK *spürt die feindselige Haltung* Hab ich was Falsches gesagt?

LEROY Für meine Frau ist es das dritte Mal in zwei Jahren. Und ich will mich nicht mit Ihnen über dieses Thema streiten, aber ich kann's einfach nicht mehr hören. Ich habe das Gefühl, ich bin inzwischen selber reif für diese Klapsmühle – und was viele Leute so verrückt macht, ist nämlich genau das.

FRICK Genau was?

LEROY Das hier.

FRICK Das hier?

LEROY Diese Art von Unterhaltung.

FRICK Wieso? Was ist daran verkehrt?

LEROY Ist schon gut.

FRICK Ich habe keine Ahnung, wovon Sie reden.

LEROY In was für einem Land leben wir eigentlich? Sind hier alle Menschen gleich, oder soll ich mich etwa schämen, weil ich Tischler bin?

FRICK Wer hat gesagt, daß Sie ...?

LEROY Warum reden Sie dann so mit einem Menschen? Erst finden Sie meinen Altar toll, und in der nächsten Minute behandeln Sie mich wie einen Haufen Scheiße.

FRICK He, Moment mal ...

LEROY Ich habe nichts gegen Sie persönlich, ich weiß, Sie sind ein erfolgreicher Mann, und ich gönne es Ihnen von Herzen – aber dieses merkwürdige Gerede, wie ich angezogen bin – soll ich mich schämen, weil ich Tischler bin? Ich meine, es heißt immer, Handwerk hat goldenen Boden, Handwerker verdienen so viel; aber wenn es so toll ist, Handwerker zu sein, warum will dann niemand einer werden? Ich meine, haben Sie schon mal gehört, daß ein Vater rumläuft und sagt – *Er spielt es vor, indem er den Daumen stolz in den Hosenträger hakt.* – »Mein Sohn ist Tischler«? Na? Haben Sie schon mal erlebt, daß sich jemand was darauf einbildet, einen Maurer in der Familie zu haben? Ich weiß ja nicht, woher Sie sind – ich bin bloß ein blöder Provinz-Yankee, aber... *Er bricht plötzlich mit einem verlegenen Lachen ab.* Entschuldigen Sie. Es tut mir wirklich leid. Aber wenn Sie noch zwei- oder dreimal hierherkommen, dann vergessen Sie vielleicht auch Ihre gute Erziehung. *Er schlägt seine Illustrierte auf.*

FRICK Ich begreife nicht, worüber Sie sich so aufregen.

Leroy sieht von seiner Illustrierten hoch. Er will offenbar etwas erklären, seufzt aber dann nur.

LEROY Ach, nichts.

Er wendet sich wieder seiner Illustrierten zu. Frick schüttelt etwas herablassend den Kopf, geht dann wieder zum Fenster und sieht hinaus.

FRICK Also, eins muß man sagen – dieser Parkplatz ist wahnsinnig.

Beide sitzen schweigend längere Zeit da, jeder in seine Gedanken versunken.

Blackout

2. Szene

Den größten Teil der Bühne nimmt Patricias Zimmer ein. In einem der Betten liegt regungslos eine Patientin und hat den Arm über die Augen gelegt. Sie wird sich während der ganzen Szene nicht bewegen. Außerhalb dieses Zimmers sieht man noch eine Ecke des Aufenthaltsraums, in dem nur ein paar vereinzelte Stühle stehen. Zwei Patienten, vollgepumpt mit Tabletten, sitzen sich gegenüber, bewegungslos und stumm, ein Schachbrett zwischen sich. Sie werden sich während der ganzen Szene nicht bewegen. Aus dem Off hört man das Geräusch eines Tischtennisspiels. Der Ball springt in den Aufenthaltsraum, und Patricia Hamilton kommt hinter ihm herein. Sie fängt ihn und geht mit einem gelangweilten Seufzer wieder damit ab. Die beiden Patienten kriegen nichts davon mit. Man hört noch zwei oder drei Schläge, dann springt der Ball wieder herein; Patricia läuft ihm nach. Sie will wieder zu dem Spiel ins Off zurückkehren, bleibt aber stehen, betrachtet den Ball in ihrer Hand und spricht zu jemandem im Off...

PATRICIA Warum machen wir das eigentlich? Kommen Sie, wir unterhalten uns ein bißchen. Ich hasse diese Spiele.

Karen Frick kommt herein. Sie ist in den Sechzigern, sehr schlank, trägt eine Brille, hat dünne Haare.

Ich habe gesagt, ich höre auf.

Karen starrt auf ihren Tischtennisschläger.

Na ja, ist ja egal. *Sie betrachtet ihre Uhr.* Sie spielen sehr gut.

KAREN Meine Schwägerin hat es mir beigebracht. Sie war Stewardeß auf der Queen Mary. Sie konnte sogar spielen, wenn das Schiff geschaukelt hat. Aber sie hat nie geheiratet.

PATRICIA Legen Sie ihn einfach dahin.

Karen legt teilnahmslos den Schläger hin, bleibt dann verkrampft stehen.

Ich lege mich ein bißchen hin. Kommen Sie doch mit, wenn Sie Lust haben.

KAREN Hier kommt wohl überhaupt keiner mehr her.

PATRICIA Die mögen keinen Sport, sie sind viel zu depressiv.

Sie kommen in das Zimmer. Patricia legt sich hin. Die Patientin im anderen Bett rührt sich nicht und wird auch nicht beachtet.

Sie müssen sich nicht mit mir unterhalten, wenn Sie nicht...

KAREN Mir dreht sich schon der Magen um, wenn ich ein Schiff bloß sehe. Geht Ihr Mann auf die Jagd?

PATRICIA Setzen Sie sich doch. Entspannen Sie sich. Sie brauchen nicht zu reden. Obwohl ich finde, es geht Ihnen schon ein bißchen besser als gestern.

KAREN Ach, ich unterhalte mich gern mit Ihnen. *Ein schüchterner Erklärungsversuch; zeigt ins Off – sehr vertraulich* Ich sollte rübergehen – wissen Sie, er hat es nicht gern, wenn man ihn warten läßt.

PATRICIA Warum haben Sie solche Angst? Vielleicht merkt er eher, was er an Ihnen hat, wenn Sie ihn ein bißchen warten lassen. Kommen Sie, setzen Sie sich.

Karen setzt sich kühn auf das untere Bettende und sieht sich nervös um.

Wissen Sie, Männer sind wie große Kinder – wenn man ihnen jeden Tag Schokoladeneis vorsetzt, ist das bald gar nichts Besonderes mehr für sie. *Sie sieht wieder auf ihre Uhr.* Ich bin bloß so nervös, weil ich mich nicht entscheiden kann, ob ich heute nach Hause gehe. – Aber Sie dürfen nichts erzählen, ja?

KAREN Erzählen...?

PATRICIA Von meinen Tabletten. Ich habe es noch niemandem gesagt.

Karen sieht etwas verständnislos aus.

Ist ja egal.

KAREN Ach so! Sie meinen, daß Sie sie nicht mehr nehmen.

PATRICIA Sie dürfen es aber nicht verraten, ja. Der Arzt wäre sehr verärgert.

KAREN Und wie lange machen Sie das schon?

PATRICIA Heute sind es einundzwanzig Tage. Ich glaube, seit fünfzehn Jahren war ich nicht mehr so lange ohne. Ich kann es kaum glauben.

KAREN Sind Sie Baptistin?

PATRICIA Baptistin? Nein, wir sind eher Methodisten. Aber die Kirche, die mir wirklich gefällt, muß noch erfunden werden.

KAREN *entzückt – mit beflissenem Interesse* Und wie würde die aussehen?

PATRICIA *will sie beschreiben, bricht aber ab* Kann ich nicht beschreiben. *Ein hilfloser Seufzer* Natürlich bin ich lutherisch erzogen worden. – Aber ich gehe oft zu den Baptisten in die Marbel Church. Irgendwie mag ich den Pfarrer. – Hören Sie mir eigentlich zu?

Karen sieht sie nervös an und versucht, sich zu erinnern.

Ich finde, man kann so schön entspannt mit Ihnen reden, Karen, weil Sie ja doch das meiste vergessen. Aber Sie schaffen das schon – Sie haben einfach nur ein bißchen Angst, stimmt's? – Aber wer hat die nicht? *Kleine Pause* Doktor Rockwell glaubt bestimmt nicht, daß es mir ohne Medikamente bessergeht, aber ich habe das Gefühl, daß irgendwas in mir klick gemacht hat. *Ein tiefer Atemzug* Ich glaube, ich atme sogar leichter. Und ich habe nicht dieses verschwommene Gefühl im Kopf. – Es ist wie ein großer Vogel – fünfzehn Jahre lang hat sein Schatten über mir geschwebt, und plötzlich ist er weggeflogen.

KAREN Ich kann tote Tiere nicht ausstehen. Sie?

PATRICIA Sie müssen darauf bestehen, daß er nicht mehr auf die Jagd geht! Sie brauchen sich das nicht gefallen zu lassen – Sie sind doch ein eigenständiger Mensch.

KAREN Ach, Sie wissen ja, wie Männer sind ...

PATRICIA Nicht alle – ich kenne ein paar reizende Männer. Nicht viele, aber doch ein paar. Dieser Pfarrer, von dem ich erzählt habe. Er hat mich im Sommer mal besucht, und wir haben auf der Veranda gesessen … haben Eis gegessen und uns über eine Stunde unterhalten. Stellen Sie sich mal vor – seine vorige Gemeinde hat ihm zum Abschied dieses Superauto geschenkt, einen Pontiac Grand AM. – Er hat mir etwas klargemacht: Er hat gesagt, mein Leben wäre so etwas wie ein fortwährendes Gebet. Und das stimmt. Ab und zu stutze ich, weil es mir bewußt wird. Es ist, als ob etwas in mir ständig zu Gott spricht. Natürlich nicht in Worten … wir stehen einfach immer in Verständigung. *Zutiefst erregt, unterdrückt das aber* Ich sage Ihnen ganz ehrlich, wenn ich wirklich hier rauskomme, dann werde ich … ich weiß nicht, was … mich in Gott verlieben. Ich glaube, das habe ich schon.

KAREN Sie sind wirklich sehr schön.

PATRICIA Oh, nein, nein, ich bin nur noch ein Schatten meiner selbst! Die Tabletten haben ihre Spuren auf meinem Gesicht hinterlassen – ich wirke zehn Jahre älter. Wenn er aus einer jüdischen Familie wäre oder einer italienischen oder gar einer irischen, dann würde er diese Ärzte verklagen. Aber ein Yankee verklagt nie jemanden. Ich muß allerdings zugeben, bei den Medikamenten hatte er ausnahmsweise recht.

KAREN Ihr Mann ist gegen Tabletten?

PATRICIA Fanatisch. Aber er ist ja so einer, der braucht bloß den Kopf aus dem Fenster zu stecken und einmal tief Luft zu holen, und schon hebt er ab. *Sie sieht auf ihre Uhr.*

KAREN Ich finde Sie wirklich ausgesprochen attraktiv.

PATRICIA Nein, nein, meine Liebe. Obwohl ich bei uns zu Hause mal einen Schönheitswettbewerb gewonnen habe, als ich neunzehn war. Sie hätten mal meine Mutter sehen sollen – die war schön. Sie ist erst vor zwei Jahren gestorben, mit neunundachtzig, ich bin immer noch nicht drüber weg. Als sie schon über siebzig war, da haben die Leute sie am Strand noch angestarrt – sie hatte bis zum Schluß einen unglaublichen Busen.

KAREN Ich hab mir mal diesen Finger an einem kaputten Cola-Automaten geschnitten. Und wir haben die nicht verklagt.

PATRICIA Sind Sie schon immer so von einem Thema aufs andere gesprungen? Es könnte an Ihren Tabletten liegen, glauben Sie mir. Die Seele gehört Gott, und wir sollten ihm kein Valium in den Mund stopfen.

KAREN Ich habe eine Kusine, die ist mitten durch die Windschutzscheibe geflogen, und die hat keinen Cent gekriegt. *Kleine Pause* Und draußen waren es minus fünf Grad. *Kleine Pause* Ihr Mann ist Norweger.

PATRICIA Hören Sie, Karen, ich weiß ja, Sie geben sich Mühe, aber Sie müssen nicht reden.

KAREN Nein, ich rede gern mit Ihnen. Ist er auch Baptist? Ihr Mann?

PATRICIA Ich hatte gesagt, Methodist. Obwohl – er ist eher episkopal. Aber wenn's regnet, geht er in jede Kirche. *Kleine Pause* Ich weiß einfach nicht, ob ich es ihm schon sagen soll.

KAREN Was?

PATRICIA Daß ich alles abgesetzt habe.

KAREN Aber er wird sich darüber freuen, oder nicht?

PATRICIA O ja. Aber er wird seine Zweifel haben. Und ich auch, wenn ich ehrlich bin. Wer kann schon sicher sein, daß er nie wieder was nimmt? Ich will mir nichts vormachen – immerhin nehme ich jetzt seit zwanzig Jahren Medikamente. Aber ich fühle mich jetzt tausend Prozent besser. Und ich habe keine Ahnung, wie das gekommen ist. *Sie schüttelt den Kopf.* Lieber Gott, wenn ich daran denke, wie er das all die Jahre durchgehalten hat … ich schäme mich. Aber andererseits hat er sich kategorisch geweigert, richtig Geld zu verdienen. Unsere Kinder mußten alle arbeiten, praktisch seit sie ihren Namen schreiben konnten. Man kann doch nicht erwarten, daß ich davon begeistert bin. *Sie preßt die Hände auf die Augen.* Ich nehme an, früher oder später muß man einfach aufstehen und sagen: »Ich bin normal, ich hab's geschafft.« Aber es ist so, als ob man oben an einer Treppe steht, und es ist keine Treppe da. *Sie starrt vor sich hin.*

KAREN Ich glaube, ich sollte lieber zu ihm rübergehen. Soll ich Ihrem Mann sagen, daß Sie kommen?

PATRICIA Ich glaube, ich warte noch eine Minute.

KAREN *steht auf* Er scheint sehr nett zu sein.

PATRICIA Um die Wahrheit zu sagen – er ist durch die Hölle gegangen meinetwegen, und ich weiß das... *Sie steht kurz vorm Weinen.* Ich weiß, ich muß aufhören, ihm die Schuld zu geben. Es überkam mich wie eine Offenbarung vor zwei Wochen: Ich-darf-Leroy-nicht-mehr-die-Schuld-geben. Und es ist erstaunlich, plötzlich hatte ich kein Verlangen mehr nach Medikamenten. Ich spürte, wie es mich verlassen hat wie ein... wie ein Geist. *Kleine Pause* Da ist nur eins, er hat Verwandte, die wirklich wohlhabend sind, und er will einfach von niemandem Hilfe annehmen. Ich meine, wenn man sich die Juden ansieht oder die Italiener oder die Iren – die sind eben Italo-Amerikaner, irische Amerikaner, Hispano-Amerikaner – die halten zusammen und helfen sich gegenseitig. Haben Sie schon mal was von Yankee-Amerikanern gehört? Im Leben nicht. Denen kann man die Steuern erhöhen oder sie bis aufs Hemd ausrauben – ein Yankee sitzt einfach da, ganz allein, und wird immer trauriger. – Aber ich will nicht mehr darüber nachdenken.

KAREN Sie haben ein sehr schönes Kinn.

PATRICIA Männer, die nur halb so viel können wie er, kutschieren in dicken, teuren Schlitten durch die Gegend, und bei seinem Wagen ist nun schon das zweite Mal hintereinander ausgerechnet Ostern die Hinterachse zusammengebrochen.

KAREN Ich glaube, mein Führerschein ist abgelaufen.

PATRICIA *eine Aufwallung tiefster Wut* Ich weigere mich, in einem neun Jahre alten Chevrolet herumzufahren – und der war auch schon gebraucht gekauft.

KAREN Ich habe gehört, daß es für sämtliche Wagen von General Motors nur drei Schlüssel gibt. Halten Sie das für möglich?

PATRICIA *jetzt entschieden* Glauben Sie mir, meine Liebe, was immer die Ihnen erzählen, Sie kriegen zu viele Tabletten. Die sind wahrscheinlich daran schuld, daß Ihre Gedanken solche Sprünge machen...

KAREN Nein, überhaupt nicht – Sie haben von Chevrolet gesprochen, und der ist von General Motors, verstehen Sie.

PATRICIA Ach so... Na ja, lassen wir das Thema. *Kleine Pause* Wahrscheinlich haben Sie recht – da schließt man sein Auto sorgfältig ab, und irgendwo läuft so ein Gauner rum und hat die Schlüssel dazu in der Tasche. Aber es ist ja sowieso alles Betrug, das wissen wir ja.

KAREN *sieht Patricia wieder an* Ich glaube, davon kann man wirklich Depressionen kriegen.

PATRICIA Nein, davon habe ich keine Depression gekriegt.

KAREN Ich meine doch, weil er sich weigert, es zu etwas zu bringen, und auch noch Geld für Banjounterricht ausgibt.

PATRICIA Habe ich Ihnen das erzählt? – Ich vergesse dauernd, was ich Ihnen erzählt habe, weil ich nie weiß, wann Sie zuhören. *Sie streckt die Hand aus.* Da haben wir es wieder. *Sie hält ihre Hand fest, damit sie nicht mehr zittert.*

KAREN Es hörte sich so an, als hätten Sie eine wunderschöne Zeit gehabt, damals, als Sie sich kennengelernt haben.

PATRICIA Oh, Karen, alle haben uns beneidet, wir waren das hübscheste Paar in der ganzen Stadt – glauben Sie mir, ich übertreibe nicht. *Sie bricht ab, betrachtet ihre zitternde Hand und legt die andere darauf.* Ich will einfach nicht wieder hierher zurückkommen, verstehen Sie das? Ich glaube, das könnte ich nicht ertragen. *Sie umklammert ihre Hand und geht umher.* Ich muß einfach positiv denken. Aber es ist nicht zu fassen –

er hat allen Ernstes vor, seine Sammlung von Sägen und Meißeln dem Museum zu schenken! – Ein paar von diesen Werkzeugen sind so alt wie die Vereinigten Staaten, sie sind bestimmt ein Vermögen wert! – Aber ich will nach vorn sehen, weiter nichts, schnurgerade wie eine Autobahn.

Kleine Pause

KAREN Ich schäme mich so.

PATRICIA Warum denn, um Himmels willen? Sie haben ein Recht darauf, depressiv zu sein. In den Krankenhäusern sind mehr Leute mit Depressionen als mit irgendeiner anderen Krankheit.

KAREN Stimmt das?

PATRICIA Natürlich! In diesem Land muß ja jeder mit ein bißchen gesundem Menschenverstand depressiv werden. Es sei denn, man ist richtig reich, nehme ich an. Lassen Sie sich nicht von ihm dazu bringen, daß Sie sich schämen, Karen.

KAREN Nein, nicht deswegen ... ich habe gemeint, weil Sie so viele Gedanken im Kopf haben.

PATRICIA Och, Sie können auch Gedanken im Kopf haben – denken Sie immer daran, daß unsere Seele Gott gehört und man ihm keine Tabletten in den Mund stopfen darf.

Kleine Pause

KAREN Ich glaube, wir sind reich.

PATRICIA *sofort interessiert* Richtig reich?

KAREN Er hat jetzt diese Heizölfirma, und dann hatte er schon immer den Düngemittelhandel und die Chevrolet-Vertretung und natürlich die Baustoffe und so weiter – und jetzt noch Izuzu.

PATRICIA Was ist Izuzu?

KAREN Ein japanisches Auto.

PATRICIA ... Da komme ich einfach nicht mehr mit.

KAREN Im Frühjahr fahren wir immer nach Arkansas.

PATRICIA Arkansas?

KAREN Wegen der Katzenfische. Da hatte ich auch meinen Zusammenbruch. Ich kann nichts dagegen tun; wenn ich einen Katzenfisch sehe, muß ich mich übergeben. Ich habe natürlich nicht versucht... Sie wissen schon... was zu machen. Ich habe bloß die Anweisungen auf der Flasche falsch gelesen. Darf ich Sie mal was fragen?

PATRICIA Wenn es nicht zu persönlich ist.

KAREN Also, ich weiß nicht.

PATRICIA ...Na, dann los. Was denn?

KAREN Kaufen Sie bei A&P oder bei Stop & Shop?

PATRICIA ...Ich frage mich wirklich, ob Sie nicht die falschen Tabletten kriegen. Aber ich nehme an, Sie können gar keine Überdosis nehmen – Sie würden sich sowieso beim kleinsten Fips übergeben. Ist ja direkt ein Segen für Sie.

KAREN Er will, daß ich mehr aus dem Haus gehe, aber ich kann mich so schwer entscheiden, wohin.

PATRICIA Also... A&P ist gut. Stop & Shop auch. Mehr oder weniger. Und bei Kroger kriegt man manchmal guten Fisch.

KAREN Und welches Geschäft gefällt Ihnen am besten? Ich möchte da kaufen, wo Sie hingehen.

PATRICIA Das ist ja sehr schmeichelhaft. *Sie steht auf, voll innerer Erregung.* Es ist erstaunlich – mir geht es wirklich immer besser. Vielleicht sollte ich doch heute mit ihm nach Hause fahren. Ich meine, wovon hängt es denn ab – es ist bloß eine Frage des Selbstvertrauens.

KAREN Es wäre schön, wenn wir ein bißchen Gemüse anbauen könnten, wie früher auf der Farm. Machen Sie das?

PATRICIA Och, er baut alles mögliche in unserem Garten an. So 'n gesundes Zeug wie Haferwurz und Mangold – und Stielmus.

KAREN Stielmus hab ich noch nie gehört.

PATRICIA Sie können genausogut Ihren Duschvorhang salzen und zusammen mit einer Tomate kleinhacken.

KAREN Also... Fleisch bei... wem? – A&P?

PATRICIA Nein. Fleisch bei Stop & Shop. Ich glaube wirklich,

ich sollte heute nach Hause gehen. Es ist nicht seine Schuld. Das darf ich nicht vergessen …

KAREN Und Konserven?

PATRICIA Was? – Oh. Stop & Shop.

KAREN Und was ist dann bei A&P gut?

PATRICIA Gemüse.

KAREN Ach richtig. Und bei Kroger?

PATRICIA Vergessen Sie Kroger doch einfach.

KAREN *hält fünf Finger hoch und knickt einen nach dem anderen um* – Also Stop & Shop …

PATRICIA Vielleicht liegt es daran, daß Sie versuchen, drei Sachen auf einmal zu behalten. Warum kaufen Sie nicht einfach nur bei A&P und Stop & Shop? *Kleine Pause*

KAREN Kroger mochte ich eigentlich ganz gern.

PATRICIA Mein Gott, dann kaufen Sie doch bei Kroger!

KAREN Also, dann geh ich jetzt zu ihm rüber. *Will gehen, bleibt dann aber stehen* Hoffentlich gehen Sie heute noch nicht.

PATRICIA *noch angespannter* Ich überlege noch.

KAREN Also … dann gehe ich wohl lieber. *Sie bleibt wieder stehen.* Ich wollte Ihnen noch sagen, ich mag Banjos eigentlich ganz gern. Man kann sehr gut dazu steppen.

PATRICIA Steppen.

KAREN Bei uns in der Straße, da wohnt ein Lehrer für Stepptanz.

PATRICIA Sie können steppen?

KAREN Na ja, John hat mal ein Video von Ginger Rogers und Fred Astaire ausgeliehen, und mir gefiel das irgendwie. Ich kann »Cheek to Cheek« singen. Wollen Sie es hören?

PATRICIA Klar, singen Sie doch – das ist wirklich eine Überraschung.

KAREN *singt mit kleiner Stimme* »Heaven, I'm in heaven, and the cares that clung around me through the week …«

PATRICIA Wunderschön, Karen! Hören Sie, was sagt Doktor Rockwell genau über Ihren Zustand?

KAREN Also, er sagt, so was kommt häufig vor, wenn eine Frau den ganzen Tag allein zu Hause ist.

PATRICIA Was kommt häufig vor?

KAREN Daß sich im Nebenzimmer irgendwas bewegt?

PATRICIA Oh, ich verstehe. – Haben Sie eine Ahnung, wer es ist?

KAREN Meine Mutter. – Mein Mann will mir vielleicht meine Steppschuhe und meinen Frack mitbringen... aber wahrscheinlich hat er es vergessen. Ich habe auch einen Zylinder und Shorts. Und einen Spazierstock? Ob die wohl erlauben, daß man hier tanzt?

PATRICIA Vielleicht. Aber sobald die merken, daß Sie sich amüsieren, ziehen die Sie wahrscheinlich mit 'ner Pille aus dem Verkehr.

Karen will gehen, zögert aber und bleibt wieder stehen.

KAREN Hat Ihre Mutter Sie gern gehabt?

PATRICIA O ja. Wir haben uns alle sehr nahegestanden. Ihre nicht?

KAREN Nein. Sie hat die ganze Farm ihrem Cousin hinterlassen. Erzählen Sie doch von Ihrer Familie, bitte. Waren wirklich alle blond?

PATRICIA Oh, so goldblond wie reifer Mais... auf der Straße haben sich alle Leute nach uns umgedreht. Meine Mutter war einfach vollkommen. Ich glaube, wir alle. *Mit einem kleinen Lachen* Wissen Sie, wir hatten ein Flachdach neben dem Haus über der Garage, und meine Mutter, meine Schwestern und ich – wir haben uns an den ersten warmen Frühlingstagen immer da draußen in die Sonne gelegt.

KAREN *legt die Hand vor den Mund* Nein! Sie meinen nackt?

PATRICIA In Schweden regt sich niemand über Nacktheit auf, und wir alle haben von klein auf die Sonne geliebt. Haben wir immer gelacht – denn in dem Moment, wo die Kleider fielen – Sie wissen ja, wie ruhig es in Grenville ist – da konnte man hören, wie im Glockenturm der presbyterianischen Kirche jemand nach oben lief. Wir taten natürlich so, als ob wir nichts merkten, aber der kleine enge Turm war bald gerammelt voll mit Presbyterianern.

KAREN Du meine Güte.

PATRICIA Wir haben uns hingelegt und so getan, als ob wir überhaupt nichts sehen. Und dann setzte sich meine Mutter plötzlich auf, zeigte auf den Kirchturm und brüllte: »Buuh!« Und dann rannten alle wie aufgescheuchte Hühner die Treppe runter!

Beide freuen sich über die Geschichte.

KAREN Ich finde, Ihr Mann sieht sehr gut aus.

PATRICIA Stimmt, aber wenn ich da an meine Brüder denke... ich meine die Art, wie sie dastanden oder sich bewegten... und ihre Zähne! Charles hat das All-New-England-Golfturnier gewonnen, und Buzz war haarscharf vor einer Goldmedaille im Stabhochsprung – das war bei den Olympischen Spielen in Portugal.

KAREN Toll! Sehen Sie sich noch häufig?

PATRICIA Oh, sie sind alle nicht mehr da.

KAREN Weggezogen?

PATRICIA Nein... tot.

KAREN Och. Haben sie sich zu viel zugemutet?

PATRICIA Buzz hat sich am Kleiderschrank seiner Frau aufgehängt.

KAREN Och!

PATRICIA Und acht Tage später hat sich Charles auf seinem Trecker erschossen.

KAREN *sanft* Och je. Haben sie einen Brief oder etwas Ähnliches hinterlassen?

PATRICIA Nein. Aber wir haben alle gewußt, was es war.

KAREN Was denn?

PATRICIA Enttäuschung. Wir sind alle in der Hoffnung erzogen worden, daß aus uns mal etwas ganz Wunderbares wird und... *Sie bricht achselzuckend ab.* ...wurde es aber nicht.

KAREN Also ... dann geh ich jetzt. *Karen geht hinaus.*

Patricia sieht einen Moment ausdruckslos, in Erinnerungen versunken, vor sich hin. Dann betrachtet sie ihr Gesicht im Spiegel, streicht ein paar Falten glatt ... Leroy kommt herein.

PATRICIA Ich wollte grade rüberkommen.

LEROY Mrs. Frick hat ...

Patricia unterbricht ihn, indem sie seinen Kopf herunterzieht und ihm sanft über die Wange streicht.

PATRICIA *in sanftem, herablassendem Ton* Ich wollte grade rüberkommen, Leroy. Du mußt nicht immer alles wiederholen. Komm, setz dich neben mich – laß uns nicht streiten.

LEROY ... Wie war dein Tag?

Sie ist immer noch bewegt durch die Erinnerung an ihre Brüder; außerdem hat sie nicht das von ihm bekommen, was sie erhofft hatte. Sie zuckt die Achseln und wendet den Kopf ab.

PATRICIA Es gab schon schlimmere.

LEROY Hast du dir die Haare gewaschen?

PATRICIA *erfreut, daß er es bemerkt hat* Woran siehst du das?

LEROY Es sieht frischer aus. Ist das Nagellack?

PATRICIA Mhm.

LEROY Schön. Du siehst gut aus, Patty.

PATRICIA Ich fühle mich auch besser. Noch nicht ganz gut, aber fast.

LEROY *nickt zustimmend* Großartig! Hat er dir andere Tabletten verschrieben, oder was?

PATRICIA Nein.

LEROY Irgendwas ist anders an dir.

PATRICIA *seltsam aufgeregt* Findest du?

LEROY Deine Augen sind klarer. Du kommst mir vor, als ob du ... offener bist.

PATRICIA Bin ich auch, glaube ich. Aber paß auf, ich bin ziemlich nervös.

LEROY Das macht nichts. Du hast mehr ... ich weiß nicht ... mehr Farbe im Gesicht.

PATRICIA Ja? *Sie berührt ihr Gesicht.*

LEROY Du siehst beinahe so aus wie damals...

PATRICIA Es ist etwas passiert, aber ich möchte noch nicht darüber sprechen.

LEROY Wirklich? Was denn?

PATRICIA *sträubt sich sofort* Ich hab doch grade gesagt...

LEROY Gut. *Er geht zum Fenster.* – Es sieht nach Regen aus, aber wenn du möchtest, können wir ein bißchen spazierengehen. Da unten ist ein wunderschönes Tulpenbeet. Die Farben leuchten in diesem grauen Licht. Rote und purpurrote und weiße und eine graue. Ich habe noch nie eine graue Tulpe gesehen.

PATRICIA Wie geht's Amalias Bein? Kriegst du sie dazu, daß sie ihren Verband wechselt?

LEROY Ja. Aber sie sollte sich lieber von dem Gedanken verabschieden, daß sie Auto fahren kann.

PATRICIA Warum sagst du es ihr nicht?

LEROY *mit einem kleinen Lachen* Das wär ja ein Wunder, wenn die plötzlich anfinge, auf ihren Vater zu hören.

PATRICIA *sanft trotz ihrer Redeweise* Würde sie vielleicht tun, wenn du nicht immer nur meckern würdest, sondern mal ein Machtwort sprichst. Und wenn sie in deiner Stimme auch mal was anderes als Enttäuschung hört.

LEROY Sie hat sich angewöhnt, auf mich runterzugucken, das weißt du.

PATRICIA *energisch, aber den Tränen nahe* Ich hoffe, du machst mich nicht dafür verantwortlich.

Leroy hält sich zurück, steht schweigend da. Dann bläst er die Backen auf und pustet, schüttelt dabei mit einem abwehrenden Grinsen den Kopf.

LEROY Scheint heute nicht mein Tag zu sein.

PATRICIA Hätte es aber vielleicht sein können.

LEROY Dabei habe ich mich so darauf gefreut, dir etwas zu erzählen.

PATRICIA Was?

LEROY Ich habe es geschafft, daß Harrelson mir zwölftausendfünfhundert für den Altar bezahlt hat.

PATRICIA Na, siehst du! – Und du warst mit acht zufrieden! Ich hab's dir doch gesagt . . .!

LEROY Das verdanke ich nur dir. Ich hab's schließlich doch in meinen dicken Schädel reingekriegt – ich hab mir gesagt, also gut, du bist langsamer als die meisten, aber Qualität dauert eben ein bißchen länger. Und er hat keinen Pieps gesagt – zwölftausendfünfhundert Dollar.

Sie sieht ihn an, unendlich traurig.

– Na, warum guckst du so traurig?

PATRICIA Komm her. *Sie zieht ihn zu sich herunter, küßt ihn.* Ich freue mich ja . . . Ich habe nur an die vielen Jahre gedacht, die ich damit vergeudet habe, dich dazu zu bringen, genug zu verlangen. Aber ich habe jetzt beschlossen, nach vorn zu sehen, nicht zurück – ich bin sehr froh, daß du zwölf gekriegt hast. Das hast du wirklich gut gemacht.

LEROY *aufgeregt* Sag mal, was haben sie dir gegeben?

PATRICIA Also ich bin noch lange nicht vollkommen –

LEROY Patty, nichts ist vollkommen außer einem heißen Bad.

PATRICIA Du brauchst dich gar nicht darüber lustig zu machen. Ich hab dir doch gesagt, ich bin nervös, ich bin es nicht gewöhnt, daß . . . daß . . .

LEROY Er hat dir andere Tabletten gegeben, ja?

PATRICIA Glaub ja nicht, ich hätte überhaupt keine Probleme mehr.

LEROY Oh. Das würde ich auch nie glauben, Patty. Hat er dir was Neues verschrieben?

PATRICIA Er hat überhaupt nichts getan. *Pause*

LEROY Gut, ich bin ja schon still.

Sie streicht sich die Haare zurück; er beobachtet sie schweigend. Dann . . .

. . . Dieser Frick handelt mit Ölbrennern. Ich weiß nicht, ob er es ernst gemeint hat, aber er hat gesagt, er macht mir einen guten Preis. Wir könnten einen neuen Brenner brauchen.

PATRICIA Was würdest du sagen, wenn ich sage, daß ich daran denke, nach Hause zu kommen?

LEROY *nach einer Pause, voller Zweifel* Ach ja? Wann?

PATRICIA Vielleicht nächsten Donnerstag. Für immer.

LEROY Hmmm.

PATRICIA Du klingst nicht sehr überzeugt.

LEROY Du weißt, daß du die einzige bist, die diese Entscheidung treffen kann, Pat. Wenn du nach Hause kommen willst, dann nehme ich dich jederzeit gern mit. *Kleine Pause*

PATRICIA Ich habe das Gefühl, wenn ich nicht zu weit nach vorn gucke, dann schaffe ich es.

LEROY Was meinst du damit?

PATRICIA Mir ist neulich etwas klargeworden; wenn ich zu Hause bin, dann neige ich dazu – vor allem nachmittags, wenn alle aus dem Haus sind und ich allein bin –, daß ich sehr weit nach vorn blicke. Ich sollte aber nur etwas nach vorn gucken, vielleicht bis zum Abend oder bis zum nächsten Tag. Das wäre richtig. Nur wenn ich anfange, Jahre nach vorn zu gucken … *Kleine Pause* Du hast mir mal gesagt, warum du glaubst, daß ich krank geworden bin. Ich habe es vergessen – was hast du gesagt?

LEROY Was verstehe ich denn schon davon, Pat?

PATRICIA Warum machst du dich immer so klein? – Du mußt aufhören, deinen Vater nachzumachen. Es gibt Dinge, von denen du sehr viel verstehst. – Sag noch mal, was du gesagt hast … Warum bin ich krank geworden?

LEROY Ich habe immer gedacht, es liegt an deiner Familie …

PATRICIA *drückt die Finger auf die Augen* Ich will mich konzentrieren. Sprich weiter.

LEROY Sie standen sich alle so nahe, so voll überschwenglicher Zärtlichkeit, und ihr hattet alle – diese – du weißt schon –

diese extrem hohe Meinung von euch; es war ganz selbstverständlich, jeder einzelne von euch würde es ganz weit bringen, bis in die Spitzengruppe. Und das nur, weil ihr Sorgensens wart. Doch das Leben ist nun mal nicht so, und deswegen bist du krank geworden.

Lange Pause. Sie blickt starr vor sich hin, nickt.

PATRICIA Und du hast überhaupt nicht richtig gelebt.

LEROY Das würde ich nicht sagen.

PATRICIA Ich verstehe nicht, warum ich das nie gemerkt habe.

LEROY Aber wieso denn? ... Es war wunderbar, mitzuerleben, wie die Kinder heranwuchsen; und manchmal hat mir auch meine Arbeit Freude gemacht.

PATRICIA Aber deine Frau nicht.

LEROY Ich mache dir schon lange keine Vorwürfe mehr, Pat. Es ist deine Erziehung.

PATRICIA Ich könnte dir deine auch vorwerfen, nicht?

LEROY Das könntest du sicher.

PATRICIA Ich meine, dieser ständige Optimismus ist sehr irritierend bei jemandem, der fünfzigmal depressiver ist als ich.

LEROY Also Patty, du weißt, daß das nicht...

PATRICIA Du bist depressiv, Leroy! Weil du Angst vor Menschen hast. Du traust niemandem, und genau deswegen hast du auch nie richtig Geld verdient. Du hättest die ganze Welt aus den Angeln heben können, aber du kannst es nicht ertragen, mit anderen Menschen zusammenzuarbeiten.

LEROY Der letzte Mensch, mit dem ich zusammengearbeitet habe, hat versucht, mir meinen besten Zwölf-Millimeter-Meißel zu stehlen.

PATRICIA Du meinst, du glaubst, daß er es versucht hat...

LEROY Ich glaube überhaupt nichts, ich hab ihn in seinem Werkzeugkasten gefunden. Und das war ein echter Stanley-Meißel, nicht der Mist, den man heutzutage zu kaufen kriegt.

PATRICIA Na und?

LEROY Na und? – Dieser Mann hat drei Enkel! Und er ist ein Chapman – das ist immerhin eine der ältesten und rechtschaffensten Familien im Umkreis.

PATRICIA *entschieden, sie hat recht behalten* Und deswegen bist du depressiv.

LEROY *lacht* Bin ich nicht, aber hätte ich nicht eigentlich Grund dazu? – Wenn ein Chapman einen Meißel stiehlt. Herr im Himmel, die hatten Generäle in der Familie, Minister und was weiß ich. Jedenfalls, wenn ich deprimiert bin, dann wegen etwas, was passiert ist, und nicht wegen etwas, was ich mir einbilde.

PATRICIA Ich komme mir vor wie ein Baumstamm, der mitten im Fluß gegen einen anderen Baumstamm stößt.

LEROY Mannomann, du bist ja die reinste Berg-und-Tal-Bahn. Eben lief es doch noch großartig mit uns, wieso sind wir denn jetzt hierbei gelandet?

PATRICIA Ich kann keine Ruhe finden, wenn ich merke, daß du immer kneifst, um es mal so kraß zu sagen.

LEROY Kneifen? – *Er lacht.* Du willst, daß ich zugebe, daß ich ein Versager bin?

PATRICIA Das habe ich nicht...

LEROY He, weißt du was – ich laß mir einen Aufkleber fürs Auto drucken – »Der Fahrer dieses Wagens ist ein Versager!« – Wetten, daß ich hundert Millionen davon verkaufen könnte... *Plötzlich wütend* ...Oder vielleicht sollte ich einfach mit dem Trecker rausfahren und mich erschießen!

PATRICIA Wie kannst du ausgerechnet zu mir so etwas Schreckliches sagen, Leroy!

LEROY Tut mir leid, Patty, aber ich bin nicht so blöd, wie ich aussehe – ich werde nie gewinnen, wenn ich gegen deine Brüder antreten muß!

PATRICIA *vorübergehend gedemütigt* Ich habe nicht gesagt, daß du ein Versager bist.

LEROY Entschuldige, ich wollte nicht laut werden. Ich weiß ja, manchmal sagst du Dinge, die du gar nicht meinst.

PATRICIA *kann es nicht ungeschehen machen* Ich habe nichts von Versager gesagt. *Sie ist den Tränen nahe.*

LEROY Ist schon gut, vielleicht bin ich ja ein Versager; aber ich glaube, nicht mehr als alle anderen auch.

PATRICIA Was ist bloß passiert? – Dieser Besuch hat doch so gut angefangen.

LEROY Vielleicht bist du es nicht mehr gewöhnt, so wach zu sein: Weißt du, du warst lange so lethargisch.

Sie bewegt sich. Er beobachtet sie.

Ich weiß es genau, Pat, wenn du nur ein bißchen Vertrauen hättest, dann könnten wir noch was aus unserem Leben machen.

PATRICIA Ich weiß. *Kleine Pause. Sie unterdrückt ihre Tränen.* Was genau hast du eigentlich damit gemeint, als du gesagt hast, es läge an meiner Erziehung?

LEROY Ich weiß nicht... ich seh ihn noch vor mir, deinen Vater, damals, ist schon ewig her. Wir saßen bei euch auf der Veranda... wir waren mitten in den Vorbereitungen für unsere Hochzeit... Und vor deiner Nase dreht er sich zu mir um und sagt kalt wie eine Hundeschnauze – *Lachend imitiert er einen schwedischen Akzent.* »Für ein schwedisches Mädchen ist kein Yankee gut genug.« Ich bin vor Schreck beinahe in die Rosenbüsche gefallen.

PATRICIA *lacht, irgendwie entzückt* Tja, er war eben altmodisch...

LEROY *lachend* Das kann man wohl sagen, ein richtig altmodisches »Willkommen in der Familie«.

PATRICIA Na ja, die Yankees haben uns ja wirklich schrecklich behandelt.

LEROY Das ist hundert Jahre her, Pat.

PATRICIA *fängt an, wütend zu werden* Dauernd streitest du es ab! – Die haben ihnen fünfzig Cent die Woche gezahlt, für die waren sie die doofen Schweden mit starken Armen und schwachem Verstand – und sie haben sich nur über uns lustig gemacht.

LEROY Aber Patty, wenn du heute durch die Stadt gehst, dann findest du kein einziges Haus in Toplage, das nicht einem Schweden gehört.

PATRICIA Ja, heute.

LEROY Und wann leben wir?

PATRICIA Sie haben uns wie Tiere behandelt. Es gab Yankee-Ärzte, die sich geweigert haben, in ein schwedisches Haus zu kommen, wenn ein Baby geboren wurde …

LEROY *lacht* Also, dann hoffe ich bloß, daß ich der letzte Yankee bin, damit alle Menschen anfangen können, heute zu leben und nicht vor ein paar hundert Jahren.

PATRICIA Du hast noch was gesagt. Etwas über die Spitzengruppe.

LEROY Spitzengruppe?

PATRICIA Daß du immer in der Spitzengruppe sein wirst, weil … *Sie bricht ab.*

LEROY – ich der einzige in der Gruppe bin.

PATRICIA … Stimmt das wirklich? Du vergleichst dich doch auch mit anderen, oder? Das mußt du, zumindest in Gedanken.

LEROY Nur mit mir selber. Weißt du, Pat, im Grunde ist jeder von uns eine Ein-Mann-Gruppe. Das habe ich in all den Jahren gelernt.

Pause. Sie starrt vor sich hin.

PATRICIA Das ist ein schöner Gedanke. Wo hast du ihn her?

LEROY Ich glaube, er stammt von mir, ich weiß es nicht. Es liegt ganz bei dir, Pat – wenn du glaubst, du bist soweit, dann fahren wir nach Hause. Jetzt oder Donnerstag oder wann auch immer. Was ist mit den Tabletten?

PATRICIA *bereitet sich vor* Ich wollte es dir erst in ein oder zwei Wochen sagen, wenn ich absolut sicher bin; – ich habe aufgehört, Tabletten zu nehmen, seit... es sind jetzt einundzwanzig Tage.

LEROY Gar keine mehr?

Sie nickt, mit einer gewissen Spannung.

Mein Gott, Patty. Und es geht dir gut?

PATRICIA ...So gut ist es mir seit – seit fünfzehn Jahren nicht mehr gegangen. Ich weiß nicht, wie es kam, aber ich hatte mal vergessen, sie zu nehmen. Und ich habe bis morgens durchgeschlafen, und dann bin ich aufgewacht, und es war, als ob ich in der Nacht... gesegnet worden wäre. Und seitdem habe ich keine mehr genommen.

LEROY Hab ich's dir nicht gesagt!

PATRICIA Bei dir ist das was anderes. Du bist nicht abhängig...

LEROY Aber habe ich dir nicht gesagt, daß dieses Zeug Gift ist? Ich könnte vor Freude an die Decke springen, Patty.

PATRICIA *umklammert eine Hand mit der anderen, um sich zu beruhigen* Aber ich habe Angst davor, nach Hause zu kommen. Vielleicht ist es zu voreilig. Ich spüre, ich könnte es, aber...

LEROY Dann laß uns darüber reden. Traust du es dir nicht zu? Weißt du, ich finde, wenn du schon so weit gekommen bist...

PATRICIA Sei einen Augenblick ruhig. *Sie hält seine Hand.* Warum bist du bei mir geblieben?

LEROY *lacht* Das weiß der Himmel!

PATRICIA Ich habe dich manchmal so mies behandelt, Leroy, das sehe ich jetzt. *Sie fängt an zu weinen.* Sag mir die Wahrheit: Hast du in all den Jahren was mit anderen Frauen gehabt? Ich würde es dir nicht übelnehmen, ich möchte es bloß wissen.

LEROY Na ja, ich habe daran gedacht, aber ich habe es nicht getan.

PATRICIA *sieht ihm tief in die Augen* Wirklich nicht, nein?

LEROY Nein.

PATRICIA Warum?

LEROY Ich habe einfach gehofft, daß du wieder gesund wirst.

PATRICIA Aber es hat so lange gedauert.

LEROY Ich weiß.

PATRICIA Auch nicht, wenn ich... Sachen nach dir geworfen habe?

LEROY Ähem.

PATRICIA Wie damals den Braten?

LEROY Na ja, da war ich ziemlich nah dran. Aber ich wußte, es lag an diesen verdammten Tabletten, nicht an dir.

PATRICIA Aber warum bist du dann jede Nacht weggegangen. Da war eine Frau, stimmt's?

LEROY Nein. Manchmal bin ich nachts rüber in den Keller von der Bücherei und hab mit Phil Banjo geübt. Oder in die Kneipe zu Manny – hab ein paar Frikadellen gegessen und mit den Jungs geredet.

PATRICIA *mit einer Spur Mißtrauen* Nachts sitzt da jemand?

LEROY Klar. Arbeiter, vor allem Junggesellen. Aber auch welche, die verheiratet sind. Du weißt schon... ein Bier trinken, fernsehen.

PATRICIA Und Frauen?

LEROY *kurze Pause* ...Weißt du, Pat – ich will ja nicht wieder meckern – aber wäre es nicht besser, wenn du versuchst, einem Menschen zu glauben, und nicht dauernd versuchst, ihm nicht zu glauben?

PATRICIA Ich frage mich bloß, ob du es weißt... es gibt viele Frauen, die gern was mit dir hätten. Aber das weißt du wahrscheinlich nicht, oder?

LEROY Klar weiß ich das.

PATRICIA Du weißt, daß viele Frauen gern was mit dir hätten?

LEROY ...Also – ja – das weiß ich.

PATRICIA Ach. Und woher weißt du das?

LEROY *mit einem schnellen, offenen Lachen* So was merkt man.

PATRICIA Was hält dich dann noch? Warum ziehst du nicht aus?

LEROY Pat, du quälst mich.

PATRICIA Ich versuche, zu mir selbst zu finden.

Sie bewegt sich voll innerer Spannung, wehrt sich gegen einen Ausbruch. In seiner Stimme schwingt wütender Groll mit.

LEROY Ich habe dich immer vor Augen gehabt – als du noch glücklich und zärtlich warst... das hat mich gehalten. Auch wenn das schon so lange her ist – ich erinnere mich daran, wie du dir die Strümpfe angezogen hast oder ein bißchen Make-up aufgelegt und dir die Haare hochgesteckt hast... Wenn du Freude am Leben hast, dann ist keine wie du. Keine. Nicht im Leben, nicht im Kino, nicht im Fernsehen. *Kleine Pause* Aber ich streite es gar nicht ab – wenn die Kinder nicht gewesen wären, dann wäre ich wahrscheinlich gegangen.

Sie schweigt, ist aber von etwas Unausgesprochenem erfüllt.

Du willst mir die ganze Zeit etwas sagen, stimmt's?

PATRICIA ...Ich weiß, daß ich Glück hatte.

LEROY *beobachtet sie* – Was ist es – soll ich dich eine Weile nicht mehr besuchen? Bitte sag es mir, Pat, du hast doch etwas auf dem Herzen.

Pause. Sie zwingt sich zu sprechen.

PATRICIA Ich weiß, daß ich nicht so denken sollte, aber ich bin mir nicht sicher, ob ich das Gefühl ertragen kann, daß es nie... Ich meine, wird es jemals anders?

LEROY Du meinst – wird es jemals ›wunderbar‹?

Sie sieht ihn abschätzend an.

Also nein, ich glaube, mehr können wir nicht erwarten. Für mich ist es allerdings schon wunderbar genug – ich meine, die Kinder und manchmal so eine klare Morgenstunde, wenn man die Luft und den Sonnenschein am liebsten trinken möchte.

PATRICIA Du bist der einzige Mensch, den ich kenne, der aus

einem simplen Temperaturwechsel ein Ereignis machen kann ... Ich kann nicht vom Wetter leben!

LEROY Pat, wir werden alt! Ich werde nie reicher oder hübscher sein als jetzt, und du wirst auch nicht mehr schöner werden. Also, willst du mit mir leben oder nicht?

PATRICIA Ich möchte keinem von uns was vormachen ... weißt du, ich ertrage es nicht, wenn du die Rechnungen nicht bezahlen kannst ...

LEROY Tu ich aber doch meistens. Ich bin Tischler – und so haben Tischler wahrscheinlich gelebt seit der Zeit, als sie die Arche Noah gebaut haben. Also, was willst du tun?

PATRICIA Ich bin mir ehrlich nicht sicher, ob ich durchhalten kann. Nicht, wenn ich die ganze Zeit höre, wie traurig du bist, und die Enttäuschung in deinen Augen sehe. Du kommst mir vor, als hättest du – *Sie bricht ab.*

LEROY Als hätte ich was?

PATRICIA Ich sollte es nicht sagen.

LEROY – – – als hätte ich aufgegeben. Als ob alles vorbei wäre. *Verletzt, hält aber durch* Also gut, Patty, dann kann ich es ja auch sagen – ich glaube, du hattest nie Probleme mit deiner Gesundheit, du hast Probleme mit deiner Einstellung ...

PATRICIA Ich habe ein religiöses Problem.

LEROY Na gut, ich hab nichts dagegen, es religiös zu nennen.

PATRICIA Das sind ja ganz neue Töne. Ich dachte, diese Pfarrer wären alle Scharlatane.

LEROY Nicht alle; aber die, die Besuche bei Hausfrauen machen und das ganze Eis aufessen – das stelle ich mir nicht unter religiös vor.

PATRICIA Und du weißt, was religiös ist?

LEROY Ich? Klar. Schlittschuhlaufen.

PATRICIA Schlittschuhlaufen ist religiös?

LEROY Ja, und Skifahren! Religion ist für mich alles, wodurch ich mich selber vergesse und glücklich bin zu leben. Sogar eine gut geschliffene Säge oder eine perfekt geschnittene Fuge.

PATRICIA Vielleicht kommen wir deswegen nicht miteinander zurecht – das Religiöse kann man nicht sehen, Leroy.

LEROY Ach nein! Und warum hat Gott dann nicht alles unsichtbar gemacht! Wir leben in dieser Welt, und wir müssen eine Möglichkeit finden, sie zu lieben!

Ihre Augen füllen sich mit Tränen.

Wenn du dauernd auf mir rumhackst, kann nichts Wunderbares aus unserem Leben werden, Patty.

Sie scheint auf ihn zu reagieren.

Ich sage es noch einmal, denn es ist das einzige, was mich davon abgehalten hat, verrückt zu werden – man muß diese Welt lieben. *Er geht zu ihr, nimmt ihre Hand.* Komm nach Hause. Vielleicht dauert es eine Weile, aber ich glaube wirklich, du schaffst es.

Unsicherheit breitet sich auf ihrem Gesicht aus.

Also gut, du brauchst dich jetzt nicht zu entscheiden. Ich komme Donnerstag wieder, und dann sehen wir weiter.

PATRICIA Wo gehst du jetzt hin?

LEROY Zu meiner Banjostunde. Ich lerne gerade ein neues Lied. – Wenn du willst, spiele ich es dir vor.

PATRICIA *zögert, küßt ihn dann* Könntest du es nicht auf der Gitarre spielen?

LEROY Klingt nicht so gut auf der Gitarre. *Er geht zu seinem Banjokasten und öffnet ihn.*

PATRICIA Das Banjo klingt so dünn.

LEROY Aber das ist ja grade das Schöne, es ist sauber, wie ein Zahnstocher . . .

Die Fricks kommen herein.

Hallo, Mrs. Frick.

KAREN Er hat mein Kostüm mitgebracht. Möchten Sie es sehen? – *Zu Frick* Das ist sie – Mrs. Hamilton.

FRICK Oh! Guten Tag.

KAREN Das ist mein Mann.

PATRICIA Guten Tag.

FRICK Sie hat mir alles über Sie erzählt.

KAREN *zu Patricia* Möchten Sie gern mein Kostüm sehen?

PATRICIA Oh, das ist es? Klar, ziehen Sie es an.

Leroy fängt an, sein Banjo zu stimmen.

KAREN *zu Frick* Soll ich?

FRICK Na los, wenn du möchtest. *Er lacht Patricia an.* Sie hat es in einem Katalog entdeckt. Ich finde es ein bißchen albern in ihrem Alter, aber...

KAREN *unterbricht ihn, zutiefst verlegen* Es dauert nur eine Minute. *Sie will gehen, bleibt stehen.* Meinen Sie wirklich, ich soll?

PATRICIA Natürlich! – Los!

Karen geht mit dem Koffer ab. Leroy stimmt sein Instrument.

FRICK Sie ist ja wie ausgewechselt. Was haben Sie bloß mit ihr gemacht? *Zu Leroy* Sie hat sie richtig aufgemöbelt?

LEROY *überrascht* Patricia?

FRICK Sie sagt, Sie hätten ihr die Augen geöffnet. Was haben Sie ihr gesagt?

PATRICIA *versucht, Zeit zu gewinnen* Also... was hat sie Ihnen denn erzählt?

FRICK Bloß, daß Sie so... so positiv geredet haben.

Leroy sieht, wie vom Donner gerührt, zu Patricia hoch.

Sie hat gesagt, Sie hätten ihr so viele Dinge gezeigt, die sie tun könnte, anstatt den ganzen Tag rumzutrödeln...

PATRICIA Ja, ich glaube, positiv zu sein, ist die einzige Möglichkeit.

FRICK Das sage ich ihr auch immer, aber diese Frau kann eine halbe Stunde auf einem Fleck stehen, ohne sich zu rühren... Sie will nicht mal einkaufen gehen...

PATRICIA Vielleicht liegt es daran, w i e Sie es ihr sagen. Sie muß das Gefühl haben, daß Sie sie schätzen.

FRICK Schätzen?

PATRICIA Ja, Sie können doch nicht immer nur von ihr enttäuscht sein. Sie steht vor einem kilometerhohen Berg – und Sie müssen ihr darüber hinweghelfen. Etwas in der Art.

FRICK *zu Leroy, zeigt auf Patricia* Sie sind mir hoffentlich nicht böse, wenn ich das sage – aber Sie könnten ein bißchen von ihrem Optimismus gebrauchen.

LEROY *wendet sich erstaunt von Patricia weg* Hä?

FRICK *zu Patricia* Sie hat mich dazu gebracht, ihr ein kleines Podium im Keller bauen zu lassen mit einem mannshohen Spiegel, damit sie sich beim Tanzen darin sehen kann...

PATRICIA Und nehmen Sie sich die Zeit, ihr zuzusehen...

FRICK Na ja, sie sagt, erst wenn sie es richtig kann.

PATRICIA Weil sie schreckliche Angst vor Ihrer Kritik hat. Aber wenn Sie ihr zeigen, daß Sie es gut finden... Mögen Sie Steppen?

FRICK Na ja, es ist das einzige, was sie auf Trab bringt. Aber ich persönlich finde, es ist nicht normal für eine Frau in ihrem Alter. Ich meine, sie bringt es manchmal fertig, um zwei oder drei Uhr morgens runterzugehen und zu üben.

PATRICIA Vielleicht versucht sie, Ihr Interesse dafür zu wekken.

FRICK Fürs Steppen?

PATRICIA Ja, denn das liebt sie, und dabei fühlt sie sich wunderbar, wahrscheinlich.

FRICK Also, ich versuche die ganze Zeit, unser Heizölgeschäft aufzubauen, und die Konkurrenz ist groß...

PATRICIA Was ist wichtiger – Ihre Frau oder Heizöl?

FRICK Ich weiß, aber ich habe zwölf LKWs laufen, und die müssen ausgelastet sein...

PATRICIA Da haben Sie es. Vielleicht ist Ihre Frau deswegen hier.

FRICK *wird offensichtlich wütend* Also, wenn ich um zwei Uhr morgens geweckt werde, kann ich am nächsten Tag nicht fit sein, oder? Sie ist nicht normal.

PATRICIA Wer weiß schon, was normal ist, Mr. Frick?

FRICK Sie meinen, es ist hierzulande üblich, daß Leute um zwei Uhr morgens aufstehen und sich Steppschuhe anziehen? Das glaube ich nicht. – Aber ich wollte mich nicht mit Ihnen streiten, wo Sie sich doch ... nicht wohl fühlen.

PATRICIA Ich habe mich noch nie wohler gefühlt.

Sie wendet sich ab. Frick sieht Leroy mit verwirrter Überraschung an, der ihn mit unterdrücktem Lachen ansieht. Karen kommt herein; sie trägt Satinshorts, Frack, Zylinder, Steppschuhe, und als sich alle zu ihr umdrehen, zieht sie einen ausziehbaren Spazierstock heraus und nimmt eine theatralische Pose ein.

Sie sehen ja großartig aus!

KAREN *sucht verzweifelt Bestätigung* Finden Sie wirklich?

LEROY Umwerfend!

PATRICIA Steppen Sie mal.

KAREN Ich habe mein Tonband nicht dabei. *Sie wendet sich zaghaft an Frick.* Aber wenn du ›Swanee River‹ singen würdest ...

FRICK Also, Karen, hör mal!

PATRICIA Ich kann's singen ...

KAREN Er kennt mein Tempo. Bitte, John ... nur eine Minute ...

FRICK Na gut, dann los. *Er singt widerwillig.* »Way-down-upon-the-Swanee-River ...«

KAREN Moment, du bist zu schnell ...

FRICK *langsamer, wird wütend* »Way–down–upon–the–Swanee–River, far, far away. That's where my heart is turning ever ...«

Karen steppt ihre Nummer, mühselig, außer einem kurzen Stück, wo sie graziös zu werden verspricht.

Frick singt weiter.

PATRICIA Ist sie nicht wunderbar?

LEROY Großartig!

Karen tanzt jetzt ein bißchen kühner ...

PATRICIA Sehen Sie sie an, Mr. Frick, sie ist phantastisch...

Karen kommt in Schwung.

FRICK »...everywhere I roam...«

PATRICIA Nun sehen Sie sie doch an!

FRICK Ich sehe sie an, verdammt noch mal!

Dieser überraschende wütende Schrei und sein gerötetes Gesicht bringen alles zum Stillstand. Karens Gesicht drückt Angst aus.

KAREN *entschuldigend zu Patricia* Er hat mich angesehen... *Zu Frick* Sie hat nicht gemeint, daß du nicht geguckt hast, sie hat gemeint...

FRICK *unterdrückt heftig seine Wut und Verlegenheit* Ich muß jetzt los.

KAREN Es tut mir leid, John, aber sie...

FRICK *streng* Mach dir keine Gedanken, Schatz. War nett, Sie kennenzulernen.

Er will hinausgehen. Karen stellt sich ihm in den Weg.

KAREN Oh, John, du bist doch hoffentlich nicht... böse.

FRICK Vielleicht kann ich Freitag wiederkommen.

Er dreht sich abrupt um und geht hinaus. Karen steht absolut regungslos da und starrt ins Leere.

PATRICIA Karen?

Karen scheint sie nicht zu hören. Sie steht in Kostüm und Zylinder da und sieht die leere Tür an.

Wie wär's, wenn Leroy für Sie spielt? *Zu Leroy* Spiel.

LEROY Auf der Gitarre könnte ich's, aber hier drauf hab ich noch nie...

PATRICIA Kannst du es nicht versuchen – wozu ist das Ding sonst gut?

LEROY Also dann – ich versuch's mal.

Er sucht die Melodie von ›Swanee River‹ auf dem Banjo zusammen, aber Karen rührt sich nicht.

PATRICIA Jetzt los, Karen! Versuchen Sie es, ich finde, Sie tanzen wunderbar! Na, kommen Sie... *Sie singt.* »Way down upon the Swanee River...«

Karen gibt ihre regungslos depressive Haltung auf und sieht Patricia an. Leroy spielt weiter und summt dazu. Er spielt die Melodie immer genauer.

Ist das Tempo richtig? Sagen Sie doch.

KAREN *sehr, sehr leise* Geht's ein bißchen schneller?

Leroy spielt schneller. Noch immer traurig nimmt Karen ihre Nummer wieder auf, macht ein paar Schritte, hält dann inne. Leroy hört allmählich auf zu spielen. Karen geht hinaus. Patricia will ihr nachgehen, gibt es aber auf und bleibt stehen. Leroy wendet sich zu Patricia um, die vor sich hin starrt. Dann dreht sie sich zu Leroy. Er erwidert ihren Blick mit fragendem Gesichtsausdruck. Er geht zu ihr und bleibt bei ihr stehen. Längere Zeit bewegen sich beide nicht. Dann streckt sie die Hand aus und berührt sein Gesicht – mit einer Geste stiller Dankbarkeit. Sie geht zu einem Schrank, holt eine kleine Reisetasche heraus, legt sie aufs Bett und fängt an zu packen. Leroy sieht ihr einen Moment zu, steckt dann das Banjo in den Kasten und bleibt wartend stehen. Sie zieht einen leichten Mantel an. Er kommt und hilft ihr hinein. Auf ihrem Gesicht sieht man, wie sie mit ihren Zweifeln kämpft.

LEROY *lacht, ist aber kurz vorm Weinen* Fertig?

PATRICIA *weint beinahe* Leroy ...

LEROY Ein Schritt nach dem anderen, Pat – du bist schon einundzwanzig voraus. Die Kinder werden sich freuen, wenn du wieder zu Hause bist.

PATRICIA Ich kann es nicht glauben ... ich hatte gar nichts.

LEROY Es ist ein Wunder.

PATRICIA Danke. *Sie unterdrückt ihren eigenen Widerstand, zieht ihn an sich und küßt ihn. Sie lächelt spöttisch.* Schafft es der Wagen denn bis nach Hause?

LEROY *lacht* Hör auf, an dem Wagen rumzumeckern. Er ist völlig in Ordnung.

Sie gehen zur Tür. Er trägt ihre Tasche und sein Banjo.

PATRICIA Wenn du einmal an etwas glaubst, dann weißt du nie, wann du damit aufhören sollst, stimmt's?

LEROY Na ja, er ist vielleicht ein bißchen verrostet, aber die neuen sind lange nicht so gut gebaut...

PATRICIA Alte Liebe rostet nicht.

LEROY Also, mit diesen neuen Chevrolets kann ich wirklich nichts anfangen.

Sie geht hinaus, er hinter ihr her. Man hört ihre Stimmen.

PATRICIA Das Banjo und das Auto – na, das ist doch 'ne ganze Menge, worauf ich mich freuen kann.

Sein Lachen verklingt auf dem Korridor. Schweigen umhüllt die Bühne. Die zwei Schachspieler im Aufenthaltsraum und die Patientin auf dem Bett sind regungslos – wie es aussieht, für immer.

ENDE

SCHERBEN

Personen

PHILLIP GELLBURG, Ende vierzig, Leiter der Hypothekenabteilung bei einer Immobilienfirma
SYLVIA GELLBURG, Mitte vierzig, seine Frau
DR. HARRY HYMAN, Anfang fünfzig, Arzt
MARGARET HYMAN, seine Frau
HARRIET, Sylvia Gellburgs jüngere Schwester
STANTON CASE, Phillip Gellburgs Vorgesetzter

Das Stück spielt in Brooklyn, in den letzten Novembertagen 1938.

Szenenfolge

1. Szene	Sprechzimmer von Dr. Hyman
2. Szene	Schlafzimmer der Gellburgs
3. Szene	Sprechzimmer von Dr. Hyman
4. Szene	Büro von Stanton Case
5. Szene	Schlafzimmer der Gellburgs
6. Szene	Sprechzimmer von Dr. Hyman
7. Szene	Büro von Stanton Case
8. Szene	Schlafzimmer der Gellburgs
9. Szene	Büro von Stanton Case
10. Szene	Ein Schlafzimmer im Haus der Gellburgs
11. Szene	Gellburgs Schlafzimmer

Ein Cellist sitzt allein auf der Bühne und spielt eine einfache Melodie. Die Melodie ist zu Ende. Das Licht auf den Cellisten erlischt. Licht auf...

1. Szene

Das Sprechzimmer von Dr. Harry Hyman in seinem Haus. Phillip Gellburg, ein schlanker, angespannt wirkender Mann Ende vierzig, ist allein auf der Bühne; er hat die Beine übereinandergeschlagen und wartet absolut regungslos. Er trägt einen schwarzen Anzug, schwarze Krawatte und Schuhe und ein weißes Hemd. Margaret Hyman, die Frau des Arztes, kommt herein. Sie ist blond, robust und energisch. Sie hat eine Gartenschere in der Hand.

MARGARET Er ist gleich da, er zieht sich nur noch um. Kann ich Ihnen irgend etwas anbieten? Einen Tee?

GELLBURG *mit leichtem Vorwurf* Er hat gesagt, Punkt fünf.

MARGARET Er ist aufgehalten worden, im Krankenhaus. Diese neue Gewerkschaft hat einen Streik ausgerufen. Können Sie sich das vorstellen? Ein Streik in einem Krankenhaus? Ist doch nicht zu fassen. Und sein Pferd hat plötzlich gelahmt.

GELLBURG Sein Pferd?

MARGARET Er reitet doch jeden Nachmittag auf dem Ocean Parkway.

GELLBURG *versucht einen leicht vertraulichen Ton* Ach ja, das habe ich gehört... muß schön sein. Sie sind Mrs. Hyman?

MARGARET Seit Jahren nicke ich Ihnen schon zu auf der Straße, aber Sie sind immer viel zu beschäftigt, um es zu bemerken.

GELLBURG *mit kaum verborgenem Stolz* Mir geht oft so viel im Kopf rum. *Etwas gönnerhaft amüsiert* Und seine Sprechstundenhilfe sind Sie also auch?

MARGARET Er war Assistenzarzt am Mount-Sinai-Krankenhaus, und da haben wir uns kennengelernt. Er hat es sein Leben lang bereut. *Sie lacht schallend.*

GELLBURG Sie können aber lachen. Manchmal höre ich Sie die ganze Straße runter bis zu unserem Haus.

MARGARET Ich kann nichts dafür, meine ganze Familie lacht so. Ich bin aus Minnesota. Es freut mich, daß ich Sie jetzt doch noch kennenlerne, Mr. Goldberg.

GELLBURG Gellburg, nicht Goldberg.

MARGARET Oh, tut mir leid.

GELLBURG G-e-l-l-b-u-r-g. Es gibt nur einen im Telefonbuch.

MARGARET Klingt wie Goldberg.

GELLBURG Heißt aber Gellburg. *Er präzisiert.* Wir stammen aus Finnland.

MARGARET Oh! Und wir aus Litauen ... Kazauskis?

GELLBURG *kurz aus der Fassung gebracht* Ach.

MARGARET *versucht charmant, ihm seine Befangenheit zu nehmen* Waren Sie schon mal in Minnesota?

GELLBURG Der Staat New York ist so groß wie ganz Frankreich. Was soll ich da in Minnesota?

MARGARET Gar nichts. Aber es gibt da so viele Finnen.

GELLBURG Na ja, Finnen gibt es überall.

MARGARET *geschlagen, zeigt auf die Gartenschere* Ich geh wieder zu meinen Rosen. Auf jeden Fall – gute Besserung.

GELLBURG Mir fehlt nichts.

MARGARET Oh. Aber Sie sehen ein bißchen blaß aus.

GELLBURG Ich? – Das bin ich immer. Es geht um meine Frau.

MARGARET Oh, das tut mir leid. Sie ist eine reizende Frau. Hoffentlich nichts Ernstes?

GELLBURG Er hat sie von einem Spezialisten untersuchen lassen. Ich warte auf den Befund. Ich glaube, er steht vor einem Rätsel.

MARGARET Ich will ja nicht neugierig sein. *Sie will gehen, kann aber nicht widerstehen.* Sagen Sie mal, was fehlt ihr denn?

GELLBURG Sie kann nicht laufen.

MARGARET Wie meinen Sie das?

GELLBURG *als wäre das gegen ihn persönlich gerichtet* Sie kann nicht aufstehen. Hat kein Gefühl in den Beinen. – Es wird schon wieder werden, aber im Moment ist es schrecklich.

MARGARET Aber ich habe sie doch neulich noch beim Kaufmann getroffen ... ist höchstens zehn Tage her ...

GELLBURG Heute sind es neun Tage.

MARGARET Und sie ist so eine schöne Frau. Hat sie Fieber?

GELLBURG Nein.

MARGARET Gott sei Dank, dann ist es keine Kinderlähmung.

GELLBURG Nein, sonst ist sie vollkommen gesund.

MARGARET Also, wenn jemand rauskriegen kann, was es ist, dann ist das Harry. Er wird dauernd wegen irgendwelcher Gutachten angerufen. Aus Boston, Chicago ... Von Rechts wegen müßte er in der Park Avenue praktizieren, wenn er ehrgeizig genug wäre. Aber er wollte immer eine ganz normale Praxis in einer Gegend, wo er die Leute kennt. Ich habe keine Ahnung wieso – wir laden nie jemanden ein, wir gehen nie aus, unsere Freunde wohnen alle in Manhattan. Aber so ist er nun mal, und man muß die Menschen nehmen, wie sie sind. Ich zum Beispiel, ich rede gern, und ich lache gern. Sie sind nicht sehr gesprächig, nicht?

GELLBURG *ein gekräuseltes Lächeln* Wenn ich mal zu Wort komme, schon.

MARGARET *lacht schallend* Ha! – Humor haben Sie also doch. Na ja, grüßen Sie bitte Mrs. Goldberg.

GELLBURG Gellbu ...

MARGARET *schlägt sich an den Kopf* Gellburg, entschuldigen Sie! – Klingt genau wie Goldberg ...

GELLBURG Nein, nein, sehen Sie im Telefonbuch nach, es gibt nur einen, G-e-l-l ... *Dr. Hyman kommt herein.*

MARGARET *winkt Gellburg zu* Bis bald!

GELLBURG Lassen Sie es sich gutgehen.

Margaret geht ab.

Hyman ist Anfang fünfzig und das, was man einen gutaussehenden Mann nennt. Aber dahinter steckt ein entschlossener wissenschaftlicher Idealist. Er setzt sich leise lachend hinter seinen Schreibtisch.

HYMAN Hat sie Ihnen die Ohren vollgequasselt?

GELLBURG *ganz weltmännisch* Ich hab schon Schlimmeres erlebt.

HYMAN Na ja, so ist es nun mal, Frauen reden gern. *Er grinst vertraulich.* Aber was wären wir ohne sie?

GELLBURG Ohne Frauen?

HYMAN *bemerkt, daß Gellburg rot geworden ist, kurze Pause, dann...* Ist ja auch egal – Ich bin froh, daß Sie heute abend kommen konnten. Ich wollte mit Ihnen reden, bevor ich morgen Ihre Frau besuche. Rauchen Sie?

GELLBURG Nein danke, hab ich noch nie. Finden Sie nicht, daß das ungesund ist?

HYMAN Und ob. *Er zündet sich eine Zigarre an.* Aber wissen Sie, es sterben mehr Menschen an Rattenbissen.

GELLBURG Rattenbissen!

HYMAN O ja, aber das sind meistens arme Leute, und die Statistik interessiert keinen. Haben Sie sie heute abend schon gesehen, oder sind Sie direkt vom Büro hergekommen?

GELLBURG Ich dachte, ich komme lieber erst zu Ihnen, bevor ich nach Hause gehe. Aber ich habe heute nachmittag mit ihr telefoniert – wie gehabt, keine Veränderung.

HYMAN Wie kommt sie mit dem Rollstuhl zurecht?

GELLBURG Besser, sie kann jetzt allein aus dem Bett.

HYMAN Gut. Und klappt es mit dem Waschen und so?

GELLBURG O ja. Ich habe das Mädchen für morgens bestellt, damit sie ihr beim Baden hilft und saubermacht...

HYMAN Gut. Ihre Frau hat sehr viel Mut. Ich bewundere solche Frauen. Meine Frau ist auch so, ich mag den Typ.

GELLBURG Welchen Typ?

HYMAN Na eben – vital, ich meine geistig und … Sie wissen schon, überhaupt. Frauen, die Mumm haben.

GELLBURG Aha.

HYMAN Ach, war nur so ein Spruch.

GELLBURG Nein, Sie haben recht. Ich habe nie darüber nachgedacht, aber das trifft auf sie besonders zu.

HYMAN *Pause, spürt eine Empfindlichkeit, die er nicht versteht* Der Bericht von Doktor Sherman …

GELLBURG Was sagt er?

HYMAN Ich komme gleich darauf.

GELLBURG Oh. Entschuldigen Sie.

HYMAN Sie müssen Geduld mit mir haben … darf ich Sie Phillip nennen?

GELLBURG Sicher.

HYMAN Ich bin nicht so flink im Formulieren, Phillip.

GELLBURG Ich auch nicht. Lassen Sie sich ruhig Zeit.

HYMAN Die Leute überschätzen gern die Weisheit der Ärzte, also versuche ich, alles gründlich zu überdenken, bevor ich mit einem Patienten spreche.

GELLBURG Es freut mich, das zu hören.

HYMAN Wissen Sie, Äskulap hat gestottert – der griechische Gott der Heilkunst. Wahrscheinlich gab es diesen Äskulap sogar wirklich – er war ein Arzt, der zögerte, Ratschläge zu erteilen. Somerset Maugham war Stotterer. Er hat Medizin studiert. Anton Tschechow, der große Schriftsteller, war auch Arzt. Er hatte Tuberkulose. Ärzte haben sehr oft irgendein körperliches Gebrechen, deswegen sind sie daran interessiert, zu heilen.

GELLBURG *beeindruckt* Ich verstehe.

HYMAN *Pause, denkt nach* Ich finde diesen Adolf Hitler sehr beunruhigend. Haben Sie verfolgt, was die Zeitungen über ihn schreiben?

GELLBURG Ja schon, aber nicht so genau. Mein normaler Arbeitstag im Büro hat zehn bis elf Stunden.

HYMAN Sie haben die ganze letzte Woche jüdische Geschäfte in Berlin verwüstet.

GELLBURG Ach ja, das habe ich gerade gestern wieder gelesen.

HYMAN Wirklich sehr beunruhigend. Da zwingen sie alte Männer, die Bürgersteige mit Zahnbürsten zu schrubben, auf dem Kurfürstendamm. Das ist so was wie die Fifth Avenue bei uns. Alles Schläger in Uniform.

GELLBURG Meine Frau regt sich darüber sehr auf.

HYMAN Ich weiß, deswegen spreche ich ja davon. *Er zögert.* Und was ist mit Ihnen?

GELLBURG Ja natürlich, es ist ganz schrecklich. Warum fragen Sie?

HYMAN *lächelt* – Ich weiß nicht, ich habe das Gefühl, sie hat vielleicht Angst, daß sie Ihnen auf die Nerven geht, wenn sie über solche Dinge spricht.

GELLBURG Wieso denn? Es stört mich nicht. – Hat sie gesagt, daß sie mir auf die Nerven geht?

HYMAN Nicht wortwörtlich, aber...

GELLBURG Ich kann mir nicht vorstellen, daß sie so etwas...

HYMAN Moment mal, ich habe nicht behauptet, daß sie das gesagt hat...

GELLBURG Sie geht mir nicht auf die Nerven, aber was kann man schon dagegen tun? Sie will nämlich nicht wahrhaben, daß man das auch von einer anderen Seite her sehen muß.

HYMAN Von welcher anderen Seite?

GELLBURG Es ist keine Entschuldigung für das, was da drüben vor sich geht, aber die deutschen Juden sind manchmal ganz schön, Sie wissen schon... *Er schiebt seine Nase mit dem Zeigefinger hoch.* Sie sind zwar nicht ganz so dreist wie die aus Polen oder Rußland, aber ein Freund von mir ist in der Textilbranche – also deutsche Juden, die nehmen nicht irgendeine gute Stellung an; es muß schon ein Leitungsposten sein, sonst sind sie beleidigt. Und sie können nicht mal Englisch.

HYMAN Na ja, ich nehme an, viele von ihnen waren da drüben ziemlich wichtige Leute.

GELLBURG Ja ich weiß, aber angeblich sind sie doch Flüchtlinge, oder nicht? Und bei unserer Arbeitslosigkeit sollte man doch annehmen, daß sie ein bißchen dankbarer wären. Zwölf Millionen Arbeitslose laut neuster Statistik, wahrscheinlich noch mehr, aber das darf Roosevelt ja nicht zugeben, nach den Unsummen, die er in Arbeitsbeschaffungsmaßnahmen und das übrige meschuggene Wohlfahrtssystem gesteckt hat. – Aber um Himmels willen, sie geht mir doch nicht auf die Nerven.

HYMAN ... Ich wollte es zumindest erwähnen. Es ist nur so ein Eindruck von mir...

GELLBURG Eins können Sie mir glauben, ich heule nicht mit den Wölfen. Ich sehe die Dinge mit meinen eigenen Augen und nicht durch anderer Leute Brille.

HYMAN Das ist mir klar. – Sie sind ein ungewöhnlicher Mann. *Er grinst.* Sie klingen beinahe wie ein Republikaner.

GELLBURG Na und? – Steht in der Tora, daß ein Jude Demokrat sein muß? Ich bin nicht das geworden, was ich bin, weil ich immer mit allen einer Meinung war.

HYMAN Wie schön, Sie sind unabhängig. *Er nickt, zieht an der Zigarre.* Wissen Sie, es ist mir ein Rätsel, wie diese Deutschen, die ich in Heidelberg kennengelernt habe... ich habe da meinen Doktor gemacht...

GELLBURG Sie sind gut mit ihnen ausgekommen.

HYMAN Mit die nettesten Menschen, die ich je getroffen habe.

GELLBURG Na sehen Sie.

HYMAN Wir hatten einen wunderbaren studentischen Gesangsverein, phantastische Stimmen: Samstag abends haben wir ein paar Bier getrunken, und dann sind wir singend durch die Straßen gezogen... Die Leute haben uns aus den Fenstern applaudiert.

GELLBURG Ach.

HYMAN Ich kann mir einfach nicht vorstellen, daß diese Menschen in Österreich einmarschieren, und jetzt heißt es, die Tschechoslowakei wäre als nächstes dran, und dann Polen... Ich glaube einfach, da sind in Deutschland irgendwelche Fanatiker an die Macht gekommen, und die sind eben manchmal brutal...

GELLBURG Verstehen Sie mich nicht falsch, ich habe großes Verständnis für diese Flüchtlinge, aber...

HYMAN *schneidet ihm das Wort ab* Ich habe mich gestern ziemlich lange mit Sylvia unterhalten. Ich nehme an, sie hat es Ihnen erzählt?

GELLBURG *auf der Hut* Ähm... nein, sie hat mir nichts davon gesagt. Worüber?

HYMAN *überrascht, daß Sylvia nichts davon gesagt hat* ...Na ja, über ihren Zustand und... nur so ganz nebenbei... über Ihre Beziehung.

GELLBURG Meine Beziehung?

HYMAN ...Nur ganz nebenbei.

GELLBURG Und, was hat sie gesagt?

HYMAN Na ja, daß Sie... sehr gut miteinander auskommen.

GELLBURG Oh.

HYMAN *ermutigend, als er Gellburgs leichte Anspannung bemerkt* Mir ist aufgefallen, daß sie eine bemerkenswert gut informierte Frau ist. Besonders für diese Gegend.

GELLBURG *ein stolzes, zustimmendes Nicken; erleichtert, daß er etwas Positives über sie sagen kann* Deswegen sind wir eigentlich überhaupt zusammen. Ich sage immer – und das ist nicht übertrieben –, wenn Sylvia ein Mann wäre, dann hätte sie glatt Direktor der Bundesbank werden können. Mit Sylvia kann man reden wie mit einem Mann.

HYMAN Und ob.

GELLBURG *sein gekräuseltes Lächeln* Nicht daß wir immer nur geredet hätten – aber sobald man Sylvia den Rücken zudreht, steckt sie die Nase in ein Buch oder eine Zeitung. Welche Frau hier in der Gegend weiß denn schon, wie ihr Kongreßabgeordneter heißt. Und die Männer sind auch nicht viel schlauer. *Pause* Also, wie sieht es aus?

HYMAN Doktor Sherman bestätigt meine Diagnose. Ich möchte Sie bitten, mir jetzt genau zuzuhören, ja?

GELLBURG *aufgeschreckt* Ja doch, deswegen bin ich schließlich hier.

HYMAN Wir können keine organische Ursache für ihre Gehunfähigkeit finden.

GELLBURG Keine organische Ursache ...

HYMAN Wir sind beinahe sicher, daß es sich um ein psychisches Leiden handelt.

GELLBURG Aber sie ist gelähmt, sie hat kein Gefühl in den Beinen.

HYMAN Ja. Wir nennen das hysterische Paralyse. Hysterisch heißt nicht, daß sie kreischt und schreit ...

GELLBURG Ja, ich weiß, es heißt so was wie ... ähm ... *Er stockt.*

HYMAN *Kurze Verärgerung, Ablehnung* Ich werde Ihnen erklären, was es heißt, ja? – Es kommt von dem griechischen Wort für Gebärmutter, denn man hielt die Hysterie für ein Symptom weiblicher Angst. Das stimmt natürlich nicht, aber daher stammt der Begriff. Es kommt vor, daß Menschen, die große Angst haben oder die unter Schock stehen, sich einbilden, sie wären zum Beispiel blind oder taub ... und dann können sie tatsächlich nicht sehen oder hören. Während des Krieges nannte man das manchmal Bombentrauma.

GELLBURG Sie meinen ... Sie meinen doch nicht, daß sie ... verrückt ist.

HYMAN Wir müssen jetzt Tacheles reden, Phillip. Wenn ich Ihnen wirklich helfen soll. Ich werde Ihnen ein paar sehr persönliche Fragen stellen müssen. Vielleicht sind sie für Sie auch zu persönlich. Aber ich kenne Sylvias Familie nur oberflächlich, und ich muß einfach mehr wissen ...

GELLBURG Sie hat gesagt, Sie hätten ihren Vater behandelt...

HYMAN Nicht lange – ein paar Besuche, kurz bevor er gestorben ist. Eine sehr nette Familie. Ich finde es grauenhaft, daß ihr das passieren muß. Verstehen Sie, was ich meine?

GELLBURG Sie können es mir ruhig sagen: Ist sie verrückt?

HYMAN Sind Sie verrückt, Phillip? Oder ich? Wer ist nicht auf die eine oder andere Art verrückt? Der Unterschied ist nur, daß unsere Verrücktheit uns immer noch gestattet, herumzulaufen und unseren täglichen Pflichten nachzugehen. Aber wer weiß? Vielleicht sind wir die verrücktesten von allen?

GELLBURG *grinst spöttisch* Wieso?

HYMAN Weil wir nicht wissen, daß wir spinnen, die anderen ja.

GELLBURG Also, dazu kann ich nichts sagen.

HYMAN Na, ist ja auch egal.

GELLBURG Ich glaube jedenfalls nicht, daß i c h spinne.

HYMAN Das habe ich auch nicht gesagt...

GELLBURG Und was meinen Sie dann?

HYMAN *grinst* Es ist nicht einfach, mit Ihnen zu reden, stimmt's?

GELLBURG Wieso? Wenn ich etwas nicht verstehe, muß ich doch fragen, oder?

HYMAN Ja, da haben Sie recht.

GELLBURG So bin ich nun mal – ich werde nicht dafür bezahlt, daß es einfach ist, mit mir zu reden.

HYMAN Sie haben mit Immobilien zu tun?

GELLBURG Ich bin Leiter der Hypothekenabteilung bei der Brooklyn Guarantee and Trust.

HYMAN Ach ja, stimmt, das hat sie mir erzählt.

GELLBURG Wir sind die größten Kreditgeber östlich des Mississippi.

HYMAN Tatsächlich. *Er versucht, nicht zu resignieren.* Also, ich möchte Ihnen jetzt erklären, wie ich vorgehen will: Wenn möglich, möchte ich Ihre Frau aus dem ganzen psychiatrischen Hokuspokus raushalten. Ich habe zwar nichts dagegen, aber ich glaube, manchmal kommt man schneller voran mit ein bißchen gesundem Menschenverstand und ganz einfachem Mitgefühl. Können wir Klartext reden? Tuches offen tisch. Sie verstehen doch Jiddisch?

GELLBURG Ja, das heißt, Hosen runter.

HYMAN Genau. Also vergessen wir mal das mit dem Verrücktsein und betrachten die Sachlage ganz nüchtern. Da ist eine kräftige, gesunde Frau, der nichts fehlt, und plötzlich kann sie nicht mehr auf ihren zwei Beinen stehen. Warum?
Er schweigt. Gellburg rutscht unbehaglich herum.
Ich will Sie nicht in Verlegenheit bringen...

GELLBURG *lächelt verärgert* Sie bringen mich nicht in Verlegenheit. – Was wollen Sie wissen?

HYMAN *konzentriert sich, legt dann los* In solchen Fällen kommt oft eine sexuelle Komponente hinzu. Ich nehme an, Sie haben Verkehr?

GELLBURG Verkehr? Ja, wir haben Verkehr.

HYMAN *lächelt besänftigend* Oft?

GELLBURG Was hat das denn damit zu tun?

HYMAN Das Sexuelle könnte etwas damit zu tun haben. Sie müssen mir nicht antworten...

GELLBURG Nein, nein, schon gut... ich würde sagen, es kommt darauf an... vielleicht zwei-, dreimal in der Woche.

HYMAN *scheint überrascht* Sehr gut. Meinen Sie, es befriedigt sie?

GELLBURG *zuckt die Achseln, feindselig* Das nehme ich an, sicher.

HYMAN Das war eine dumme Frage, entschuldigen Sie.

GELLBURG *wird rot* Wieso, hat sie irgend etwas darüber gesagt?

HYMAN O nein, es ist mir erst später eingefallen.

GELLBURG Also, ich bin zwar kein Rudolph Valentino, aber ich...

HYMAN Rudolph Valentino war wahrscheinlich auch keiner. –

Wie war das, bevor sie zusammengebrochen ist – kam das aus heiterem Himmel oder ...

GELLBURG *erleichtert, über ein anderes Thema sprechen zu können* Also, wenn ich so zurückdenke, dann frage ich mich, ob es angefangen hat, als diese Bilder in den Zeitungen auftauchten. Über diese Nazigeschichten. Mir ist aufgefallen, daß sie anfing ... sie dauernd anzustarren ... auf ganz merkwürdige Weise. Und ... ich weiß ja auch nicht ... es hat sie wütend gemacht ...

HYMAN Auf Sie.

GELLBURG Na ja ... *Er nickt zustimmend.* ... ganz generell. – Ich persönlich bin der Meinung, solche Bilder dürften nicht veröffentlicht werden.

HYMAN Warum nicht?

GELLBURG Sie ängstigt sich zu Tode deswegen – dreitausend Meilen weit weg. Und wozu führt das alles? Diese Antisemiten, die hier in New York rumlaufen, kommen höchstens noch auf dumme Gedanken.

Kleine Pause

HYMAN Erzählen Sie, wie das war, als sie zusammengebrochen ist. Sie wollten gerade ins Kino gehen ...

GELLBURG *atmet tief durch* Ja. Wir wollten gerade die Treppe vorm Haus runter, und plötzlich wurden ... *Es fällt ihm schwer, er hört auf.*

HYMAN Es tut mir leid, aber ich ...

GELLBURG ... wurden ihre Beine butterweich. Ich habe Sylvia nicht hochgekriegt. Sie klappte immer wieder zusammen wie eine Stoffpuppe. Ich mußte sie ins Haus tragen. Und dauernd hat sie sich entschuldigt. *Er weint, fängt sich dann wieder.* Ich kann nicht darüber sprechen.

HYMAN Ist schon gut.

GELLBURG Sie war immer so eine vernünftige Frau. *Er ist wieder den Tränen nahe.* Ich weiß nicht, was ich tun soll. Sie ist mein Leben.

HYMAN Ich werde tun, was ich kann, Phillip, sie ist eine wunderbare Frau. – Reden wir erst mal über was anderes. Was machen Sie genau beruflich?

GELLBURG Hauptsächlich taxiere ich Immobilien.

HYMAN Um zu entscheiden, ob Sie eine Hypothek geben können...

GELLBURG Ja, und wie hoch und zu welchen Bedingungen.

HYMAN Wieweit sind Sie von der Wirtschaftskrise betroffen?

GELLBURG Kein Vergleich mit der von 32/36. Sagen wir mal so – damals hatten wir eine Zwangsvollstreckung nach der anderen. Aber der Laden läuft.

HYMAN Und Sie leiten die Abteilung...

GELLBURG Über mir ist nur noch Mr. Case. Stanton Wylie Case; er ist Vorsitzender und Präsident. Sie interessieren sich sicher nicht für Bootsrennen.

HYMAN Wieso?

GELLBURG Seine Jacht hat vor zwei Jahren den America's Cup gewonnen. Schon zum zweitenmal. Die Aurora?

HYMAN Ach ja! Ich glaube, ich habe was darüber gelesen...

GELLBURG Er hat mich schon zweimal mit an Bord genommen.

HYMAN Tatsächlich.

GELLBURG *grinst* Der einzige Jude, der je einen Fuß auf dieses Deck gesetzt hat.

HYMAN Na so was.

GELLBURG Überhaupt bin ich der einzige Jude, der je bei Brooklyn Guarantee gearbeitet hat.

HYMAN Soso.

GELLBURG O ja. Und die Firma besteht schon seit 1890. Ich habe direkt nach der Handelsschule dort angefangen und habe mich hochgearbeitet. Sie waren wunderbar zu mir; es ist eine großartige Firma.

Lange Pause. Hyman betrachtet Gellburg aufmerksam, der jetzt in stolzer Pose dasitzt und seine Selbstsicherheit aus der Erinnerung an seinen Erfolg bezieht. Langsam wendet sich Gellburg ihm zu.

Wieso sollte das was Psychisches sein?

HYMAN Es ist ganz unbewußt; wie zum Beispiel... na, nehmen Sie mal sich selber. Ich sehe, Sie sind ganz in Schwarz. Darf ich fragen warum?

GELLBURG Ich trage immer Schwarz, seit der High-School.

HYMAN Also kein besonderer Grund?

GELLBURG *zuckt die Achseln* Ich mag es, weiter nichts.

HYMAN Also, bei Ihrer Frau ist es ähnlich; sie weiß nicht, warum sie das tut, aber irgend etwas, das tief innen verborgen ist, treibt sie dazu, es zu tun. Sie sind nicht meiner Meinung.

GELLBURG Ich weiß es nicht.

HYMAN Sie glauben, sie weiß, was sie tut?

GELLBURG Also, ich mochte Schwarz immer aus beruflichen Gründen.

HYMAN Es verleiht Ihnen Autorität?

GELLBURG Nicht direkt Autorität, aber ich wollte ein bißchen älter aussehen. Verstehen Sie, ich war fünfzehn, als ich mit der High-School fertig war und bin schon mit zweiundzwanzig in die Firma eingetreten. Aber ich habe immer gewußt, was ich tue.

HYMAN Sie glauben, daß sie es absichtlich tut?

GELLBURG – Also, gelähmt ist sie; das kann man sich doch nicht vornehmen, oder?

HYMAN Ich glaube nicht. – Sehen Sie, Phillip, ich kenne Ihre Frau nicht gut genug. Wenn Sie irgendeine Idee haben, warum sie sich so etwas antun könnte...

GELLBURG Ich habe es Ihnen doch schon gesagt – ich weiß es nicht.

HYMAN Es fällt Ihnen also nichts ein.

GELLBURG *leicht irritiert* Nein, nichts.

HYMAN Wissen Sie, was komisch ist – wenn man mit ihr spricht, macht sie gar keinen so unglücklichen Eindruck.

GELLBURG Richtig! – Das meine ich ja. Genau das meine ich. Es ist fast so, als ob sie es... ich weiß auch nicht... es genießt. Irgendwie.

HYMAN Und wie erklären Sie sich das?

GELLBURG Natürlich, sie entschuldigt sich immer, und auch dafür, daß sie mir das Leben schwermacht – Sie wissen schon, ich muß jetzt meistens kochen und mich um meine Wäsche kümmern und all das ... Ich gehe sogar in den Lebensmittelladen und zum Metzger ... und beziehe die Betten ...

Er bricht ab, weil ihm etwas klar wird. Hyman sagt nichts. Eine lange Pause

Sie meinen ... es geht gegen mich?

HYMAN Ich weiß es nicht, was glauben Sie?

GELLBURG *starrt einen Augenblick vor sich hin, will dann aufstehen, offensichtlich tief verstört* Ich gehe jetzt lieber nach Hause. *In seinen Gedanken verloren* Ich würde Sie gern etwas fragen, aber ich weiß nicht so recht ...

HYMAN Aber wieso denn – schießen Sie los.

GELLBURG Also, meine Eltern stammen aus Europa – irgendwo aus Polen oder aus Rußland – jedenfalls gab es da eine Frau, von der es hieß, sie wäre ... na ja ... besessen von einem ... so was wie der Geist von einem Toten ...

HYMAN Ein Dybbuk.

GELLBURG Genau. Und deswegen hat sie den Verstand verloren und so weiter. – Glauben Sie an so etwas? Sie mußten einen Rabbi holen, der hat ihn aus ihrem Körper rausgebetet. Glauben Sie, daß es so was gibt?

HYMAN Ob ich das glaube? Nein. Sie?

GELLBURG O nein. Es fiel mir nur gerade ein.

HYMAN Ich wüßte auch nicht, was ich aus ihr rausbeten sollte, also ...

GELLBURG Seien Sie bitte ehrlich – wird sie wieder gesund?

HYMAN Wir sollten noch mal darüber reden, wenn ich morgen bei ihr gewesen bin. Eins muß ich Ihnen noch sagen ... ich gehe sehr unkonventionell an Krankheiten heran, Phillip. Vor allem, wenn die Psyche mit hineinspielt. Ich glaube, daß wir zu zweit, zu dritt oder zu viert krank werden, nicht nur als einzelne. Verstehen Sie? Ich möchte Sie bitten, mir einen Gefallen zu tun, ja?

GELLBURG Was für einen?

HYMAN Und Sie sind nicht beleidigt, ja?

GELLBURG *verkrampft* Warum sollte ich beleidigt sein?

HYMAN Bitte geben Sie ihr viel Liebe. *Er fixiert Gellburg*. Können Sie das? Das ist jetzt sehr wichtig.

GELLBURG Sagen Sie, Sie geben doch nicht mir die Schuld, oder?

HYMAN Es geht nicht um Schuld. – Von jetzt an heißt es tuches offen tisch, ja? Und noch etwas, Phillip.

GELLBURG Ja?

HYMAN Versuchen Sie, nicht wütend zu werden.

Gellburg dreht sich um und geht hinaus. Hyman geht zu seinem Schreibtisch zurück, macht sich Notizen. Margaret kommt herein.

MARGARET Ein ekelhafter Kotzbrocken.

Hyman schreibt, sieht nicht hoch.

Weißt du, der Mann ist ein Diktator. Mir ist gerade eingefallen, daß ich bei der Beerdigung seiner Großmutter war. Er stand da vor der Leichenhalle und hat rumkommandiert, wer mit wem in welcher Limousine fährt. »Sie setzen Sich zu dem, Sie setzen sich zu der . . .« Und sie haben ihm gehorcht, als wäre er die Hauptperson.

HYMAN Hast du rausgefunden, was läuft?

MARGARET Im Beverly gibt es Ginger Rogers und Fred Astaire. Im Rialto Jimmy Cagney, aber das ist wieder so eine Gangstergeschichte.

HYMAN Langsam kriege ich ein flaues Gefühl bei dieser Sache. Ich kenne mich so wenig mit psychiatrischen Fällen aus. Ich bin nicht ganz sicher, ob ich weitermachen soll.

MARGARET Warum nicht? – Sie ist eine wunderschöne Frau.

HYMAN *genauso sarkastisch wie sie* Na und, ist das ein Grund, sie abzuweisen? *Er lacht, greift nach ihrer Hand*. Irgendwas daran faszniert mich – völlig gesund, aber sie ist gelähmt. Ich würde es wirklich gern versuchen. Ich will schließlich kein Versandgeschäft aufmachen und alle schweren Fälle zum Spezialisten expedieren. Die Frau ist krank, und ich möchte ihr helfen.

MARGARET Aber wenn du nicht bald klarer siehst, dann schickst du sie zu jemand anderem, versprochen?

HYMAN Ganz bestimmt. *Jetzt engagiert, voller Begeisterung* Irgendwie habe ich das Gefühl, da ist etwas, das ich verstehe. – Komm, wir gucken uns den Cagney an.

MARGARET Oh, nicht Fred Astaire?

HYMAN Meinte ich ja. Komm mal her.

MARGARET *als er sie umarmt* Wir müssen los ...

HYMAN Du bist doch die Beste, Margaret.

MARGARET Und was hab ich davon?

HYMAN Wenn es dich sehr stört, dann übergebe ich den Fall jemand anderem.

MARGARET Das tust du sowieso nicht, das weißt du genau. *Er hebt ihren Rock hoch.* Laß das, Harry. Los, komm.

Sie macht sich von ihm los. Er küßt ihre Brüste.

HYMAN Soll ich dir sagen, was ich gern mit dir machen würde?

MARGARET Ja, sag's mir. Aber was ganz Schönes.

HYMAN Wir suchen uns eine Insel, und dann ziehen wir uns aus und reiten auf diesem weißen Pferd ...

MARGARET Zusammen.

HYMAN Du sitzt vorn.

MARGARET Natürlich.

HYMAN Und dann gehen wir schwimmen ...

MARGARET Oh, das ist wunderbar, Harry.

HYMAN Und dann bestelle ich diesen Hai, er soll ganz nah ranschwimmen. Und wir schaffen es gerade noch, aus dem Wasser zu kommen, und wir sind so erleichtert, daß wir noch am Leben sind, daß wir in den Sand plumpsen und ...

MARGARET *hält ihm den Mund zu* Manchmal bist du einfach wunderbar. *Sie küßt ihn.*
Blackout

Der Cellist spielt; dann wird das Licht dunkler.

2. Szene

Am nächsten Abend. Das Schlafzimmer der Gellburgs. Sylvia Gellburg sitzt in einem Rollstuhl und liest Zeitung. Neben ihr steht ein Polsterstuhl. Sie ist Mitte vierzig, eine üppige, tüchtige und warmherzige Frau. Ihr Haar hängt frisch gebürstet über ihre Schultern, sie trägt Nachthemd und Morgenrock. Sie liest die Zeitung mit intensivem, fast gehetztem Interesse, sieht ab und zu hoch, um sich ein Bild zu machen. Harriet, ihre ein paar Jahre jüngere Schwester, streicht ihre Bettdecke glatt.

HARRIET Also, was willst du, Steak oder Hähnchen? Oder vielleicht mag er zur Abwechslung mal ein Kotelett?
SYLVIA Mach dir bitte keine Mühe. Phillip macht es wirklich nichts aus, ein bißchen was einzukaufen.
HARRIET Was ist denn los mit dir, ich geh ja sowieso. Er hat doch genug um die Ohren.
SYLVIA Na gut, dann hol ein paar Koteletts.
HARRIET Und was ist mit dir? Du mußt bald mal was essen.
SYLVIA Ich esse ja.
HARRIET Jaja, ein Stück Gurke? Guck mal, wie blaß du bist. Was soll das – Tag und Nacht Zeitung lesen?
SYLVIA Ich weiß gern, was in der Welt vor sich geht.

HARRIET Ob dieser Arzt richtig ist? Vielleicht brauchst du einen Spezialisten.

SYLVIA Vor zwei Tagen war er mit einem da. Doktor Sherman. Vom Mount Sinai.

HARRIET Wirklich? Und?

SYLVIA Wir warten auf das Ergebnis. Ich mag Doktor Hyman.

HARRIET In unserer Familie hat noch keiner so was gehabt. Irgendwas mußt du doch spüren, oder?

SYLVIA *Pause. Sie hebt den Kopf.* Ja... aber drinnen, nicht auf der Haut. *Sie betrachtet ihre Beine.* Ich kann die Muskeln anspannen, aber ich krieg die Beine nicht hoch. *Sie streicht über ihre Oberschenkel.* Da sitzt irgendein Schmerz. Nicht nur hier, sondern... *Sie streicht mit den Händen den Körper hinunter.* ...mein ganzer Körper scheint... ich kann es nicht beschreiben. Es ist so, als wäre ich gerade geboren und... eigentlich wollte ich noch gar nicht rauskommen. Ein tiefer fürchterlicher Schmerz...

HARRIET Du wolltest eigentlich nicht rauskommen! Was soll das denn?

SYLVIA *seufzt leise, weiß, daß Harriet sie nie verstehen wird* Vielleicht hat er ja eine schöne Ente. Wenn nicht, nimm Koteletts. Und vielen Dank, Harriet, das ist lieb von dir. – Übrigens, wie hat David sich entschieden?

HARRIET Er geht nicht aufs College.

SYLVIA *schockiert* Das darf doch nicht wahr sein! Er hat ein Stipendium und will nicht studieren?

HARRIET Was sollen wir machen? *Resigniert* Er sagt, das College hilft ihm auch nicht, einen Job zu kriegen.

SYLVIA Harriet, das ist ja schrecklich! – Sag ihm, ich muß mal mit ihm reden.

HARRIET Wirklich? Ich wollte dich schon drum bitten, aber als das da passiert ist – *Sie zeigt auf die Beine.* – da habe ich gedacht, du würdest nicht...

SYLVIA Nein, nein, sag ihm, er soll mal vorbeikommen. Und

du mußt Murray sagen, er soll mal ein Machtwort sprechen – ihr habt so einen begabten Sohn! Mein Gott... *Sie nimmt die Zeitung hoch.* Wenn ich die Möglichkeit gehabt hätte, aufs College zu gehen, wäre mein Leben völlig anders verlaufen. Du kannst das nicht zulassen.

HARRIET Ich sage es David... Ich möchte bloß wissen, wieso du dich plötzlich so für Zeitungen interessierst. Das ist doch nicht normal, Sylvia.

SYLVIA *Pause, starrt vor sich hin* Sie zwingen alte Männer dazu, sich hinzuknien und mit Zahnbürsten die Bürgersteige zu schrubben.

HARRIET Wer?

SYLVIA In Deutschland. Alte Männer mit Bärten!

HARRIET Und warum interessiert dich das so? Was geht dich das an?

SYLVIA *kleine Pause; blickt in sich hinein* Ich weiß nicht genau. *Kleine Pause* Erinnerst du dich an Großpapa? An seine Brille mit den verbogenen Bügeln? Einer von den alten Männern in der Zeitung war ihm wie aus dem Gesicht geschnitten, er hatte genau die gleiche Brille mit dem Drahtgestell. Das geht mir nicht aus dem Kopf. Zwei alte Männer auf den Knien auf dem Bürgersteig. Und fünfzehn oder zwanzig Leute stehen im Kreis drum herum und lachen darüber, wie sie mit den Zahnbürsten schrubben. Auf dem Bild sind drei Frauen: sie halten den Mantelkragen hoch, es muß kalt gewesen sein...

HARRIET Warum sollten die sie zwingen, mit Zahnbürsten zu schrubben?

SYLVIA *wütend* Um sie zu demütigen, um sie lächerlich zu machen!

HARRIET Oh!

SYLVIA Warum bist du bloß so... so... *Sie hört auf, bevor sie zu weit geht.* Bitte Harriet... laß mich allein, ja?

HARRIET Das ist doch nicht normal. Murray sagt das auch. Gestern abend kommt er nach Hause und sagt: »Sie muß aufhören, ständig über diese Deutschen nachzudenken.« Und du weißt doch, wie er sich für aktuelle Ereignisse interessiert.

Sylvia starrt vor sich hin.

Ich guck mir die Enten an – wenn sie nicht gut sind, nehme ich Koteletts. Kann ich dir sonst noch was bringen?

SYLVIA Nein danke, ich brauche nichts.

HARRIET Dann gehe ich. *Sie geht nach hinten.*

SYLVIA Ja.

Sylvia sieht wieder in die Zeitung. Harriet betrachtet sie einen Augenblick besorgt, ohne daß Sylvia das sehen kann, geht dann ab. Sylvia schlägt eine Seite um, ganz in die Zeitung vertieft. Plötzlich dreht sie sich erschrocken um – Phillip steht hinter ihr. Er trägt eine kleine Papiertüte.

Oh! Ich hab dich gar nicht reinkommen hören.

GELLBURG Ich bin auf Zehenspitzen gegangen, ich dachte, du bist vielleicht eingenickt... *Mit seinem mürrischen Lächeln* Ich habe dir ein paar Gewürzgurken mitgebracht.

SYLVIA Oh, wie nett! Vielleicht später. Iß du doch eine.

GELLBURG Jetzt nicht. *Verlegen, aber entschlossen* Ich bin zufällig bei Greenberg in der Flatbush Avenue vorbeigekommen, und da fiel mir plötzlich ein, wie gern du die immer gegessen hast. Weißt du noch?

SYLVIA Danke, das war lieb von dir. Was hast du in der Flatbush Avenue gemacht?

GELLBURG Da ist ein Grundstück gegenüber von A&S. Ich werde wahrscheinlich die Hypothek kündigen müssen.

SYLVIA Oh, wie traurig. Sind es nette Leute?

GELLBURG *zuckt die Achseln* Leute sind Leute – ich habe schon zweimal verlängert, aber die werden es nie schaffen... nichts hier drin. *Er klopft sich an die Schläfe.*

SYLVIA Wieso kommst du so früh?

GELLBURG Ich habe mir Sorgen um dich gemacht. War der Arzt da?

SYLVIA Er hat angerufen; er hat die Ergebnisse, aber er möchte lieber morgen kommen, wenn er mehr Zeit hat. Er ist wirklich sehr nett.

GELLBURG Wie war's heute?

SYLVIA Es tut mir so leid.

GELLBURG Es geht dir bald wieder besser, mach dir keine Sorgen. Oh! – Ich habe einen Brief von unserem Captain – *Er nimmt einen Brief aus der Jackentasche.*

SYLVIA Von Jerome?

GELLBURG *stolzgeschwellt* Lies ihn. *Besonders breites gekräuseltes Grinsen* Dein Sohn. General MacArthur hat sich zweimal mit ihm unterhalten.

SYLVIA In Fort Sill?

GELLBURG Das ist in Oklahoma. Er soll Vorträge über Artillerie halten! Fort Sill! Da sitzen die Experten.

Sie sieht verständnislos hoch.

Das ist, als wäre man in den Vatikan eingeladen, um dem Papst einen Vortrag über Religion zu halten.

SYLVIA Stell dir vor. *Sie faltet den Brief zusammen und gibt ihn zurück.*

GELLBURG *versucht, nicht zu ärgerlich zu klingen* Ich begreife deine Haltung nicht.

SYLVIA Wieso denn? Ich freue mich für ihn.

GELLBURG Sieht man dir aber nicht an.

SYLVIA Ich werde mich nie daran gewöhnen. Wer geht schon zur Armee? Männer, die nichts anderes können.

GELLBURG Ich wollte den Leuten zeigen, daß ein Jude nicht unbedingt Anwalt oder Arzt oder Geschäftsmann werden muß.

SYLVIA Schön, aber warum muß es gerade Jerome sein?

GELLBURG Für einen jüdischen Jungen ist es eine Ehre, nach Westpoint zu gehen. Ohne die Beziehungen von Mr. Case wäre er nie dahingekommen. Er könnte der erste jüdische General in der Armee der Vereinigten Staaten werden. Bedeutet es dir gar nichts, seine Mutter zu sein?

SYLVIA *mit einem Hauch von Groll* Ich habe doch gesagt, daß ich mich freue.

GELLBURG Reg dich nicht auf. *Er sieht sich ungeduldig um.* Wenn du wieder auf den Beinen bist, helfe ich dir, die neuen Vorhänge aufzuhängen.

SYLVIA Ich habe angefangen...

GELLBURG Sie liegen schon seit über einem Monat hier.

SYLVIA Aber dann kam das hier, tut mir leid.

GELLBURG Ich sage ja nur, du mußt dich mit etwas beschäftigen, Sylvia, du darfst dich nicht damit abfinden.

SYLVIA *kurz vor einem Ausbruch* Es tut mir ja leid – alles tut mir leid!

GELLBURG Bitte, reg dich nicht auf, ich nehme es zurück!

Kurze Pause. Patt

SYLVIA Ich frage mich, was bei der Untersuchung rausgekommen ist.

Gellburg schweigt.

Die der Spezialist gemacht hat.

GELLBURG Ich war gestern abend bei Doktor Hyman.

SYLVIA Ach? Warum hast du mir nichts davon gesagt?

GELLBURG Ich wollte über das nachdenken, was er gesagt hat.

SYLVIA Und was hat er gesagt?

Als hätte er sich das vorgenommen, geht er zu ihr und küßt sie auf die Wange. Sie ist verlegen und leicht erschrocken.

SYLVIA Phillip! *Ein kleines verständnisloses Lachen*

GELLBURG Ich möchte von jetzt an einiges ändern. An der Art, wie ich mich verhalten habe.

Er steht einen Augenblick absolut regungslos da, rollt dann ihren Stuhl näher an den Polsterstuhl, setzt sich darauf und nimmt ihre Hand. Sie weiß nicht genau, was sie davon halten soll, zieht aber ihre Hand nicht weg.

SYLVIA Also, was hat er gesagt?

GELLBURG *tätschelt ihre Hand* Erzähl ich dir gleich. Ich möchte einen Dodge kaufen.

SYLVIA Einen Dodge?

GELLBURG Ich möchte dir Autofahren beibringen. Dann kannst du fahren, wohin du willst, zum Beispiel nachmittags deine Mutter besuchen. – Ich möchte, daß du glücklich bist, Sylvia.

SYLVIA *überrascht* Oh.

GELLBURG Wir haben genug Geld, wir könnten eine Menge unternehmen. Vielleicht nach Washington D. C. fahren… es soll ein sehr robuster Wagen sein.

SYLVIA Aber so ein Dodge ist immer schwarz, oder?

GELLBURG Nicht immer. Ich habe auch schon ein paar grüne gesehen.

SYLVIA Magst du Grün?

GELLBURG Ist doch auch nur eine Farbe. Man gewöhnt sich daran. – Oder Chicago. Das ist eine richtige Großstadt.

SYLVIA Erzähl mir, was Doktor Hyman gesagt hat.

GELLBURG *nimmt einen Anlauf* Er meint, es könnte was Seelisches sein. Als hätte dich irgend etwas in Angst versetzt. Psychologisch.

Sylvia hört schweigend zu.

Hast du vor irgend etwas Angst?

SYLVIA *zuckt langsam die Achseln, schüttelt den Kopf* … Ich weiß nicht, ich glaube nicht. Was für eine Angst, was meint er?

GELLBURG Also, er erklärt das besser, aber… es ist wie im Krieg, wo Menschen solche Angst hatten, daß sie vorübergehend blind wurden. Man nennt das Bombentrauma. Aber sobald sie sich sicher fühlen, geht es wieder weg.

SYLVIA *denkt einen Augenblick darüber nach* Was ist mit den Untersuchungen, die der Mann vom Mount Sinai gemacht hat?

GELLBURG Sie können nichts Organisches finden.

SYLVIA Aber ich bin gelähmt!

GELLBURG Er behauptet, wenn man sehr große Angst hat, kann das dazu führen. – Hast du Angst?

SYLVIA Ich weiß es nicht.

GELLBURG Also ich ... kann ich sagen, was ich denke?

SYLVIA Was?

GELLBURG Ich glaube, es ist diese Sache mit den Nazis.

SYLVIA Aber es steht in der Zeitung – sie hauen jüdische Geschäfte kurz und klein ... darf ich keine Zeitung lesen? Die Straßen sind übersät mit Scherben!

GELLBURG Schon, aber deswegen mußt du doch nicht dauernd ...

SYLVIA Das ist ja lächerlich. Ich kann meine Beine nicht bewegen, weil ich Zeitung lese?

GELLBURG Das hat er nicht gesagt. Aber ich frage mich, ob du dich nicht zu sehr da hinein ...

SYLVIA Das ist lächerlich.

GELLBURG Also, sprich du morgen mit ihm.

Pause, wendet sich wieder zu ihr, nimmt ihre Hand, zeigt offen, wonach er sich sehnt.

Du mußt wieder gesund werden, Sylvia.

SYLVIA *sieht sein gequältes Gesicht und versucht zu lachen* Was ist denn, muß ich sterben oder was?

GELLBURG Wie kannst du so was sagen?

SYLVIA Ich habe noch nie so einen Ausdruck auf deinem Gesicht gesehen.

GELLBURG Aber nein, nein, nein – ich mache mir nur Sorgen.

SYLVIA Ich begreife das alles nicht ... *Sie dreht sich um, den Tränen nahe.*

GELLBURG ... es war mir nie richtig klar ... *Plötzlich scharf* ... sieh mich an, ja?

Sie dreht sich zu ihm um. Er sieht zu Boden.

Ich wüßte nicht, was ich ohne dich tun soll, Sylvia, wirklich und wahrhaftig nicht. Ich ... *Es fällt ihm ungeheuer schwer.* Ich liebe dich.

SYLVIA *ein gleichgültiges, verwirrtes Lachen* Was soll das?

GELLBURG Du mußt gesund werden. Wenn ich etwas falsch mache, dann werde ich das ändern. Wir wollen versuchen, anders zu leben, ja? Und du, du mußt tun, was dir der Arzt sagt.

SYLVIA Was kann ich denn tun? Ich hocke hier, und die behaupten, mir fehlt nichts.

GELLBURG Hör mal... Hyman ist ein sehr kluger Mann... *Er hebt ihre Hand hoch und küßt ihre Knöchel, verlegen und lächelnd.* Als ich mich mit ihm unterhalten habe, ist mir eine Idee gekommen. Vielleicht sollten wir uns zusammensetzen, wir drei, und reden über... du weißt schon... über alles.

Pause

SYLVIA Das ist jetzt nicht mehr wichtig, Phillip.

GELLBURG *grinst verlegen* Woher willst du das wissen? Vielleicht...

SYLVIA Dazu ist es zu spät.

GELLBURG *einmal in Fahrt, ist er jetzt erschrocken* Warum? Warum ist es zu spät?

SYLVIA Ich bin überrascht, daß du dir noch immer Sorgen darüber machst.

GELLBURG Ich mache mir keine Sorgen, ich muß nur manchmal daran denken.

SYLVIA Es ist zu spät, mein Lieber, es spielt keine Rolle, schon seit Jahren nicht mehr. *Sie zieht ihre Hand zurück.*

Pause

GELLBURG ...Na gut. Aber wenn du willst, dann würde ich...

SYLVIA Wir haben darüber geredet, ich bin zweimal deswegen mit dir bei Rabbi Steiner gewesen. Was hat das genützt?

GELLBURG Damals dachte ich noch, es würde sich von allein ändern. Ich war so jung, ich habe nichts von diesen Dingen verstanden. Es kam aus dem Nichts, und ich dachte, dahin würde es auch wieder verschwinden.

SYLVIA Entschuldige, Phillip, aber es kam nicht aus dem Nichts.

Gellburg schweigt und weicht ihrem Blick aus.

Du hast bedauert, daß du geheiratet hast.

GELLBURG Ich habe es nicht »bedauert« ...

SYLVIA Doch, mein Lieber. Du brauchst dich deswegen nicht zu schämen.

Eine lange Stille

GELLBURG Ich will dir die Wahrheit sagen – ich habe damals gedacht, wenn wir uns trennen, dann würde mich das nicht umbringen. Das gebe ich zu.

SYLVIA Das habe ich immer gewußt.

GELLBURG Aber das habe ich schon seit Jahren nicht mehr gedacht.

SYLVIA Tja, hier bin ich. *Sie breitet die Arme aus, mit einem äußerst ironischen Blick.* Hier bin ich, Phillip!

GELLBURG *verletzt* So wie du das sagst, klingt das nicht sehr ...

SYLVIA Nicht sehr wie? Ich bin hier; ich bin schon sehr lange hier.

GELLBURG *eine Welle hilfloser Wut* Ich versuche, dir etwas zu sagen!

SYLVIA *verspottet ihn jetzt offen* Ich habe dir doch gesagt, ich bin hier!

Gellburg geht umher, während sie spricht, als ob er eine Fluchtmöglichkeit oder einen neuen Zugang sucht.

Ich bin hier meiner Mutter zuliebe und Jerome zuliebe und allen zuliebe, nur nicht mir selbst. Aber ich bin hier und hier bin ich. Und jetzt willst du endlich darüber reden, jetzt, wo ich langsam eine alte Frau werde? Wie soll ich es denn sagen? Sag mir, wie, dann sage ich es so, wie du willst. Was soll ich sagen?

GELLBURG *verletzt und schuldbewußt* Ich will, daß du aufstehst.

SYLVIA Ich kann nicht aufstehen.

GELLBURG *nimmt ihre beiden Hände* Du kannst es. Komm, steh auf.

SYLVIA Ich kann nicht!

GELLBURG Du kannst aufstehen, Sylvia. Stütz dich auf mich und stell dich auf deine Füße.

Er zieht sie hoch, tritt dann beiseite und läßt sie los. Sie bricht auf dem Boden zusammen. Er steht über sie geneigt.
Was bezweckst du damit? *Er kniet hin und schreit ihr ins Gesicht.* Was bezweckst du damit, Sylvia!
Sie sieht ihn an, entsetzt über das Rätsel vor sich.
Blackout

Der Cellist spielt. Dann wird das Licht dunkler.

3. Szene

Das Sprechzimmer von Dr. Hyman. Er ist im Reitdreß. Harriet sitzt neben dem Schreibtisch.

HARRIET Meine arme Schwester. Und sie haben doch alles! Aber wieso kann es was mit ihrem Kopf zu tun haben? Sie ist gelähmt.
HYMAN Ihre Lähmung läßt sich nicht nachweisen. Sie verläuft nicht über ihre Nervenstränge. Die Oberschenkel sind nur teilweise betroffen, die Waden auch nur teilweise. Es gibt keine physiologische Ursache. Ich möchte Sie gern ein paar Dinge fragen, ja?
HARRIET Wissen Sie, ich bin froh, daß Sie sie behandeln. Mein Mann sagt das auch.
HYMAN Vielen Dank...
HARRIET Sie können sich sicher nicht mehr erinnern, aber Sie sind mal mit unserer Kusine ausgegangen. Roslyn Fein? Sie hat gesagt, Sie wären ein toller Mann.

HYMAN Roslyn Fein? Wann war das?

HARRIET Sie ist sehr groß und hat rotblonde Haare. Sie war richtig verknallt...

HYMAN *geschmeichelt* Wann war das denn?

HARRIET Och – New York University, vor ungefähr fünfundzwanzig Jahren. Sie hat Sie angebetet, ernsthaft. Sie hat gesagt, Sie wären einfach umwerfend. *Sie lacht verständnisvoll.* Sie sind immer mit ihr nach Coney Island zum Schwimmen und so.

HYMAN *lacht auch* Oh. Also, dann grüßen Sie sie von mir.

HARRIET Ich sehe sie ganz selten. Sie lebt in Florida.

HYMAN *will vorankommen* Bitte erzählen Sie mir jetzt etwas über Sylvia... bevor sie zusammengebrochen ist, gab es da irgendein Anzeichen dafür, daß sie einen Schock hatte. Irgend etwas, von dem sie sich bedroht fühlte?

HARRIET *überlegt kurz, zuckt dann die Achseln, schüttelt den Kopf* Also, da muß ich Ihnen was Komisches erzählen – mir kommt sie manchmal so... ich wollte gerade sagen... glücklich vor, aber es ist eher als ob... ich weiß auch nicht... als ob sie das gewollt hätte. Ich meine diesen Zustand, seit sie zusammengebrochen ist. Finden Sie nicht auch?

HYMAN Tja, ich habe sie davor kaum gekannt. Warum ist sie von diesen Nazis so fasziniert – redet sie mit Ihnen darüber?

HARRIET Erst seit ein paar Wochen. Ich verstehe das nicht, die sind in Deutschland, wie kann sie solche Angst haben. Das ist doch auf der anderen Seite des Ozeans, nicht?

HYMAN Ja. Aber andererseits auch wieder nicht. *Er starrt vor sich hin, schüttelt den Kopf, gedankenverloren.* Sie ist sehr sensibel; sie sieht diese Menschen auf den Bildern wirklich vor sich. Für sie sind sie lebendig.

HARRIET *plötzlich den Tränen nahe* Meine arme Schwester!

HYMAN Erzählen Sie mir etwas über Phillip.

HARRIET Phillip? *Sie zuckt die Achseln.* Phillip ist Phillip.

HYMAN Mögen Sie ihn?

HARRIET Na ja, er ist mein Schwager. Sie meinen, als Mensch?

HYMAN Ja.

HARRIET *holt Luft, um zu lügen* ... Er kann sehr nett sein, wissen Sie. Aber dann dreht er sich plötzlich um und redet mit einem, als ob man vier Beine und zwei lange Ohren hätte. Die Männer – also, sie respektieren ihn schon –, aber Karten spielen würden sie lieber nicht mit ihm.

HYMAN Tatsächlich? Warum?

HARRIET Na ja, wehe du hast eine eigene Meinung – kaum machst du den Mund auf, schon kriegt er diesen Republikanerblick, so von oben herab – da bleibt einem die Spucke weg. Das heißt nicht, daß ich ihn nicht m a g ...

HYMAN Wie haben er und Sylvia sich kennengelernt?

HARRIET Sie war damals Hauptbuchhalterin bei den Empire-Stahlwerken in Long Island City ...

HYMAN Sie muß noch sehr jung gewesen sein.

HARRIET ... zwanzig. Frisch von der High-School und schon Hauptbuchhalterin. Mein Mann sagt immer, Gott hat Sylvia den ganzen Grips gegeben und uns übrigen die großen Füße! Sie haben sich kennengelernt, als die Firma eine Hypothek aufnehmen wollte und sie mit Phillip die Bücher durchgehen mußte – er hat immer gesagt: »Ich habe mich in ihre Zahlen verliebt.«

Hyman lacht.

HARRIET Warum sollte ich lügen? – Ich finde, er ist eine ziemliche Nervensäge. Wie er zum Beispiel immer auf dem Thema Juden rumreitet.

HYMAN Er ist nicht gern Jude.

HARRIET Na ja, ja und nein – daß Jerome der einzige jüdische Captain ist, darauf ist er stolz. Und daß er der einzige ist, der je bei der Brooklyn Guarantee gearbeitet hat ... darauf ist er auch stolz, aber gleichzeitig ...

HYMAN ... wäre er lieber keiner.

HARRIET ... Er ist mir wirklich ein Rätsel. Ich verstehe ihn nicht, und ich werde ihn nie verstehen.

HYMAN Und was ist mit der Ehe? Ich verspreche Ihnen, das bleibt ganz unter uns.

HARRIET Was soll ich Ihnen sagen, Ehe ist Ehe.

HYMAN Und?

HARRIET Ich sollte lieber nicht darüber reden.

HYMAN Es bleibt alles in diesen vier Wänden. Sagen Sie mal – haben die beiden sich schon mal getrennt?

HARRIET Mein Gott, nein. Warum sollten sie? Er verdient doch genug. Für Phillip gibt es keine Wirtschaftskrise. Und unsere Mutter würde es umbringen, sie vergöttert Phillip, sie würde es nicht überleben. Nein, nein, völlig ausgeschlossen, Sylvia ist nicht die Frau, die... obwohl... *Sie bricht ab.*

HYMAN Kommen Sie, Harriet, es ist wichtig für mich.

HARRIET ... Na ja, ich nehme an, es wissen sowieso alle... *Sie holt Luft.* Ich glaube, sie waren einmal sehr nahe dran... damals, als er sie mit dem Steak geschlagen hat.

HYMAN Er hat sie mit einem Steak geschlagen?

HARRIET Es war zu durchgebraten.

HYMAN Wie meinen Sie das, er hat sie geschlagen?

HARRIET Er hat es vom Teller genommen und es ihr um die Ohren gehauen.

HYMAN Und dann?

HARRIET Wenn meine Mutter die Ehe nicht geflickt hätte, dann weiß ich nicht, was passiert wäre. Und dann ist er losgezogen und hat ihr diesen sagenhaften Bibermantel gekauft und das ganze Haus neu gestrichen. Sonst hockt er auf seinem Geld, das muß ihm ganz schön schwergefallen sein. Ich weiß nicht, was ich Ihnen noch sagen soll. – Warum fragen Sie? – Glauben Sie, er könnte ihr solche Angst eingejagt haben?

HYMAN *zögert* Ich weiß es noch nicht. Das alles ist sehr merkwürdig.

Ihr Ausdruck verdüstert sich, sie fängt an, mit dem Kopf hin und her zu wackeln und bricht dann in Tränen aus. Er geht zu ihr und legt den Arm um sie.

Was ist denn?

HARRIET Ihr Leben lang hat sie immer alle geliebt!

HYMAN *streckt die Hand nach ihr aus* Harriet. *Sie sieht ihn an.* Was wollen Sie mir sagen?

HARRIET Ich weiß nicht, ob es richtig ist, darüber zu sprechen. Es ist ja schon Jahre her...

HYMAN Es wird niemand erfahren, glauben Sie mir.

HARRIET Also... als Onkel Myron noch lebte, haben wir jedes Jahr bei ihm im Keller unsere Neujahrsparty gefeiert. Das ist jetzt ungefähr fünfzehn, sechzehn Jahre her. Myron ist inzwischen gestorben, aber... er war... na ja... *Kleines Lachen* sehr ulkig; er hatte so einen Schuhkarton voller... Sie wissen schon... solche Postkarten.

HYMAN Sie meinen...

HARRIET Ja. So französische. Sie wissen schon, nackte Frauen und Männer mit so großen langen... na ja, Sie wissen schon... die hingen runter wie Salamis. Und wir haben sie uns alle angesehen und haben uns totgelacht. Es war jedes Neujahr dasselbe. Aber dieses eine Mal hat Phillip plötzlich... wir dachten, er hätte den Verstand verloren...

HYMAN Was ist passiert?

HARRIET Also, Sylvia lacht und lacht, und da reißt er ihr die Postkarte aus der Hand, dreht sich rum und schreit – schreit wie ein Wilder – wir wären alle ein Haufen Trottel und Idioten und was weiß ich noch, und dann zerrt er Sylvia hoch und schmeißt sie die Treppe rauf. Päng! Das Treppengeländer ist kaputtgegangen, ich höre es heute noch. *Sie hält den Atem an.* Ich kann Ihnen sagen, es hat Monate gedauert, bis einer wieder mit ihm geredet hat. Sylvia ist nämlich bei allen Leuten hier sehr beliebt.

HYMAN Und was glauben Sie: warum hat er das getan?

HARRIET *zuckt die Achseln* ... Na ja, wenn man einige Männer so hört – die erzählen natürlich immer einen so ekelhaften Mist – damit könnte man ganze Tomatenfelder düngen.

HYMAN Wieso? – Was haben die denn gesagt?

HARRIET Na ja, daß er deswegen so durchgedreht ist, weil – also, er könnte nicht... Sie wissen schon...

HYMAN Ach.

HARRIET ... jedenfalls nicht mehr.

HYMAN Aber sie haben sich wieder vertragen.

HARRIET Wissen Sie, um ehrlich zu sein, eins muß man sagen... obwohl es vielleicht verrückt klingt...

HYMAN Was?

HARRIET Wenn man ihn manchmal so beobachtet, wenn sie Besuch haben und sie redet – dann sitzt er still in der Ecke, und dieser Ausdruck auf seinem Gesicht, wenn er sie ansieht – es könnte einem fast das Herz brechen.

HYMAN Warum?

HARRIET Er betet sie an!

Blackout

Der Cellist spielt, geht dann weg.

4. Szene

Stanton Case macht sich gerade fertig, sein Büro zu verlassen. Er zieht Blazer, Kapitänsmütze und Seidenschal an. Er besitzt eine große, angeborene Autorität, ein fast kindlich naives Selbstvertrauen. Gellburg kommt herein.

CASE Fein! – Da sind Sie ja. Ich wollte grade gehen.

GELLBURG Es tut mir leid, ich bin in Crown Heights im Verkehr steckengeblieben.

CASE Ich wollte mit Ihnen noch mal über 611 sprechen. Setzen Sie sich einen Augenblick. *Beide setzen sich.* Wir wollen in etwa einer Stunde raussegeln.

GELLBURG Wunderbares Wetter dafür.

CASE Fehlt Ihnen was? Sie sehen nicht gut aus.

GELLBURG O nein, mir geht es prima.

CASE Gut. Haben Sie sich schon wegen 611 entschieden? Um es gleich vorweg zu sagen, ich finde den Preis in Ordnung.

GELLBURG Ja, der Preis ist gut, aber ich bin noch …

CASE Ich bin noch mal dran vorbeigegangen; ich glaube, nach ein paar Renovierungen wäre das eine wunderbare Dependance für den Harvard Club.

GELLBURG Ja, es ist ein sehr schönes Gebäude. Ich bin mir noch nicht ganz schlüssig und würde gern noch ein paar Dinge dazu sagen … wenn Sie nicht gleich aufs Wasser wollen.

CASE Ich habe noch ein paar Minuten. Schießen Sie los.

GELLBURG … Bevor ich es vergesse … wir haben einen sehr netten Brief von Jerome bekommen …

Keine Reaktion bei Case

Von meinem Sohn.

CASE Ach ja! – Wie geht es ihm?

GELLBURG Sie schicken ihn nach Fort Sill – irgendwelche Vorträge über Artillerie.

CASE Na so was! Das ist ja toll! ... Dann hat er also wirklich die Absicht, in der Armee Karriere zu machen.

GELLBURG *überrascht, daß Case das noch nicht gemerkt hat* Ja natürlich.

CASE Na, das ist ja fein. Erstaunlich für einen von Ihren Leuten ... irgendwie hatte ich angenommen, es ginge ihm nur um die Ausbildung.

GELLBURG O nein. Es ist sein Leben. Ich weiß nicht, wie ich Ihnen je danken soll.

CASE Hab ich doch gern getan. In Westpoint können die sicher ein paar von Ihren Leuten brauchen, um ein bißchen Leben in die Bude zu bringen. Also, was ist mit 611?

GELLBURG *legt voller Würde los* Vielleicht erinnern Sie sich, daß wir bei ein paar Häusern die Firma ABC mit Installationsarbeiten beauftragt haben?

CASE ABC? Ich erinnere mich nicht. Was haben die damit zu tun?

GELLBURG Die sitzen in der Nachbarschaft, gleich hinterm Broadway. Ich hatte so eine seltsame Ahnung und bin zu Mr. Liebfreund gegangen – dem Chef von ABC. Ich wollte wissen, ob sie auch für Wanamakers gearbeitet haben.

CASE Wanamakers! Was hat denn Wanamakers damit zu tun?

GELLBURG Ich kaufe meine Hemden bei Wanamakers, und als ich das letztemal da war, bin ich mit dem Schuh an einem Splitter auf dem Fußboden hängengeblieben.

CASE Na ja, der Laden ist wahrscheinlich fünfzig Jahre alt ...

GELLBURG Eher fünfundsiebzig. Ich bin gestolpert und fast hingefallen. Und es hat mir zu denken gegeben, daß die ihren Fußboden nicht reparieren lassen. Also habe ich darüber nachgedacht ...

CASE Worüber?

GELLBURG Nummer 611 liegt zwei Straßen von Wanamakers

entfernt. *Ein kleines, überschlaues Grinsen* Es ist das größte Geschäft in der Gegend, ein ganzer Straßenblock. Also, es stellt sich heraus, ABC macht alle Klempnerarbeiten bei Wanamakers. Und Liebfreund hat mir erzählt, daß er ständig die Boiler bei ihnen flicken muß, weil sie im vorigen Winter den Auftrag für neue Boiler rückgängig gemacht haben. Und zwar definitiv.

Pause

CASE Und was schließen Sie daraus?

GELLBURG Es könnte entweder bedeuten, daß sie mit dem Laden umziehen oder daß sie das Geschäft aufgeben.

CASE Wanamakers?

GELLBURG Wäre doch möglich. Ich habe gehört, daß die Familie praktisch ausgestorben ist. Und wenn Wanamakers verschwindet, Mr. Case, dann ist diese Gegend meiner Meinung nach nicht mehr erstklassig. Ich habe auch mit Kevin Sullivan bei Title Guarantee telefoniert, und er hat gesagt, sie hätten 611 voriges Jahr nicht genommen, und er weiß nicht mehr warum.

CASE Was wollen Sie nun damit sagen?

GELLBURG Ich würde 611 nicht mit 'ner Kohlenzange anfassen – es sei denn, der Preis wäre so gut, daß man nicht ablehnen kann. Wenn diese Gegend den Bach runtergeht, dann ist 611 ein faules Ei.

CASE Tja. Das ist ja wirklich schade. Es hätte eine wunderbare Dependance abgegeben.

GELLBURG Bei so etwas wie dem Harvard Club muß man weit in die Zukunft denken, Mr. Case, das brauche ich Ihnen nicht zu sagen. Und die Zukunft dieses Teils des Broadways ist eindeutig potentiell negativ. *Er hebt mahnend den Finger.* – Ich betone »potentiell« – nur Gott ist allwissend.

CASE Also, ich muß schon sagen, ich hätte nie gedacht, daß Wanamakers mal zumacht. Sie waren mehr als gründlich, Gellburg, das wissen wir zu schätzen. Ich muß jetzt los, wir reden später noch darüber ... *Er sieht auf seine Uhr.* Wir müssen mit der Flut raus ... *Er macht ein paar Schritte. Mit einer Geste* Nehmen Sie sich einen Brandy, wenn Sie möchten ... Der Gattin geht's gut?

GELLBURG O ja, ihr geht's prima!

CASE *ganz leise Warnung* Und Sie sind sicher, daß mit Ihnen alles in Ordnung ist? Wir wollen nicht, daß Sie uns jetzt plötzlich krank werden.

GELLBURG O nein, mir geht es sehr gut, sehr gut.

CASE Ich bin Montag zurück, dann reden wir weiter. *Mit einer Geste* Nehmen Sie sich einen Brandy, wenn Sie möchten.

Case geht sehr lässig ab. Gellburg wirft selbstzufrieden den Kopf zurück.

GELLBURG Ja, warum nicht?

Blackout

Das Cello spielt, dann verklingt die Musik.

5. Szene

Sylvia liegt im Bett und liest ein Buch. Sie sieht hoch, als Hyman hereinkommt. Er ist im Reitdreß. Sylvia ist leicht aufgeregt, als sie ihn sieht.

SYLVIA Oh, Herr Doktor!

HYMAN Ich bin einfach so zur Tür rein. Ich hoffe, ich habe Sie nicht erschreckt.

SYLVIA O nein, ich freue mich. Setzen Sie sich doch. Waren Sie reiten?

HYMAN Ja. Den ganzen Weg bis zum Brighton Beach, ein schöner langer Ritt. – Ich hatte gehofft, daß Sie hier inzwischen wieder Seilchen springen.

Sylvia lacht, verlegen.

Ich glaube, Sie wollen sich bloß vor dem Abwaschen drükken.

SYLVIA *angestrengtes Lachen* Ach hören Sie auf. Sie reiten gerne, nicht?

HYMAN Tja, so'n Pferd hat kein Telefon.

Sylvia lacht.

Und morgens ist der Ocean Parkway wie ein deutscher Wald – wenn man so unter dem Dach der Ahornbäume hindurchreitet – das ist wie Poesie.

SYLVIA Wunderbar. Ich habe so etwas nie gemacht.

HYMAN Na dann – ich nehme Sie irgendwann mal mit und bringe es Ihnen bei. Haben Sie Ihre Übungen versucht?

SYLVIA Ich kann sie nicht machen.

HYMAN *droht mit dem Finger* Sie müssen sie machen, Sylvia. Sonst bleiben Sie vielleicht ein Krüppel. Dann wollen wir mal gucken. *Er setzt sich auf das Bett, zieht die Decke von ihren Beinen, schiebt dann ihr Nachthemd hoch. Als er das tut, holt sie wie erwartungsvoll tief Luft. Er faßt ihre Zehen an.*

HYMAN Spüren Sie das?

SYLVIA Also ... nicht wirklich.

HYMAN Ich zwicke Sie jetzt in den Zeh. Fertig?

SYLVIA Ja.

Er zwickt sie fest in den großen Zeh; sie reagiert nicht. Er legt eine Hand flach auf ihr Bein.

HYMAN Ihre Haut fühlt sich etwas zu kalt an. Sie verlieren die Spannkraft in Ihren Muskeln, wenn Sie sich nicht bewegen. Dann werden Ihre Beine dünner und verkümmern ...

SYLVIA *drohende Tränen* Ich weiß ...!

HYMAN Und sehen Sie mal, was für schöne Beine Sie haben, Sylvia. Ich fürchte fast, Sie fühlen sich ganz wohl in diesem Zustand ...

SYLVIA Tue ich nicht. Ich versuche ja, sie zu bewegen…

HYMAN Aber schauen Sie – jetzt ist es elf Uhr vormittags, und Sie kuscheln sich gemütlich im Bett, als wäre es mitten in der Nacht.

SYLVIA Aber ich habe es doch versucht…! Sind Sie wirklich sicher, daß es nicht irgendein Virus ist?

HYMAN Es ist überhaupt nichts, Sylvia. Sie haben einen schönen kräftigen Körper…

SYLVIA Ich kann es doch nicht ändern, ich spüre überhaupt nichts.

Sie setzt sich hoch, ihr Gesicht zu ihm emporgehoben; er will die Hand darum legen, steht dann aber auf und geht abrupt weg. Dann dreht er sich wieder zu ihr um.

HYMAN Ich sollte wirklich jemand anderen für Sie suchen.

SYLVIA Wieso denn! – Ich will niemand anderen!

HYMAN Wissen Sie, daß Sie eine sehr attraktive Frau sind?

Sylvia ist zutiefst aufgeregt, sieht scheu weg.

Hören Sie, Sylvia… ich habe schon lange keine Frau mehr so aufregend gefunden wie Sie.

SYLVIA …Sie brauchen niemand anderen zu holen.

Pause

HYMAN Sagen Sie mir die Wahrheit, Sylvia. Sylvia? Wie ist das mit Ihnen passiert?

SYLVIA *weicht seinem Blick aus* Ich weiß es nicht. *Ihre Angst wächst, während er jetzt spricht.*

HYMAN …Ich will ganz ehrlich mit Ihnen sein. Ich habe das alles für einfacher gehalten, als es sich jetzt herausstellt. Ich will nicht mit Ihrer Gesundheit herumspielen, dazu bedeuten Sie mir zu viel. Ich weiß, ich bin eitel, ich bin sogar sehr eitel, aber ich darf mir nichts vormachen. – Ich weiß, daß Sie mir etwas sagen wollen, aber ich weiß nicht, wie ich es aus Ihnen herauskriegen soll.

Sylvia bedeckt beschämt ihr Gesicht.

Sie sind eine verantwortungsbewußte Frau, Sylvia. Sie müssen sich entschließen, mir zu helfen. Sie können nicht einfach daliegen und auf ein Wunder warten, das Sie wieder auf die Beine bringt. Sagen Sie es mir jetzt – was sollte ich wissen?

SYLVIA Ich würde es Ihnen sagen, wenn ich es wüßte!

Hyman wendet sich geschlagen und ungeduldig ab.

Können wir uns nicht einfach unterhalten, dann könnte ich vielleicht... *Sie bricht ab.* Ich mag Sie sehr. Ich genieße es, wenn Sie sich mit mir unterhalten... könnten wir nicht einfach... nur ein paar Minuten.

HYMAN Also gut. Worüber möchten Sie sich unterhalten?

SYLVIA Bitte, haben Sie Geduld. Ich... ich versuche es ja. *Erleichtert, frischer* Harriet hat gesagt, Sie sind mal mit unserer Kusine Roslyn Fein ausgegangen.

HYMAN Schon möglich, ich erinnere mich nicht.

SYLVIA Sie hatten so viele, nicht?

HYMAN Da war ich noch jung.

SYLVIA Roslyn hat gesagt, Sie haben am Strand immer akrobatische Kunststücke vorgeführt. Und alle Mädchen standen drum herum und waren ganz verrückt nach Ihnen.

HYMAN Das ist lange her...

SYLVIA Und dann sind Sie mit einer unter dem Anleger verschwunden. *Sie lacht.*

HYMAN Für was anderes hatte doch keiner Geld. Sind Sie nicht an den Strand gegangen?

SYLVIA Sicher. Aber so was habe ich nie getan.

HYMAN Sie waren bestimmt sehr schüchtern.

SYLVIA Wahrscheinlich. Außerdem mußte ich auf meine Schwestern aufpassen, ich war die Älteste...

HYMAN Können wir über Phillip sprechen?

Sie fühlt sich überrumpelt, ihre Augen sind voll Angst.

Das würde ich wirklich gern, wenn Sie nicht...

SYLVIA *herausgefordert* Nein! – Ist schon gut.

HYMAN ...Haben Sie jetzt Angst?

SYLVIA Nein, nicht... Ja. *Sie nimmt das neben ihr liegende Buch.* Haben Sie Anthony Adverse gelesen?

HYMAN Nein, aber ich habe gehört, das Buch hat eine Millionenauflage.

SYLVIA Es ist wunderbar. Ich habe es mir ausgeliehen.

HYMAN War Phillip Ihr erster Freund?

SYLVIA Der erste richtige.

HYMAN Er ist ein netter Mann.

SYLVIA Ja, das ist er.

HYMAN Ist es interessant, mit ihm zusammenzuleben?

SYLVIA Interessant?

HYMAN Gibt es Dinge, über die Sie sich unterhalten?

SYLVIA Na ja... hauptsächlich das Geschäft. Ich war Hauptbuchhalterin bei den Empire-Stahlwerken in Long Island City... vor Jahren, ich meine, als wir uns kennengelernt haben.

HYMAN Wollte er nicht, daß Sie arbeiten?

SYLVIA Nein.

HYMAN Ich könnte mir vorstellen, daß Sie sehr gut in Ihrem Beruf waren.

SYLVIA Oh, ich fand es herrlich! Ich habe es immer genossen, daß... daß Leute auf mich angewiesen waren.

HYMAN Ja. – Mache ich Ihnen Angst, wenn ich so mit Ihnen rede?

SYLVIA Ein bißchen. – Aber ich möchte auch, daß Sie es tun.

HYMAN Warum?

SYLVIA Ich weiß nicht. Sie geben mir so etwas wie... wie Hoffnung.

HYMAN Daß Sie wieder gesund werden?

SYLVIA – Für mich selbst. Daß ich...

Sie bricht ab.

HYMAN Daß Sie was werden?

Sylvia schüttelt den Kopf, will nicht weitersprechen.

Frei?

Sylvia küßt plötzlich seine Handfläche. Er streicht ihr das Haar aus den Augen. Er steht auf und geht ein paar Schritte weg.
Ich will, daß Sie jetzt die Knie hochziehen.
Sylvia rührt sich nicht.
Los, hoch mit den Knien.

SYLVIA *versucht es* Ich kann nicht.

HYMAN Sie können. Schicken Sie Ihre Gedanken in Ihre Hüften. Spannen Sie Ihre Hüften an. Denken Sie an die Knochen in Ihren Hüften. Na kommen Sie. Da sitzen die kräftigsten Muskeln in Ihrem Körper. Sie haben noch immer ungeheure Kraft darin. Spannen Sie Ihre Hüften an.
Sie versucht es.
Und jetzt spannen Sie die Oberschenkel an. Da sind lange, ungeheuer kräftige Muskeln. Bitte, ziehen Sie die Knie hoch. Los, ziehen Sie die Knie an. Geben Sie nicht auf. Konzentrieren Sie sich. Ziehen Sie sie hoch. Tun Sie es für mich.
Sie atmet keuchend aus und gibt auf. Er kommt nicht näher.
Ihr Körper besitzt eine großartige Kraft. Und Ihr Fleisch ist straff. Warum sind Sie von sich abgeschnitten? Sie sollten tanzen, Sie sollten sich in der Sonne ausstrecken. Sylvia, Sie wissen mehr, als Sie sagen, warum können Sie nicht offen zu mir sein? Sprechen Sie mit mir. Sylvia? Sagen Sie irgend etwas.
Sylvia sieht ihn schweigend an.

HYMAN Ich verspreche Ihnen, daß ich es keiner Menschenseele erzählen werde. Was geht in Ihrem Kopf vor?
Pause

SYLVIA Erzählen Sie mir von Deutschland.

HYMAN *überrascht* Von Deutschland? Warum Deutschland?

SYLVIA Warum haben Sie dort studiert?

HYMAN Die medizinischen Fakultäten in Amerika haben Quoten für Juden. Ich hätte Jahre warten müssen und wäre vielleicht trotzdem nie reingekommen.

SYLVIA Aber da drüben hassen sie die Juden doch auch?

HYMAN Mit diesen Nazis, das kann nicht lange dauern. – Warum beschäftigen Sie sich so sehr mit denen?

SYLVIA Ich weiß nicht. Aber als ich dieses Bild in der Times gesehen habe – die beiden alten Männer auf Knien auf der Straße … *Sie preßt die Hände auf die Ohren.* Ich schwöre Ihnen, ich konnte beinahe hören, wie die Menschen lachten und sich über sie lustig machten. – Aber niemand will wirklich darüber reden. Ich meine, Phillip will nie darüber reden, wie es ist, Jude zu sein, außer – Sie wissen schon – daß er manchmal Witze darüber macht, wie alle.

HYMAN Was möchten Sie Phillip sagen?

SYLVIA *mit leerem Lachen und Kopfschütteln* Ich weiß es nicht mal! Nur einfach darüber reden … es ist so, als wäre etwas in mir, das … ach, es ist albern.

HYMAN Nein, es ist interessant. Was meinen Sie damit, etwas in Ihnen?

SYLVIA Ich habe kein Wort dafür, ich weiß nicht, wie ich es sagen soll. Es ist wie … *Sie preßt die Hand auf die Brust.* – etwas Lebendiges, fast wie ein Kind. Aber es ist etwas sehr Dunkles – und es macht mir angst!

Hyman streckt die Hand aus, um sie zu beruhigen, und sie greift danach.

HYMAN Es ist Ihnen schwergefallen, das zu sagen, nicht?

Sylvia nickt.

Sie haben sehr viel Mut. – Wir reden gleich weiter. Ich möchte jetzt, daß Sie etwas versuchen. Ich stelle mich hierher, und ich möchte, daß Sie sich etwas vorstellen.

Sylvia dreht sich neugierig zu ihm.

Ich möchte, daß Sie sich vorstellen, wir hätten zusammen geschlafen.

Sie ist erschrocken, lacht verkrampft. Er lacht auch, als ob das ein Spiel wäre.

Ich habe mit Ihnen geschlafen. Und jetzt ist es vorbei, und wir liegen nebeneinander. Und Sie fangen an, mir ein paar

Geheimnisse zu erzählen. Dinge, die tief in Ihrem Herzen schlummern. *Kleine Pause* Sylvia – *Er geht um das Bett herum und küßt sie auf die Wange.* Erzählen Sie von Phillip.
Sylvia schweigt, hält seinen Kopf nicht fest. Er richtet sich auf.
Denken Sie darüber nach. Wir unterhalten uns morgen wieder. Ja?
Hyman geht ab. Sylvia liegt einen Augenblick regungslos da. Dann strengt sie sich an, versucht, ein Knie anzuheben. Es geht nicht. Sie faßt nach unten, hebt das Knie, dann das andere und bleibt so liegen. Dann läßt sie die Knie auseinanderfallen.
Blackout

Der Cellist spielt, geht dann ab.

6. Szene

Hymans Sprechzimmer. Gellburg sitzt. Margaret kommt herein, mit einer Tasse Kakao und einem Aktendeckel. Sie gibt Gellburg die Tasse Kakao.

GELLBURG Kakao?
MARGARET Ich trinke viel Kakao, er beruhigt die Nerven. Haben Sie abgenommen?
GELLBURG *ungeduldig über ihre Neugier* Ich glaube, ein bißchen.
MARGARET Stöhnen Sie immer so viel?
GELLBURG Stöhnen?
MARGARET Wahrscheinlich merken Sie es gar nicht mehr. Er sollte mal Ihr Herz abhören.
GELLBURG Nein, nein, ich glaube, mir fehlt nichts. *Er stöhnt.*

Ich glaube, ich habe schon immer gestöhnt. Hat das irgendwas zu bedeuten?

MARGARET Nicht unbedingt, aber fragen Sie Harry. Er ist gleich mit einem Patienten fertig. – Ich habe gehört, ihr Zustand ist unverändert.

GELLBURG Ja, es geht ihr noch nicht besser. *Er gibt ihr ungeduldig die Tasse.* Ich kann das nicht trinken.

MARGARET Essen Sie überhaupt richtig?

GELLBURG *wechselt plötzlich den Ton* Eigentlich wollte ich mit ihm sprechen.

MARGARET *scharf* Ich habe es nur gut gemeint.

GELLBURG Ich bin ganz durcheinander, ich wollte Sie nicht...

Hyman kommt herein, überrascht Margaret. Sie geht beleidigt ab.

HYMAN Sie dürfen es ihr nicht übelnehmen.

Gellburg nickt schweigend, sein Ärger ist unverändert.

Es wird nicht wieder vorkommen. *Er setzt sich auf einen Stuhl.* Ich muß allerdings zugeben, ihre Diagnosen sind manchmal ganz gut. Frauen haben oft mehr Gespür...

GELLBURG Entschuldigen Sie, aber ich komme nicht hierher, um mich mit Ihrer Frau zu unterhalten.

HYMAN *spaßhaftes Lachen* Na kommen Sie, Phillip, seien Sie nicht so verkniffen. Was macht Sylvia?

GELLBURG *braucht einen Moment, um sich zu fassen* ... Ich weiß nicht, was sie macht.

Hyman wartet. Gellburg sieht gequält aus. Jetzt scheint er sich aufzuraffen und sieht den Arzt mit einem Ausdruck an, der hochmütig zu sein scheint.

Ich habe versucht zu tun, was Sie mir geraten haben. – Das mit der Liebe.

HYMAN ... Ja?

GELLBURG Also habe ich beschlossen, es auszuprobieren.

HYMAN ... Sex?

GELLBURG Was denn sonst, Handball? Natürlich Sex.

Diese offene Feindseligkeit gibt Hyman Rätsel auf, er hält sich mehr zurück.

HYMAN ... Meinen Sie damit, Sie haben es getan oder Sie wollen es tun?

Lange Pause. Gellburg scheint nicht sicher zu sein, ob er weiterreden will. Er klingt jetzt wieder vernünftig.

GELLBURG Sehen Sie, wir waren nicht mehr richtig ... zusammen. Schon länger nicht. *Er verbessert sich.* Ich meine, besonders seit das passiert ist.

HYMAN Sie meinen, in den letzten zwei Wochen.

GELLBURG Ja. *Großes Unbehagen* Und auch schon vorher.

HYMAN Ich verstehe. *Aber er fragt nicht, wie lange vorher.*

Pause

GELLBURG Also habe ich gedacht, vielleicht hilft es ihr, wenn ... Sie wissen schon.

HYMAN Ja, ich glaube, die Wärme würde ihr helfen. Und, um offen zu sein, Phillip – ich frage mich langsam, ob diese ganze Angst vor den Nazis nicht daher kommt, daß sie sich ... so verletzlich fühlt. Ich will Ihnen um Gottes willen keine Schuld geben, aber ... wenn eine Frau sich nicht geliebt fühlt, kann sie völlig den Halt verlieren, verstehen Sie ... sich verloren vorkommen. *Hyman fällt eine merkwürdige Reaktion auf.* Stimmt irgendwas nicht?

GELLBURG Sagt sie, daß sie nicht geliebt wird?

HYMAN Nein, das nicht. Ich meine ja nur, was sie möglicherweise empfindet.

GELLBURG Hören Sie ... *Er kämpft einen Augenblick, dann entschlossen.* Ich möchte gern wissen, ob Sie mir jemanden empfehlen können.

HYMAN Sie meinen, für sich selber?

GELLBURG Ich weiß nicht. Ich habe keine Ahnung, was die mit einem machen.

HYMAN Ich kenne einen sehr guten Mann hier im Krankenhaus. Soll ich einen Termin für Sie machen?

GELLBURG Jetzt vielleicht noch nicht. Ich sage Ihnen dann Bescheid.

HYMAN Gut.

GELLBURG Ihre Frau sagt, ich stöhne so viel. Hat das was zu bedeuten?

HYMAN Vielleicht nur nervöse Spannung. Kommen Sie vorbei, wenn Sie mal etwas mehr Zeit haben. Dann seh ich Sie mir an. Sagen Sie mal – irre ich mich, oder – Sie hören sich so an, als wäre etwas passiert.

GELLBURG Das geht alles nur gegen mich. *Er versucht ein wissendes Grinsen*. Aber das wissen Sie ja.

HYMAN Moment mal...

GELLBURG Sie sind doch nicht blind – sie weiß, was sie tut.

HYMAN Was ist passiert, warum sagen Sie so was?

GELLBURG Ich bin gestern spät nach Hause gekommen – ich war den ganzen Nachmittag in Jersey, wir haben da ein Problem –, sie hat fest geschlafen. Also habe ich mir Spaghetti gemacht. Normalerweise stellt sie mir etwas zu essen hin.

HYMAN Mit dem Kochen hat sie ja keine Schwierigkeiten.

GELLBURG Ich hab Ihnen doch erzählt – sie kann sich prima mit dem Rollstuhl in der Küche bewegen. Flora kauft morgens ein – das ist das Mädchen. Manchmal frage ich mich, ob Sylvia vielleicht aufsteht und rumläuft, wenn ich aus dem Haus bin.

HYMAN Das ist ausgeschlossen. – Sie ist gelähmt, Phillip, das ist kein Trick – sie ist krank.

GELLBURG *sieht Hyman von der Seite an* Worüber reden Sie mit ihr? – Wissen Sie, sie klingt so, als ob Sie durch sie hindurchsehen könnten.

HYMAN *lacht* Wär schön, wenn ich das könnte! Wir reden darüber, wie wir sie wieder auf die Beine kriegen, das ist alles. Das geht nicht gegen Sie, Phillip, glauben Sie mir. *Leichtes Lachen* Mensch, können Sie nicht ein bißchen mehr Vertrauen zu mir haben?

Gellburg scheint für einen Moment fast beruhigt zu sein. Er sieht Hyman kurz prüfend ins Gesicht und nickt leicht.

GELLBURG Ich hätte nie gedacht, daß ich so mit irgend jemandem reden könnte. Doch. Ich habe Vertrauen zu Ihnen.

Pause

HYMAN Gut! – Ich höre, erzählen Sie weiter.

GELLBURG Als wir uns das erstemal unterhalten haben, haben Sie mich gefragt, ob wir ... wie oft in der Woche.

HYMAN Ja.

GELLBURG *nickt* ... Ich habe manchmal ein Problem.

HYMAN Hm. – Na ja, das haben viele, wissen Sie.

GELLBURG *erleichtert* Hören Sie das oft?

HYMAN O ja, sehr oft.

GELLBURG *ein verkrampftes, herausforderndes Lächeln* Hatten Sie das auch schon mal?

HYMAN *überrascht* ... Ich? Aber sicher, ein paarmal schon. Haben Sie das erst seit kurzem?

GELLBURG Hm ... ja. Seit kurzem ... und auch schon ... *Er zeigt mit einer Geste die Vergangenheit an.*

HYMAN Verstehe. Aber Anspannung macht das nur noch schlimmer.

GELLBURG Ja, das habe ich mir auch schon gedacht.

HYMAN Glauben Sie ja nicht, das ist das Ende der Welt, denn das ist es nicht. – Sie sind noch jung. Es ist wie mit dem Meer – es zieht sich zurück, aber es kommt immer wieder. Aber Sie dürfen nie vergessen, daß sie Sie liebt und Sie will.

Gellburg sieht ihn mit aufgerissenen Augen an.

HYMAN Das wissen Sie, oder nicht?

GELLBURG *nickt einen Moment schweigend* Meine Schwägerin Harriet sagt, Sie waren früher am Strand ein toller Hecht.

HYMAN Ja, früher.

GELLBURG Ich habe mich oft gefragt, ob es daran liegt, daß Sylvia die einzige Frau ist, mit der ich je zusammen war.

HYMAN Warum sollte das eine Rolle spielen?

GELLBURG Ich weiß es nicht genau – es hat mir keine Ruhe gelassen, daß ... vielleicht hat sie mehr erwartet.

HYMAN Ja. Also wissen Sie, das glauben viele. Manche Männer schlafen mit so vielen Frauen, nicht weil sie so viel Selbstbewußtsein haben, sondern weil sie Angst haben, es zu verlieren.

GELLBURG *fasziniert* Puh! Darauf wäre ich nie gekommen. – Ein Arzt hat bestimmt mit vielen merkwürdigen Fällen zu tun.

HYMAN *sehr vertraulich* Jeder ist merkwürdig auf die eine oder andere Art, aber ich bin nicht hier, um über Menschen zu urteilen. Warum versuchen Sie nicht, mir zu erzählen, was passiert ist? *Er grinst, versucht, es runterzuspielen.* Na, schießen Sie los …

GELLBURG Na gut … *Er stöhnt.* Ich habe mich ins Bett gelegt. Sie hat fest geschlafen … *Er bricht ab, fängt wieder an. Irgend etwas Übernatürliches scheint ihn zu überkommen.* So etwas ist mir noch nie passiert. Ich hatte großes … großes Verlangen nach ihr. Wenn sie schläft, ist sie sogar noch schöner. Ich habe sie geküßt. Auf den Mund. Sie ist nicht aufgewacht. Ein solches Verlangen habe ich in meinem Leben noch nicht gespürt.

Lange Pause

HYMAN Und? *Gellburg schweigt.* Haben Sie mit ihr geschlafen?

GELLBURG *ein nicht dazu passender Blick des Entsetzens, wird starr, als ob er gerade beschließt, in eisiges Wasser zu springen oder zu fliehen* … Ja.

HYMAN *drängender; irgendein Zögern bei Gellburg gibt ihm Rätsel auf* Wie hat sie reagiert? – Sie haben gesagt, es wäre eine Weile her seit dem letztenmal.

GELLBURG *weitergetrieben* Ähm, ja.

HYMAN Wie hat sie reagiert?

GELLBURG Sie hat … *Er sucht nach dem Wort.* … gekeucht. Es war wirklich unglaublich. Ich habe daran gedacht, was Sie mir gesagt haben – daß sie jetzt Liebe braucht. Ich hatte das Gefühl, ich hätte ihr darüber weggeholfen. Ich war beinahe sicher. Sie war für mich plötzlich eine völlig andere Frau.

HYMAN Das ist wunderbar. Hat sie die Beine bewegt?

GELLBURG *nicht auf die Frage vorbereitet* ... Ich glaube.

HYMAN Hat sie nun oder hat sie nicht?

GELLBURG Ich war so aufgeregt, ich habe nicht darauf geachtet. Aber ich nehme an, ja.

HYMAN Das ist ja großartig. Warum sind Sie dann so durcheinander?

GELLBURG Lassen Sie mich zu Ende erzählen, es geht noch weiter.

HYMAN Entschuldigung, erzählen Sie.

GELLBURG – Heute morgen habe ich ihr das Frühstück gebracht und – na ja – ich habe angefangen – also – ein bißchen darüber zu reden. Sie hat mich angeguckt, als wäre ich verrückt geworden. Sie behauptet, sie kann sich nicht daran erinnern. Es wäre gar nichts passiert.

Hyman schweigt, spielt mit einem Stift, als ob er ausweicht.

Wie kann sie sich nicht daran erinnern?

HYMAN Sind Sie sicher, daß sie wach war?

GELLBURG Das mußte sie doch, was denn sonst?

HYMAN Hat sie irgend etwas gesagt, während ...?

GELLBURG Nein, aber sie hat nie sehr viel gesagt.

HYMAN Hat sie die Augen aufgemacht?

GELLBURG Ich bin mir nicht sicher. Es war dunkel, aber sonst hat sie die Augen auch immer zu. *Ungeduldig* Aber sie hat ... gestöhnt, gekeucht ... sie muß wach gewesen sein! Und jetzt behauptet sie, daß sie sich nicht erinnert.

Hyman steht erschüttert auf und geht auf und ab. Pause

HYMAN Und was denken Sie, was dahintersteckt?

GELLBURG Na, was jeder Mann denken würde. Sie versucht, mich klein zu machen.

HYMAN Moment, jetzt ziehen Sie aber voreilige Schlüsse.

GELLBURG Aber ist denn so etwas möglich? Was sagen Sie

als Arzt – kann es sein, daß eine Frau sich nicht daran erinnert?

HYMAN *nach einem Augenblick* Wie hat sie ausgesehen, als sie das gesagt hat? Hatten Sie den Eindruck, daß sie sich wirklich nicht erinnert?

GELLBURG Sie hat mich angesehen, als ob ich Chinesisch rede. Und dann hat sie etwas Schreckliches gesagt. Ich bin immer noch nicht darüber weg.

HYMAN Was hat sie gesagt?

GELLBURG Daß ich mir das alles nur eingebildet hätte.

Lange Pause. Hyman rührt sich nicht.

Was meinen Sie? Kann ein Mann sich so etwas einbilden? Ist das möglich?

HYMAN *nach einem Augenblick* Wissen Sie was – vielleicht sollte ich noch mal mit ihr reden und sehen, ob ich daraus schlau werde.

GELLBURG *wütende Forderung* Sie müssen doch eine Meinung haben! – Wie kann ein Mann sich so etwas einbilden?

HYMAN Ich weiß nicht, was ich sagen soll...

GELLBURG Was soll das heißen, Sie wissen nicht, was Sie sagen sollen! Das ist unmöglich, oder? So etwas zu erfinden?

HYMAN *fürchtet, daß er den Boden unter den Füßen verliert* Phillip, stellen Sie kein Kreuzverhör mit mir an. Ich tue mein Möglichstes, um Ihnen zu helfen! – Ganz ehrlich, ich komme nicht ganz mit bei dem, was Sie mir erzählen. Sind Sie ganz sicher, daß Sie Verkehr mit ihr hatten?

GELLBURG Wie können Sie mich so was fragen? Würde ich es behaupten, wenn ich nicht sicher wäre? *Er steht auf, zitternd vor Angst und Wut.* Ich verstehe Ihre Haltung nicht. *Er will gehen.*

HYMAN Bitte, Phillip! *Er hält Gellburg ängstlich auf.* Was für eine Haltung, was meinen Sie?

GELLBURG Ich muß mich übergeben, ehrlich... mir ist nicht gut...

HYMAN Was ist passiert – hat sie etwas über mich gesagt?

GELLBURG Über Sie? Was sollte sie sagen?

HYMAN *schreit* Ich verstehe nicht, warum Sie so wütend auf mich sind!

GELLBURG *schreit* Was tun Sie da!

HYMAN *schuldbewußt* Was ich tue! Wovon reden Sie?

GELLBURG Sie versucht, mich zu zerstören! Und Sie stehen da! Und was tun Sie! Sind Sie Arzt oder nicht! *Er spricht Hyman direkt ins Gesicht.* Warum geben Sie mir keine direkte Antwort? Alles ist ein einziges Durcheinander! – Hören Sie, eins ist mir jetzt klar: Ich will nicht, daß Sie sie weiter behandeln.

HYMAN Ich glaube, das muß sie entscheiden.

GELLBURG Das entscheide ich! Und ich habe entschieden!

Gellburg stürmt hinaus. Hyman steht schuldbewußt und beunruhigt da. Margaret kommt herein.

MARGARET Na? *Sie sieht Hymans Besorgnis.* Warum guckst du so?

Hyman weicht ihr aus und geht zu seinem Schreibtisch zurück.

Bist du in Schwierigkeiten?

HYMAN Ich! Laß den Quatsch, ja.

MARGARET Was für einen Quatsch? Ich habe dich was gefragt – bist du in Schwierigkeiten?

HYMAN Ich habe gesagt, du sollst den Quatsch lassen, Margaret!

MARGARET Du merkst gar nicht, wie leicht du zu durchschauen bist. Du bist eine Glasscheibe, Harry.

HYMAN *lacht* Es ist doch nichts passiert. Es ist nichts passiert! Warum hörst du nicht endlich auf?

MARGARET Ich werde das nie verstehen. Oder vielleicht doch. Du glaubst den Frauen. Wenn eine Frau dir sagt, die Erde ist flach, dann bist du erstmal hingerissen, hilflos.

HYMAN Weißt du, was mich verblüfft?

MARGARET ... Und das ist beunruhigend. – Was ist es – nur mal wieder ein neuer Arsch?

HYMAN Da war nichts mehr – schon seit zehn oder zwölf Jahren ... oder noch länger! Ich kann mich nicht mal mehr erinnern! Das weißt du!

Pause

MARGARET Was verblüfft dich?

HYMAN Warum ich dein Mißtrauen ernst nehme.

MARGARET Oh, das ist einfach – Du liebst die Wahrheit, Harry.

HYMAN *seufzt tief, sieht nach oben* Ich bin erschöpft.

MARGARET Wieso bittest du nicht Charley Whitman, ihren Fall zu übernehmen?

HYMAN Sie hat eine Todesangst vor der Psychiatrie. Sie glaubt, das bedeutet, daß sie verrückt ist.

MARGARET Ist sie doch, irgendwie, oder nicht?

HYMAN Ich sehe das überhaupt nicht so.

MARGARET Ist das denn normal, daß man so hysterisch wird wegen etwas, das auf der anderen Seite des Globus passiert?

HYMAN Wenn sie darüber redet, dann ist es nicht auf der anderen Seite des Globus, dann passiert es gleich um die Ecke.

MARGARET Und das ist normal?

HYMAN Ich weiß nicht, was es ist! Ich habe bloß manchmal das Gefühl, daß sie etwas w e i ß, etwas, das ... Es ist so, als wäre sie mit irgendeinem ... irgendeinem Draht verbunden, der um die halbe Welt geht – mit irgendeiner Wahrheit, für die andere Menschen blind sind.

MARGARET Ich glaube, du solltest jemanden hinzuziehen, der nicht den Kopf verliert, Harry.

HYMAN Ich habe nicht den Kopf verloren!

MARGARET Und du glaubst wirklich, daß Sylvia Gellburg von diesen Nazis bedroht wird? Ist das Realität oder Hysterie?

HYMAN Dann nenn es eben Hysterie. Erklärt das vielleicht genauer, was diese Frau verfolgt? Sie wird nicht von einem Wort verfolgt, Margaret – sie w e i ß etwas! Ich habe keine

Ahnung, was es ist, und sie vielleicht auch nicht – aber ich sage dir, das ist eine Realität.
Ein Augenblick

MARGARET Was hast du doch für ein interessantes Leben, Harry.
Blackout
PAUSE

Der Cellist spielt, die Musik verklingt.

7. Szene

Stanton Case steht mit hinter dem Rücken verschränkten Händen, als ob er aus einem Fenster sieht. Düstere Stimmung. Gellburg kommt hinter seinem Rücken herein, aber Case dreht sich nicht gleich um.

GELLBURG Entschuldigen Sie ...

CASE *dreht sich um* Oh, guten Morgen. Sie wollten mich sprechen.

GELLBURG Wenn Sie eine Minute Zeit hätten, wäre ich sehr dankbar ...

CASE *als er sich setzt* – Sie sehen nicht gut aus, ist alles in Ordnung?

GELLBURG Oh, mir geht's hervorragend, vielleicht kriege ich eine Erkältung ... *Da er nicht zum Setzen aufgefordert wurde, sieht er zu einem Stuhl hinüber, dann wieder zu Case, der ihn immer noch warten läßt – und setzt sich dann auf die Stuhlkante.* Ich wollte Ihnen nur sagen, was für ein schlechtes Gewissen ich habe wegen Broadway 611. Es tut mir wirklich sehr leid.

CASE Ja. Na ja. Ich denke, so was passiert nun mal.

GELLBURG Ich weiß ja, wie Ihr Herz daran hing, und ich... ich kann Ihnen sagen, die Nachricht hat mich völlig überrumpelt; die haben nicht mal angedeutet, daß sie mit Allen Kershowitz oder sonst jemand verhandelt haben...

CASE Na ja, es ist eine große Enttäuschung – ich hatte schon mit einem befreundeten Architekten wegen der Renovierung gesprochen.

GELLBURG Ach je. Also, ich kann Ihnen gar nicht sagen, wie...

CASE Ich hatte mich in das Haus richtig verliebt. Es wäre die perfekte Clubdependance gewesen. Und eine großartige Investition auch.

GELLBURG Na ja, nicht unbedingt – wenn Wanamakers da mal weggeht.

CASE ... Apropos Wanamakers – das sollte ich Ihnen vielleicht sagen – als ich erfahren habe, daß Kershowitz uns überboten hat, war ich so verblüfft nach dem, was Sie mir erzählt hatten – daß die ganze Gegend den Bach runtergeht, falls die den Laden aufgeben – Kershowitz ist ja nicht dumm, das brauche ich wohl kaum zu sagen. Also habe ich mit einem unserer Clubmitglieder gesprochen, der hat einen Verwandten im Aufsichtsrat von Wanamakers. – Er hat mir gesagt, es wäre nie die Rede davon gewesen, das Geschäft zu verlegen. Er war völlig verblüfft bei dem Gedanken.

GELLBURG Aber der Mann bei ABC...

CASE *mit Anzeichen von Ungeduld* ABC hat nur noch den Reparaturauftrag für die Boiler bekommen, weil Wanamakers die neuen Boiler bei einer anderen Firma bestellt hat. Es hatte nichts damit zu tun, daß das Geschäft verlegt werden sollte. Überhaupt nichts.

GELLBURG ... Ich weiß nicht, was ich sagen soll. Ich... ich habe bloß... es tut mir schrecklich leid...

CASE Tja, es ist ein schönes Gebäude. Wollen wir hoffen, daß Kershowitz was Ordentliches daraus macht. – Haben Sie eine Ahnung, was er damit vorhat?

GELLBURG Ich? O nein, so gut kenne ich Kershowitz auch nicht.

CASE Ach so! Ich dachte, Sie hätten gesagt, Sie kennen ihn seit Jahren?

GELLBURG ...Na ja. Ich »kenne« ihn, aber nicht... wir sind nicht direkt befreundet oder so, wir haben uns nur ein- oder zweimal bei Geschäftsabschlüssen getroffen oder ähnlichen Gelegenheiten. Und ich glaube, ein- oder zweimal in einem Restaurant, aber...

CASE Verstehe. Dann habe ich das wohl mißverstanden, ich dachte Sie wären eng befreundet.

Case spricht nicht weiter; das läßt Gellburgs Besorgnis wachsen.

GELLBURG Ich hoffe, Sie glauben nicht... Ich meine, ich habe Kershowitz gegenüber nie erwähnt, daß Sie sich für 611 interessieren.

CASE Erwähnt? Was meinen Sie damit?

GELLBURG Gar nichts. Nur daß... es hört sich beinahe so an, als hätte ich etwas damit zu tun, daß er Ihnen das Gebäude weggeschnappt hat. So etwas würde ich Ihnen niemals antun!

CASE Das habe ich nicht gesagt, oder? Wenn ich ein bißchen verärgert wirke, dann deshalb, weil mir einer dieses Haus weggeschnappt hat – und noch dazu ein Mann, dessen Methoden ich nie besonders geschätzt habe.

GELLBURG Ja, das meine ich ja. Aber ich hatte nichts mit Kershowitz zu tun... *Er bricht ab.*

CASE Hab ich das denn behauptet? Mir ist nicht ganz klar, was Sie mir sagen wollten – oder habe ich da etwas nicht mitgekriegt...?

GELLBURG Nein, nein, das war's. Genau das, was Sie gesagt haben.

CASE *seine Verblüffung wächst* Was ist los mit Ihnen?

GELLBURG Es tut mir leid. Ich würde das Ganze gern vergessen.

CASE Was ist denn bloß?

GELLBURG Nichts. Überhaupt nichts. Tut mir leid, wenn ich Sie gestört habe!

Pause. Case marschiert mit einem Ausbruch der Enttäuschung hinaus. Gellburg bleibt mit offenem Mund sitzen, eine Hand erhoben, als wollte er um sein Leben flehen.

Blackout

Der Cellist spielt und geht dann ab.

8. Szene

Sylvia sitzt im Rollstuhl und hört Eddie Cantor im Radio, der »If You Knew Suzie Like I Know Suzie« singt. Es scheint ihr zu gefallen, sie klopft mit einem Finger den Takt. Sie sitzt neben dem Bett, auf dem eine zusammengefaltete Zeitung liegt. Hyman kommt herein. Sie lächelt sofort, stellt das Radio ab und streckt ihm eine Hand hin. Er kommt und schüttelt ihr die Hand.

SYLVIA *zeigt auf das Radio* Ich kann Eddie Cantor nicht ausstehen. Sie?

HYMAN Tun Sie nicht so, ich hab Sie auf der Treppe lachen hören.

SYLVIA Ich weiß, aber ich kann ihn trotzdem nicht ausstehen. Aber diesen Crosby mag ich. Haben Sie den mal gehört?

HYMAN Ich kann diese Schnulzensänger nicht ausstehen – sie verdienen zehn- bis zwanzigtausend Dollar in der Woche und haben nicht eine einzige medizinische Vorlesung gehört.

Sylvia lacht.
Ich bin sowieso ein Opernfan.

SYLVIA Ich habe noch nie eine Oper gesehen. Ist bestimmt schwer zu verstehen.

HYMAN Da gibt's nichts zu verstehen. – Entweder will sie und er nicht oder er will und sie nicht –
Sylvia lacht.
Wie auch immer – einer von beiden stirbt, und der andere springt aus dem Fenster.

SYLVIA Ich bin froh, daß Sie kommen konnten.

HYMAN *setzt sich auf den Stuhl neben dem Bett* – Also dann. – Wir müssen etwas besprechen.

SYLVIA Phillip mußte nach Jersey wegen eines Bebauungsplans ...

HYMAN Das macht ja nichts – ich möchte mit Ihnen sprechen.

SYLVIA – Es geht um eine Fabrik, die der Firma gehört –

HYMAN Na, kommen Sie, seien Sie nicht so nervös.

SYLVIA Mir tut der Rücken weh, können Sie mir auf das Bett helfen?

HYMAN Sicher. *Hyman hebt sie aus dem Stuhl, trägt sie zum Bett und legt sie sanft darauf.*
So.
Sie legt sich zurück. Er zieht die Decke über ihre Beine.
Was ist das für ein Parfum? *Er geht vom Bett weg.*

SYLVIA Harriet hat es in meiner Schublade gefunden. Ich glaube, Jerome hat es mir vor Jahren mal zum Geburtstag geschenkt.

HYMAN Zauberhaft. Ihr Haar ist anders.

SYLVIA *plustert mit den Händen ihr Haar auf* Harriet hat mich frisiert. Sie spielt so gern mit meinem Haar – schon als wir Kinder waren. Haben Sie heute morgen die vielen Vögel gehört?

HYMAN Erstaunlich, ja. Vorhin beim Reiten ist ein ganzer Schwarm plötzlich vor mir aufgeflogen.

SYLVIA *teilweise, damit er nicht weggeht* Wissen Sie, als ich ein Kind war, als wir damals hierhergezogen sind, da gab es Unmengen von Vögeln und Kaninchen und sogar Füchse. – Vorher haben wir noch richtig auf dem Dorf gewohnt. Mein Vater hatte da einen Kramladen; bei ihm gab es alles von Damenhüten bis Hufeisen. Aber die Winter da waren zu kalt für meine Mutter.

HYMAN Auf Coney Island haben wir immer Kaninchen mit Schleudern geschossen.

SYLVIA *rümpft die Nase* Warum?

HYMAN *zuckt die Achseln* – Um zu sehen, ob wir es schaffen. Es war ein Paradies für Kinder.

SYLVIA Ich weiß! Brooklyn war damals wirklich wunderschön, nicht? Ich glaube, die Menschen waren glücklicher. Meine Mutter stand immer auf der Veranda und sah uns nach, wenn wir zur Schule gingen, quer über die Felder – es war bestimmt eine Meile weit. Und ich habe immer eine Wäscheleine um meine drei Schwestern geknotet, damit ich nicht dauernd hinter ihnen herrennen mußte! – Ich bin so froh – ehrlich. *Ein behagliches kleines Lachen* Ich fühle mich immer wunderbar, wenn Sie kommen.

HYMAN Hören Sie mir bitte mal zu. Ich weiß inzwischen, daß solche Symptome wie bei Ihnen tief aus der Seele kommen. Wenn ich Ihnen helfen soll, muß ich mich mit Ihren Träumen beschäftigen, mit Ihren tiefsten, geheimsten Gefühlen, verstehen Sie? Und dafür bin ich nicht ausgebildet.

SYLVIA Schon wenn Sie mit mir reden, spüre ich, wie meine Kraft zurückkommt...

HYMAN Sie brauchten eigentlich jetzt schon eine Therapie, damit Ihr Kreislauf weiter funktioniert.

Eine Veränderung in Sylvias Ausdruck; ein plötzliches Zurückweichen; Hyman bemerkt das.

Sie haben noch viele Jahre vor sich. Sie wollen doch nicht den Rest Ihres Lebens im Rollstuhl verbringen, oder? Es ist unbedingt nötig, daß ich Sie zu jemandem bringe, der etwas davon ...

SYLVIA Ich könnte Ihnen einen Traum erzählen.

HYMAN Eigentlich bin ich kein Experte für ...

SYLVIA Ich möchte gern, darf ich? – Ich habe jede Nacht denselben Traum, immer wenn ich einschlafe.

HYMAN *gezwungen, nachzugeben* Also ... na gut, was für einen?

SYLVIA Ich bin auf einer Straße. Alles ist irgendwie grau. Und da ist eine Menschenmenge. Sie sind überall und suchen mich.

HYMAN Wer sind diese Leute?

SYLVIA Es sind Deutsche.

HYMAN Klingt nach den Bildern in der Zeitung.

SYLVIA *merkt das jetzt* Ich glaube, ja!

HYMAN Passiert irgend etwas?

SYLVIA Also, ich fange an wegzulaufen. Und die Menschen jagen alle hinter mir her. Sie haben schwere Schuhe an, die dröhnen auf dem Pflaster. Und gerade als ich um die Ecke entkommen kann, fängt mich ein Mann und wirft mich auf den Boden ... *Sie bricht ab.*

HYMAN Und dann ist Schluß?

SYLVIA Nein. Er legt sich auf mich und fängt an, mich zu küssen ... *Sie bricht ab.*

HYMAN Ja?

SYLVIA Dann fängt er an, meine Brüste abzuschneiden. Und dann steht er auf, und ich sehe eine Sekunde lang sein Gesicht von der Seite.

HYMAN Wer ist es?

SYLVIA ... Ich weiß es nicht.

HYMAN Aber Sie haben sein Gesicht gesehen.

SYLVIA *merkt das jetzt* Ich glaube, es ist Phillip. *Pause* Aber wieso war Phillip ... er war beinahe wie diese anderen – wie ist das möglich?

HYMAN Keine Ahnung. Was glauben Sie?

SYLVIA Wäre es möglich... weil Phillip... ich meine... *Ein kleines Lachen* ... manchmal hört es sich so an, als ob er Juden nicht mag? *Sie korrigiert sich.* Er meint das natürlich nicht so, aber mir kommt es so vor, als ob er... *Sie bricht ab.*

HYMAN Als ob er was? Was ängstigt Sie?

Sylvia schweigt, wendet sich ab.

Sylvia?

Hyman versucht, ihr Gesicht zu sich zu drehen, aber sie wehrt sich.

Doch nicht Phillip, oder?

Sylvia wendet sich ihm zu, die Antwort liegt in ihren Augen. Er ist verblüfft.

Ich verstehe.

Er geht vom Bett weg, bleibt stehen und versucht, diese zusätzliche Komplikation abzuwägen. Dann geht er zum Bett zurück und nimmt ihre Hand.

Ich möchte Sie etwas fragen.

Sylvia zieht Hyman an sich und küßt ihn auf den Mund.

SYLVIA Ich kann nicht anders. *Sie bricht in Tränen aus.*

HYMAN Mein Gott, Sylvia, es tut mir ja so leid...

SYLVIA Helfen Sie mir. Bitte!

HYMAN Ich versuche es ja.

SYLVIA Ich weiß! *Sie weint noch stärker. Mit einem verzweifelten, schmerzerfüllten Schrei umarmt sie ihn heftig.*

HYMAN O Sylvia, Sylvia...

SYLVIA Ich komme mir so albern vor.

HYMAN Nein, nein. Sie sind unglücklich, nicht albern.

SYLVIA Ich habe das Gefühl, alles zu verlieren – als würde ich in Stücke gerissen. Was wollen Sie wissen, ich werde es Ihnen sagen!

Sie vergräbt den Kopf in den Händen und weint. Er geht herum, versucht eine Entscheidung zu treffen.

Ich vertraue Ihnen. Was wollten Sie mich fragen?

HYMAN Haben Sie und Phillip Verkehr gehabt, seit das alles passiert ist?

SYLVIA *offene Überraschung* Verkehr?

HYMAN Er hat gesagt, vor kurzem.

SYLVIA Wir hätten vor kurzem Verkehr gehabt?

HYMAN Ja. Aber daß... also er hat gesagt, daß Sie am nächsten Morgen alles vergessen hätten. Ist das wahr?

Sylvia rührt sich nicht; sie sieht verunsichert an ihm vorbei.

SYLVIA *fürchtet, daß er etwas gegen sie hat* Warum fragen Sie mich das?

HYMAN Ich wußte nicht, was ich davon halten sollte... Und ich weiß es immer noch nicht.

SYLVIA *zutiefst verlegen* Sie meinen, Sie glauben ihm?

HYMAN Na ja – ich weiß nicht, was ich glauben soll.

SYLVIA So etwas vergessen – Sie müssen mich für verrückt halten.

HYMAN O Gott, nein! – Das habe ich nicht damit gemeint...

SYLVIA Wir haben seit fast zwanzig Jahren nicht mehr miteinander geschlafen.

Der Schock verschlägt ihm die Sprache. Jetzt weiß er nicht, was und wem er glauben soll.

HYMAN Seit zwanzig...?

SYLVIA Kurz nachdem Jerome geboren wurde.

HYMAN Also ich bin... ich weiß nicht, was ich sagen soll, Sylvia.

SYLVIA Haben Sie noch nie gehört, daß so was vorkommt?

HYMAN Ja schon, aber nicht bei so jungen Menschen.

SYLVIA Sie würden sich wundern.

HYMAN Was war es, eine andere Frau oder was?

SYLVIA O nein.

HYMAN Was ist denn passiert?

SYLVIA Ich weiß es nicht, ich habe es nie verstanden. Er konnte einfach nicht mehr.

Sylvia versucht, seine Reaktion abzuschätzen. Hyman sieht sie nicht direkt an.

Sie glauben mir doch, oder nicht?

HYMAN Natürlich. Aber warum sollte er sich so eine Geschichte ausdenken?

SYLVIA *ratlos* Ich habe nicht die geringste Ahnung... Vielleicht versucht er... *Sie bricht ab.*

HYMAN Was?

SYLVIA ...Sie zu überzeugen, daß ich verrückt bin?

HYMAN Nein, das dürfen Sie nicht denken. Ich glaube, vielleicht... wissen Sie, er hat über mein sogenanntes Renommee bei Frauen gesprochen, und vielleicht hat er bloß versucht – na ja – mitzuhalten. Wie hat das angefangen? Gab es einen Grund?

SYLVIA Ich glaube, es war mein Fehler. Er hatte mich seit – ich weiß es nicht mehr – seit vielleicht einem Monat nicht mehr angerührt, und – ich war noch so jung... ein Mann war in meinen Augen so viel stärker, daß ich mir nicht vorstellen konnte, daß ich... also, daß ich ihn so sehr verletzen könnte.

HYMAN Womit?

SYLVIA Na ja... *Kleines Lachen* Ich war damals so dumm, ich schäme mich immer noch deswegen. Ich habe meinem Vater davon erzählt – er liebte Phillip –, und er hat ihn beiseite genommen und ihm vorgeschlagen, zum Arzt zu gehen. Ich hätte nie darüber sprechen dürfen, es war ein schrecklicher Fehler. Eine Weile habe ich geglaubt, wir müßten uns scheiden lassen... es hat Monate gedauert, bevor er mir auch nur guten Morgen sagen konnte, so wütend war er. Ich habe ihn anschließend dazu gebracht, mit mir zu Rabbi Steiner zu gehen, aber dort hat er nur dagesessen wie ein... *Sie seufzt, schüttelt den Kopf.* – Ich weiß es nicht, ich nehme an, in so einem Fall gibt man sich Schritt für Schritt auf, und dann fällt alles über einem zusammen wie in einem Grab. Trotzdem, ich kann mir nicht helfen – er tut mir immer noch leid, weil ich weiß, wie sehr es ihn quält; es ist wie eine Schlange, die sich in sein Herz frißt... es ist nicht so, daß er mich nicht gern hat, das hat er, ich weiß es. Oder was meinen Sie?

HYMAN Er sagt, Sie sind sein Leben.

Sie starrt ihn an, schüttelt verblüfft den Kopf.

SYLVIA *mit bitterer Ironie* Sein Leben! Armer Phillip.

HYMAN Ich habe mit einem Freund im Krankenhaus gesprochen, einem Psychiater. Ich hätte gern Ihre Erlaubnis, ihn mal mitzubringen. Ich rufe Sie morgen früh an.

SYLVIA *reagiert sofort* Warum müssen Sie gehen? Ich bin ganz nervös jetzt. Können Sie sich nicht noch ein paar Minuten mit mir unterhalten? Ich habe Hefekuchen da. Ich mache frischen Kaffee.

HYMAN Ich würde gern bleiben, aber Margaret wäre böse mit mir.

SYLVIA Oh. Dann rufen Sie sie an! Sagen Sie ihr, sie soll auch rüberkommen.

HYMAN Nein, nein...

SYLVIA *plötzlicher Angstausbruch, mit einem Hauch weiblicher Enttäuschung* Warum nicht, um Himmels willen!

HYMAN Sie glaubt, wir hätten was miteinander.

SYLVIA *erfreute Überraschung und besorgt* Oh!

HYMAN Ich melde mich morgen...

SYLVIA Können Sie nicht bleiben, bis er kommt? Ich bin nervös – bitte – bleiben Sie hier, bis er kommt.

Weil sie so ängstlich ist, setzt er sich wieder auf das Bett. Sie nimmt seine Hand.

HYMAN Sie glauben doch nicht, daß er was anstellt, oder?

SYLVIA Ich habe ihn noch nie so wütend erlebt. – Und ich glaube, er hat auch Ärger mit Mr. Case. Phillip kann zuschlagen, wissen Sie. *Sie schüttelt den Kopf.* Ach Gott, es ist alles so durcheinander. *Pause. Sylvia sitzt da und schüttelt den Kopf, dann nimmt sie die Zeitung.* Ich verstehe das nicht – die schreiben, daß die Deutschen anfangen, die Juden von der Straße wegzuholen und sie in...

HYMAN *ungeduldig* Also Sylvia, ich habe Ihnen gesagt...

SYLVIA Und Sie haben gesagt, es wären so nette Menschen – wie können die sich so verändern?

HYMAN Das geht vorbei, Sylvia! Deutsche Musik und Literatur sind mit das Schönste auf der Welt. Unvorstellbar, daß sich diese Menschen plötzlich in Schläger verwandelt haben. Sie müssen mehr Vertrauen haben, ja? Ich meine, im allgemeinen – in das Leben, in die Menschen.

Kleine Pause. Sylvia starrt Hyman an, dabei verändert sie sich.

Was wollen Sie mir sagen? Sagen Sie mir, was denken Sie jetzt?

SYLVIA *kämpft mit sich* Ich... ich...

HYMAN Haben Sie keine Angst, sagen Sie es mir.

SYLVIA *ist jetzt verängstigt* Sie.

HYMAN Ich! Was ist mit mir?

SYLVIA Wie konnten Sie bloß glauben, ich hätte vergessen, daß ich mit ihm geschlafen habe?

HYMAN *ihre nicht nachlassende Intensität entnervt ihn* Jetzt hören Sie aber auf! Ich habe nur versucht zu verstehen, was vor sich geht.

SYLVIA Ja. Und was ist das? Was geht vor sich?

HYMAN *energisch, beherrscht sich* Was versuchen Sie mir zu sagen?

SYLVIA Also... was... *Alles scheint für sie auseinanderzubrechen; sie hebt eine Ecke der Zeitung hoch, ihr Blick sieht deutlich über dieses Zimmer hinaus. Eine unerträgliche Angst* Was soll aus uns werden?

HYMAN *zeigt auf die Zeitung* Aber was hat Deutschland damit zu tun...?

SYLVIA *seine Verständnislosigkeit wird eine Gefahr für sie; sie schreit* Wie kommen diese netten Menschen dazu, mitten in einer Großstadt Juden von der Straße wegzuholen – und keiner hält sie auf...?

HYMAN Sie meinen, ich hätte mich verändert? Ist es das?

SYLVIA Ich weiß es nicht... Sie sagen, daß Sie mich mögen, und in der nächsten Minute drehen Sie sich um, und ich bin...

HYMAN Hören Sie, ich muß unbedingt einen Kollegen hinzuziehen...

SYLVIA Nein! Sie könnten mir helfen, wenn Sie mir glauben würden!

HYMAN *ihm läuft es vor Angst kalt den Rücken hinunter, schreit* Ich glaube Ihnen ja!

SYLVIA Nein – Sie werden mich nicht von hier wegbringen und einsperren!

HYMAN *entsetzter Ausruf* Hören Sie auf. Das ist ja lächerlich!

SYLVIA Aber... aber was... was... *Sie faßt sich an den Kopf, seine Ratlosigkeit entsetzt sie*. Was soll aus uns werden!

HYMAN *entnervt* Jetzt hören Sie auf – Sie bringen zwei Dinge durcheinander...!

SYLVIA Aber... heißt das – von jetzt an – wenn ein Jude sein Haus verläßt, dann verhaften die ihn...?

HYMAN Ich sage Ihnen doch, das kann nicht lange dauern.

SYLVIA *mit unheimlicher, wilder, leidenschaftlicher Beharrlichkeit* Aber was machen sie mit ihnen?

HYMAN Ich weiß es nicht! Ich bin mit meiner Weisheit am Ende! Ich kann Ihnen nicht helfen!

SYLVIA Aber warum rennen sie nicht los und verlassen das Land! Was ist mit diesen Menschen? Verstehen Sie denn nicht...? *Sie schreit*. Das ist ein Notstand! Sie schlagen kleine Kinder zusammen! Was ist, wenn sie diese Kinder umbringen! Wo ist Roosevelt? Wo ist England? Man muß etwas unternehmen, bevor sie uns alle umbringen!

Sie schwingt die Beine über den Bettrand, macht einen Schritt vom Bett weg in dem hysterischen Versuch, Hyman zu erreichen und die Kraft, die sie in ihm spürt. Sie bricht auf dem Boden zusammen, bevor er sie auffangen kann. Er hebt sie auf das Bett und versucht, sie aus ihrer Ohnmacht zu wecken.

HYMAN Sylvia? Sylvia!

Gellburg kommt herein.

GELLBURG Was ist passiert?

HYMAN Halten Sie schnell ein Handtuch unter kaltes Wasser.

GELLBURG Was ist passiert?

HYMAN Nun machen Sie schon, verdammtnochmal!

Gellburg rennt hinaus.

Sylvia! – Ja gut, sehen Sie mich an, genauso, halten Sie die Augen offen...

Gellburg kommt schnell mit einem Handtuch herein, gibt es Hyman, der es Sylvia auf Stirn und Nacken preßt.

Na also, schon besser. Wie fühlen Sie sich, können Sie sprechen? Möchten Sie sich aufsetzen? Kommen Sie.

Er hilft ihr, sich aufzusetzen. Sie sieht sich um, dann zu Gellburg.

GELLBURG *zu Hyman* Hat sie Sie angerufen?

HYMAN *zögert, ärgerlich* Um ehrlich zu sein, nein.

GELLBURG Was machen Sie dann hier?

HYMAN Ich habe einfach reingeguckt, ich habe mir Sorgen um sie gemacht.

GELLBURG Sie haben sich Sorgen um sie gemacht. Warum haben Sie sich Sorgen um sie gemacht?

HYMAN *plötzlich steigt Wut in ihm hoch* Weil sie sich so verzweifelt nach Liebe sehnt.

GELLBURG *nicht auf der Hut, überrascht* Was Sie nicht sagen!

HYMAN Ja, was ich nicht sage. *Zu ihr* Und jetzt versuchen Sie, die Beine zu bewegen. Versuchen Sie es.

Sylvia versucht es, ohne Erfolg.

HYMAN Wenn Sie mich brauchen, ich bin zu Hause. Sie können mich jederzeit anrufen. Wir unterhalten uns morgen weiter. Gute Nacht.

SYLVIA *schwach, ängstlich* Gute Nacht.

Hyman wirft Gellburg einen schnellen, wütenden Blick zu und geht.

GELLBURG *versucht, seine Autorität wiederzugewinnen* Was bildet sich der Kerl ein – mich so rumzukommandieren. Ich lasse morgen jemand anderen kommen. – Der Weg nach Jersey kommt mir jeden Tag länger vor, ich bin völlig erschöpft.

SYLVIA Ich wäre beinahe wieder gelaufen.

GELLBURG Wie meinst du das?

SYLVIA Eine Minute lang. Ich weiß nicht, was passiert ist, meine Kraft schien plötzlich wieder da zu sein.

GELLBURG Ich habe es gewußt! Ich habe dir gesagt, du kannst! Versuch es noch mal, komm.

SYLVIA *versucht, die Beine zu heben* Jetzt kann ich nicht.

GELLBURG Warum nicht? Komm, das ist ja wunderbar … *Er streckt die Arme nach ihr aus.*

SYLVIA Hör zu, Phillip … ich will keinen anderen, ich will Hyman.

GELLBURG *sein gekräuseltes Grinsen* Was kann der schon? Du liegst immer noch da und streckst alle viere von dir.

SYLVIA Er hat mir geholfen aufzustehen. Ich weiß nicht wie. Ich spüre einfach, er wird mir helfen, daß ich wieder laufen kann.

GELLBURG Warum muß es ausgerechnet er sein?

SYLVIA Weil ich mit ihm reden kann! Ich will ihn! *Ein Ausbruch* Und ich will nicht mehr darüber diskutieren!

GELLBURG Wir werden sehen.

SYLVIA Wir werden nicht sehen!

GELLBURG Wie redest du eigentlich?

SYLVIA *zitternd, unbeherrscht* Ich rede, wie eine Jüdin redet!

GELLBURG Eine Jüdin …! Was soll denn das, bist du verrückt geworden?

SYLVIA Sag nicht, daß ich verrückt bin, Phillip! Du weißt genau, wovon ich rede. Sie werfen Fenster ein und schlagen Kinder! Darüber rede ich! *Sie schreit Gellburg an.* Darüber rede ich, Phillip!

Sie umklammert verwirrt ihren Kopf. Er steckt stocksteif da, entsetzt und voller Angst.

GELLBURG Was heißt... »sie schlagen Kinder«?
SYLVIA Ist doch egal. Schlaf nie wieder mit mir.
GELLBURG Wie kannst du so etwas zu mir sagen?
SYLVIA Ich kann es nicht ertragen. Du machst mir schreckliche Träume. Es tut mir leid, Phillip. Vielleicht irgendwann mal, aber nicht jetzt.
GELLBURG Sylvia, wenn wir nicht zusammen sein können, bringst du mich um...
SYLVIA Du hast ihm gesagt, wir hätten zusammen geschlafen?
GELLBURG *fängt an zu weinen* Bitte nicht, Sylvia...!
SYLVIA Du mieser kleiner Lügner! – Willst du, daß er mich für verrückt hält? Ist es das? *Jetzt bricht sie in Tränen aus.*
GELLBURG Nein! – Es kam einfach... kam einfach raus, ich wußte nicht, was ich sage!
SYLVIA Daß ich vergessen hätte, daß wir zusammen geschlafen haben?! Phillip?
GELLBURG Hör auf! Sag nichts mehr.
SYLVIA Ich sage, was ich will.
GELLBURG *weint* Du wirst mich umbringen...!
Sie schweigen einen Augenblick.
SYLVIA Was habe ich aus meinem Leben gemacht! Aus Unwissenheit. Weil ich dich nicht vor anderen Leuten blamieren wollte. Ein ganzes Leben – weggeworfen wie ein paar lumpige Pfennige. Selbst mit meinen Schuhen bin ich sorgfältiger umgegangen. *Sie wendet sich zu ihm.* – Willst du jetzt mit mir darüber reden? Nimm mich ernst, Phillip. Was ist damals passiert? Ich weiß, es ist das einzige, worüber du dir je Gedanken gemacht hast. Was ist passiert? Ich will es endlich wissen.
Lange Pause
GELLBURG Ich schäme mich, darüber zu sprechen. Es ist lächerlich.
SYLVIA Wovon redest du jetzt?
GELLBURG Aber ich wußte es nicht besser, ich konnte mir nicht

helfen. – Damals, als du gesagt hast, du wolltest wieder in die Firma zurück.

SYLVIA Wovon redest du? – Wann, damals?

GELLBURG Du hattest gerade Jerome bekommen – und plötzlich wolltest du nicht mehr zu Hause bleiben.

SYLVIA Na und? – Du wolltest nicht, daß ich wieder arbeite, also habe ich es gelassen.

Er schweigt; ihre Wut läßt etwas nach.

Also was? Ich hab's gelassen, oder nicht?

GELLBURG Du hast es mir vorgeworfen, daß du zu Hause bleiben mußtest. Du weißt, daß es so war. Du hast es wahrscheinlich vergessen, aber es ist kein Tag vergangen, kein Mensch ist in dieses Haus gekommen, ohne daß du gesagt hast, wie wunderbar und interessant es für dich war, berufstätig zu sein. Du hast mir nie verziehen, Sylvia.

Sie weicht seinem Blick aus.

Und immer wenn... wenn ich dich berühren wollte, habe ich das gespürt.

SYLVIA Du hast was gespürt?

GELLBURG Daß du nicht wolltest, daß ich der Mann im Haus bin. Und dann wolltest du auch keine Kinder mehr... da ist alles in mir eingetrocknet. Vielleicht lag es auch daran, daß es für mich ein Wunder war, daß du mich überhaupt geheiratet hast.

SYLVIA Du meinst, wegen deinem Gesicht?

Er dreht sich etwas um.

Was hast du gegen dein Gesicht? Ein Jude darf ein jüdisches Gesicht haben.

Pause

GELLBURG Ich kann nichts für meine Gedanken, das kann niemand... Ich gebe es zu, es war ein Fehler. Ich habe hundertmal versucht, mit dir zu reden, aber ich konnte nicht. Ich habe darauf gewartet, daß ich mich ändere. Oder du. Aber dann waren wir an einem Punkt, wo es keine Rolle mehr zu spielen schien. Also habe ich alles gelassen, wie es war. Und später konnte ich nichts mehr ändern.

Pause

SYLVIA Wir sprechen über ein ganzes Leben.

GELLBURG Aber vielleicht – wenn ich dir Autofahren beibringe und du überall hin kannst, wohin du willst … Oder vielleicht findest du eine Stellung, die dir gefällt …?

Sylvia starrt vor sich hin.

Wir müssen zusammen schlafen.

SYLVIA Nein.

Gellburg fällt neben dem Bett auf die Knie, hält die Arme ausgestreckt über ihren zugedeckten Körper.

GELLBURG Aber wieso nicht?

Sylvia ist regungslos.

Sylvia?

Pause

Willst du mich umbringen?

Sylvia starrt vor sich hin. Gellburg weint, schreit …

Willst du das? Rede mit mir!

Sylvias Gesicht ist ausdruckslos, unergründlich. Er vergräbt sein Gesicht in der Bettdecke, weint hilflos. Schließlich streckt sie voller Mitleid die Hand nach seinem Kopf aus; als sie ihn fast berührt kommt der …

Blackout

Der Cellist spielt, die Musik verklingt.

9. Szene

Das Büro von Case. Gellburg sitzt allein da. Case kommt herein und blättert ein Bündel Post durch. Gellburg ist aufgestanden. Das Verhalten von Case ist kühl; er sieht kaum von seiner Post hoch.

CASE Guten Morgen, Gellburg.
GELLBURG Guten Morgen, Mr. Case.
CASE Sie wollten mich sprechen.
GELLBURG Ich hatte das Gefühl, ich müßte Ihnen etwas sagen.
CASE Gewiß. *Er geht zu einem Stuhl und setzt sich.* Ja?
GELLBURG Ich würde nie im Leben etwas tun, was Ihnen oder Brooklyn Guarantee schaden könnte. Ich brauche Ihnen nicht zu sagen, ich habe nie bei einer anderen Firma gearbeitet. Ich habe mein ganzes Leben hier zugebracht. Ich bin so stolz auf die Firma wie auf nichts sonst, außer auf meinen Sohn. Ich möchte Ihnen erklären – die ganze Geschichte mit Wanamakers ist nur passiert, weil ich nicht das Geringste übersehen wollte. Ich wollte nicht, daß Sie in zwei, drei Jahren eines Morgens aufwachen, und Wanamakers ist weg. Und Sie zahlen dann New Yorker Spitzensteuern für ein Gebäude in einer toten Gegend.
Case läßt Gellburg hängen. Gellburg wird nervös.
Ich weiß ehrlich nicht mehr, worum es eigentlich ging. Aber ich merke, daß Sie nicht mehr so viel Vertrauen zu mir haben, und das ist ... also, ich finde das ungerecht.
CASE Verstehe.
GELLBURG *wartet, aber mehr kommt nicht* Aber ... aber Sie glauben mir nicht?
CASE Doch. Ich denke schon.
GELLBURG Aber ... Sie scheinen nicht ... Sie scheinen nicht ...

CASE Tatsache ist, daß ich das Gebäude nicht gekriegt habe.

GELLBURG Aber sind Sie ... ich meine, Sie glauben doch nicht immer noch, daß ich mit Kershowitz unter einer Decke gesteckt habe, oder?

CASE Sagen wir mal so – ich hoffe, daß im Lauf der Zeit mein altes Vertrauen zu Ihnen zurückkehren wird. Zu mehr bin ich leider nicht in der Lage, und ich finde auch nicht, daß Sie mir einen Vorwurf daraus machen können. *Er steht auf.*

GELLBURG *wird unwillentlich laut* Aber wie kann ich hier arbeiten, wenn Sie so denken? Ein Mann braucht Vertrauen, oder nicht?

CASE *deutet an, daß er gehen muß* Ich muß Sie bitten ...

GELLBURG Das habe ich nicht verdient! Das ist nicht fair, Mr. Case! Ich hatte nie etwas mit Allan Kershowitz zu tun! Ich kenne den Mann ja kaum! Und nach dem wenigen, was ich über ihn weiß, ist er mir ziemlich unsympathisch – ich würde ganz sicher keine Geschäfte mit ihm machen, wirklich nicht! Das ist ... die ganze Sache ist ... *Er explodiert.* Ich verstehe das nicht. Was geht da vor, was geht da verdammt noch mal vor, was habe ich mit Allan Kershowitz zu schaffen – bloß weil er auch Jude ist?

CASE *ungläubig und wütend* Was? Wovon reden Sie um Himmels willen?

GELLBURG Entschuldigen Sie. Das habe ich nicht so gemeint.

CASE Ich verstehe das nicht ... wie können Sie so etwas sagen?

GELLBURG Bitte. Ich fühle mich nicht wohl, entschuldigen Sie ...

CASE *zeigt seinen Unmut* Wie kommen Sie dazu, so etwas zu sagen! Das ist eine Ungeheuerlichkeit, Gellburg!

Gellburg macht einen Schritt, um wegzugehen, fällt auf die Knie, greift sich an die Brust, versucht, Luft zu holen; sein Gesicht läuft an.

CASE Was ist denn? Gellburg? *Er springt auf und läuft zum Rand der Bühne.* Rufen Sie einen Krankenwagen! Beeilen Sie sich um Himmels willen! *Er rennt laut rufend hinaus.* Schnell, holen Sie einen Arzt! Gellburg! Gellburg ist zusammengebrochen!

Gellburg bleibt auf Händen und Knien und versucht keuchend, nicht vornüber zu fallen.

Blackout

Der Cellist spielt, die Musik verklingt.

10. Szene

Ein Schlafzimmer im Haus der Gellburgs. Sylvia ist im Bett, Margaret und Harriet sitzen rechts und links von ihr. Sylvia nippt an einer Tasse Kakao.

HARRIET Er ist wirklich erstaunlich – nach so einem Anfall.

MARGARET Das Herz ist ein Muskel, und Muskeln können sich manchmal erholen.

HARRIET Ich verstehe immer noch nicht, wieso sie ihn so schnell aus dem Krankenhaus entlassen haben.

MARGARET Er hat einen eisernen Willen. Und hier hat er es wahrscheinlich genauso gut.

SYLVIA Er will hier sterben.

MARGARET Wer will das wissen. Er kann noch lange leben.

SYLVIA *gibt ihr die Tasse* Danke. Ich habe seit Jahren keinen Kakao mehr getrunken.

MARGARET Ich finde, er beruhigt die Nerven.

SYLVIA *mit einem Anflug von Ironie* Er möchte hier sein, weil er sich mit mir aussprechen möchte, das ist es. *Sie schüttelt den Kopf.* Es ist so absurd – man schiebt alles vor sich her, als ob man noch tausend Jahre zu leben hätte. Dabei sind wir wie diese kleinen Fliegen – morgens werden sie geboren, schwirren einen Tag lang rum, bis es dunkel wird – und dann adieu.

HARRIET Man muß eben erst seine Erfahrungen machen.

SYLVIA Alles, was ich heute weiß, wußte ich auch schon vor zwanzig Jahren. Ich habe es bloß nicht gesagt. *Sie wirft die Bettdecke zurück.* Bitte. Ich will zu ihm.

MARGARET Warten Sie, bis Harry uns Bescheid sagt.

HARRIET Bitte Sylvia – laß das den Doktor entscheiden.

MARGARET *zieht die Decke wieder hoch* Ich hoffe, Sie machen sich keine Vorwürfe.

HARRIET So was kann jedem passieren – *Zu Margaret* – unser Vater zum Beispiel hat sich eines Tages zum Mittagsschlaf hingelegt und ist nicht wieder aufgewacht. *Zu Sylvia* Weißt du noch?

SYLVIA *ein schwaches Lächeln, nickt* So war er sein Leben lang – er wollte nie jemandem zur Last fallen.

HARRIET Und ausgerechnet einen Tag vorher hat er sich eine neue Badehose gekauft. Und eine Zigarrenspitze aus Bernstein. *Zu Sylvia* – Sie hat recht, du darfst dir keine Vorwürfe machen.

SYLVIA *zuckt die Achseln* Was ändert das schon? *Sie seufzt erschöpft, starrt vor sich hin. Hauptsächlich zu Margaret* Wissen Sie, das Problem war immer, daß Phillip dachte, er müßte der Felsen von Gibraltar sein. Unerschütterlich. Dachte er. Aber schon ein paar Monate nach unserer Hochzeit wußte ich, daß er ... daß er sich was vorgemacht hat. Ich war mir sicher, daß ich stärker bin als er. Aber was kann man da machen? Man schluckt es runter und tut so, als wäre man der Schwächere. Und nach einer Weile bringt man kein wahres Wort mehr über die Lippen. Und jetzt bin ich völlig nutzlos ... *Sie fängt an zu weinen.* ... gerade jetzt, wo er mich braucht!

HARRIET *bekümmert, steht auf* Ich hab einen wunderbaren

Schmorbraten auf dem Herd – soll ich was davon rüberbringen?

SYLVIA Danke, aber Flora kocht nachher was.

HARRIET Ich ruf dich später an. Versuch, dich auszuruhen. *Sie will gehen, bleibt dann stehen, kann sich einfach nicht zurückhalten.* Ich kann einfach nicht glauben, daß du dir deswegen Vorwürfe machst. Man kann doch nicht plötzlich anfangen, alles zu sagen, was man denkt. Da müßte sich ja halb Brooklyn scheiden lassen! *Fast von ihren Gefühlen überwältigt* Ist doch lächerlich! – Du bist die beste Frau, die er kriegen konnte! – Sogar noch besser! *Sie geht schnell hinaus.*

Pause

MARGARET Ich habe ein paar Jahre auf der Kinderstation gearbeitet. Manchmal hatten wir dreißig bis vierzig Babys. Sie waren erst ein, zwei Tage alt, und jedes war schon eine Persönlichkeit. Das eine liegt da, steif wie eine Mumie ... *Sie mimt eine Mumie, mit geschlossenen Fäusten.* ... der typische Bankier. Das nächste zappelt dauernd rum ... *Sie wedelt wild mit den Armen.* ... glücklich wie ein junges Fohlen. Das nächste ist Fräulein Pingelig ... macht sich dauernd Sorgen, daß ihr Saum runterhängt. Und wie sollte es auch anders sein – jedes hat zwanzigtausend Jahre Menschheitsgeschichte auf dem Buckel – und Sie glauben, Sie könnten einen Menschen ändern?

SYLVIA Und was heißt das? Wie soll man leben?

MARGARET Man zieht seine Karten verdeckt, dann dreht man sie um und macht das Beste aus seinem Spiel. Was denn sonst, meine Liebe? Was soll man sonst machen?

SYLVIA *starrt vor sich hin* ... Wünschen, vielleicht ... daß es anders gekommen wäre. *Sie wirft die Bettdecke weg.* Ich will zu ihm. Holen Sie mir den Rollstuhl.

MARGARET Warten Sie. Ich frage erst Harry. *Sie macht ein paar Schritte rückwärts.* Warten Sie, ja? Ich bin gleich wieder da.

Sie dreht sich um und geht. Als Margaret gegangen ist, legt Sylvia

ihre zusammengepreßten Hände wie zum Gebet an die Lippen und schließt die Augen.
Blackout

Der Cellist spielt, die Musik verklingt.

11. Szene

Gellburgs Schlafzimmer. Er liegt im Bett. Hyman hört Gellburgs Herz ab. Dann steckt er das Stethoskop in seine Tasche zurück und setzt sich auf einen Stuhl neben dem Bett.

HYMAN Ich kann es nur wiederholen, Phillip – Sie gehören ins Krankenhaus.

GELLBURG Sie brauchen gar nicht wieder davon anzufangen. Ich halte es da nicht aus, es riecht wie in einem Zoo. Und dann noch in einem Bett liegen, in dem ein fremder Mensch gestorben ist ... ich hasse das. Wenn ich schon hinübergehen muß, dann von hier. – Und ich will Sylvia nicht allein lassen.

HYMAN Ich versuche nur, Ihnen zu helfen. *Er lacht leise.* Und ich werde es weiter versuchen – und wenn es uns beide umbringt.

GELLBURG Dafür bin ich Ihnen dankbar. Das meine ich ernst. Sie sind ein guter Mensch.

HYMAN Gut, daß ich das weiß. Die Krankenschwester müßte so gegen sechs hier sein.

GELLBURG Ich frage mich, ob ich sie wirklich brauche – ich glaube, die Schmerzen sind so gut wie weg.

HYMAN Aber ich möchte, daß sie über Nacht hierbleibt.

GELLBURG Ich ... ich möchte Ihnen etwas erzählen: als ich diesen Anfall hatte ... das war, als ob in meinem Kopf etwas explodiert wäre – ein strahlendes Licht. Es klingt merkwürdig, aber ich empfand ein – ein Glücksgefühl ... ist das nicht komisch? Als ob ich ihr jetzt plötzlich etwas sagen könnte, das alles verändern würde; und dann würde es mit uns wieder so sein wie am Anfang. Ich konnte es nicht abwarten, es ihr zu erzählen ... und jetzt weiß ich nicht mehr, was es war. *Verängstigt, fast gehetzt, plötzlich den Tränen nahe* Mein Gott, ich hatte immer gehofft, ich hätte noch Zeit, herauszufinden, wer ich bin!

HYMAN Sie können noch viele Jahre leben, das kann keiner voraussagen.

GELLBURG Es ist unglaublich. – Zum erstenmal, seit ich zwanzig war, bin ich ohne Anstellung. Ich kann es einfach nicht glauben.

HYMAN Sind Sie sicher? Vielleicht können Sie das mit Ihrem Chef regeln, wenn Sie wieder hingehen.

GELLBURG Wie kann ich da wieder hin? Er hat mich wie einen Trottel behandelt ... Ich sage Ihnen – ich wollte das nie wahrhaben, aber er segelt draußen auf dem Meer rum, und in der Zwischenzeit versteigere ich halb Brooklyn für ihn. So ist es doch. Wenn es irgendeine Dreckarbeit gibt – holt Gellburg, schickt den Jidden hin. Ein Geschäft dichtmachen, jemand aus seinem Haus schmeißen ... Und jetzt wirft er mir vor ...

HYMAN Aber das ist doch nichts Neues für Sie? So ist das System, oder nicht?

GELLBURG Aber mir vorzuwerfen, ich hätte die Firma reingelegt! Das ist wirklich ungerecht ... es hat mich getroffen wie ein Hammer. Ich meine, für mich ist Brooklyn Guarantee ... mein Gott, Brooklyn Guarantee war wie ... wie ...

HYMAN Sie regen sich viel zu sehr auf, Phillip ... beruhigen Sie sich. *Er wechselt das Thema.* – Ich habe gehört, Ihr Sohn kommt zurück von den Philippinen.

GELLBURG *hält einen Moment die Luft an* Hat sie Ihnen sein Telegramm gezeigt? Er versucht, Montag hier zu sein. *Ängstliches Grinsen und ängstliche Augen* Oder werde ich nicht bis Montag durchhalten?

HYMAN Sie sollten jetzt nur an schöne Dinge denken – ernsthaft, Ihr Körper braucht Ruhe.

GELLBURG Wer redet da?

HYMAN *zeigt nach hinten* Ich habe Margaret gebeten, sich einen Moment zu Ihrer Frau zu setzen. Sie sind im Zimmer Ihres Sohnes.

GELLBURG Machen Sie sich immer so viel Mühe?

HYMAN Ich habe Sylvia sehr gern.

GELLBURG *sein kleines Grinsen* Ich weiß ... ich habe nicht angenommen, daß es meinetwegen ist.

HYMAN So übel sind Sie gar nicht. – Ich muß jetzt wieder in die Praxis.

GELLBURG Ich wäre Ihnen dankbar, wenn Sie noch ein paar Minuten Zeit für mich hätten. *Er hält fast die Luft an.* Sagen Sie mir – das, wovor sie solche Angst hat – das bin ich, oder?

HYMAN Na ja, auch.

GELLBURG *ein Schock* Bin ich es oder nicht?

HYMAN Ich glaube ... teilweise.

Gellburg preßt die Finger auf die Augen, um seine Selbstbeherrschung wiederzugewinnen.

GELLBURG Wie kann sie vor mir Angst haben! Ich bete sie an! *Er beherrscht sich schnell wieder.* Wieso hat sich alles ins Gegenteil verkehrt – in diesem Bett habe ich meinen Sohn gezeugt, und jetzt sterbe ich darin ... *Er bricht ab, unterdrückt einen Schrei.* Meine Gedanken fliegen ... Dinge, die vor Jahren passiert sind, kommen zurück, als wäre es vorige Woche gewesen. Wie der Tag, an dem wir dieses Bett gekauft haben. Bei Abraham & Strauss. Es war ein wunderschöner sonniger Tag. Ich hatte mir freigenommen. – Mein Gott, das ist fast fünfundzwanzig Jahre her! – Dann haben wir bei Schrafft's ein Eiscreme-Soda getrunken. Natürlich beschäftigen die keine Juden, aber ihr Schokoladeneis ist das beste. Dann sind wir in die Orchard Street auf den Trödelmarkt. Wir haben unsere ersten Töpfe und Laken, Decken und Kopfkissen gekauft. Die Straße war voller Handkarren und Männern mit langen Bärten wie vor hundert Jahren. Es ist komisch, an diesem Tag habe ich mich dort so zu Hause und glücklich gefühlt, in dieser Straße voller Juden – ein Moses neben dem anderen. Und alle haben sich umgedreht und hinter ihr her gesehen, diese Schlitzohren. Sie hat alle umgehauen. Manchmal, wenn wir die Straße langgingen, konnte ich es nicht fassen, daß ich mit ihr verheiratet war. Hören Sie ... *Er bricht ab; etwas schüchtern.* Sie sind ein gebildeter Mann, ich war bloß auf der High-School – ich würde mich gern mit Ihnen über die Juden unterhalten.

HYMAN Ich habe die jüdische Geschichte nie studiert, wenn Sie das ...

GELLBURG ... ich weiß nicht, wo ich hingehöre ...

HYMAN Sie meinen, als Jude?

GELLBURG Denken Sie viel darüber nach? Ich hätte nie ... ich habe zum Beispiel noch nie von einem Juden gehört, der Pferde liebt.

HYMAN Mein Großvater in Odessa war Pferdehändler.

GELLBURG Was Sie nicht sagen! Ich hätte nie gemerkt, daß Sie Jude sind, außer an Ihrem Namen.

HYMAN Ich habe Cousins in der Nähe von Syracuse, die immer noch dasselbe Geschäft betreiben – sie reiten Pferde zu. Und Sie wissen ja, daß es auch chinesische Juden gibt.

GELLBURG Das habe ich gehört! Und sehen sie chinesisch aus?

HYMAN Sie sind Chinesen. Die würden wahrscheinlich von Ihnen sagen, Sie sehen nicht jüdisch aus.

GELLBURG Ha! Das ist komisch. *Sein Lachen verschwindet; sein Blick ist starr.* Warum ist es so schwer, Jude zu sein?

HYMAN Es ist immer schwer, zu sein was man ist.

GELLBURG Nein, es ist etwas anderes. Jude zu sein, ist eine Lebensbeschäftigung. Es sei denn, man denkt nicht viel darüber nach. – Wenn Sie zum Beispiel auf Ihrem Pferd sitzen oder...

HYMAN Ich bin nicht besessen von dem Gedanken...

GELLBURG Aber wie kam es, daß Sie eine Schickse geheiratet haben?

HYMAN Wir sind uns in die Arme gelaufen, als ich Assistenzarzt war, und wir sind uns sehr nahegekommen... und... also, sie war eine gute Partnerin. Sie hat mir geholfen, und das tut sie immer noch. Und ich habe sie geliebt.

GELLBURG Eine jüdische Frau hätte Ihnen nicht helfen können?

HYMAN Sicher. Aber es hat sich halt nicht ergeben.

GELLBURG Und es war nicht, weil Sie nicht jüdisch wirken wollten?

HYMAN *kalt* Ich habe nie behauptet, ich wäre kein Jude.

GELLBURG *fast zitternd vor irgendeiner Angst* Hören Sie, seien Sie mir nicht böse. Ich versuche bloß, herauszufinden...

HYMAN *spürt die unterschwellige Feindschaft* Worauf wollen Sie hinaus? Ich verstehe diese ganze Unterhaltung nicht.

GELLBURG Hyman, helfen Sie mir! Ich habe in meinem ganzen Leben noch nie solche Angst gehabt.

HYMAN Solange man lebt, hat man Angst. Wir werden mit dieser Angst geboren – ein neugeborenes Baby ist nicht gerade der personifizierte Lebensmut. Aber wie man mit der Angst umgeht, das zählt. Ich glaube, Sie sind nicht gut damit umgegangen.

GELLBURG Warum? Wie bin ich denn damit umgegangen?

HYMAN Ich glaube, Sie haben versucht, zwischen den Gojim zu verschwinden.

GELLBURG ... Glauben Sie an Gott?

HYMAN Ich glaube, wir sind am Ende der Religion angelangt. Ich bin Sozialist.

GELLBURG Sie meinen, alle arbeiten für die Regierung...

HYMAN Es ist die einzige Zukunft, die noch irgendeinen Sinn ergibt.

GELLBURG Gott bewahre. Aber wie kann es Juden geben, wenn es keinen Gott gibt?

HYMAN Och, die werden schon was finden, was sie anbeten können. – Und die Christen auch – verschiedene Ketchup-Marken vielleicht –

GELLBURG *lacht* Junge, Junge, was Sie manchmal so von sich geben...!

HYMAN Eines Tages werden wir alle aussehen wie eine Horde Affen, die rumlaufen und versuchen, eine Kokosnuß zu begreifen.

GELLBURG Sie glaubt an Sie, Hyman... Ich möchte, daß Sie ihr sagen... sagen Sie ihr, daß ich mich ändern werde. Sie hat kein Recht, solche Angst zu haben. Nicht vor mir und vor nichts auf der Welt. Sie werden uns nie vernichten. Wenn der letzte Jude stirbt, wird das Licht der Welt erlöschen. Sie muß es verstehen – diese Deutschen kläffen den Mond an!

HYMAN Bleiben Sie ruhig.

GELLBURG Ich will meine Frau wiederhaben. Ich will sie wiederhaben, bevor etwas passiert. Ich habe das Gefühl, in mir ist nichts, ich fühle mich leer. Ich will sie wiederhaben.

HYMAN Phillip, was kann ich schon tun?

GELLBURG Ist ja egal... Seit Sie aufgetaucht sind... in diesen Stiefeln... der große Herrenreiter...

HYMAN Wovon reden Sie um Himmels willen?

GELLBURG Seit Sie aufgetaucht sind, guckt sie auf mich runter wie auf ein Stück Scheiße!

HYMAN Phillip...

GELLBURG Hören Sie auf mit Ihrem »Phillip«, hören Sie auf damit.

HYMAN Schreien Sie mich nicht an, Phillip, Sie wissen, wie Sie Ihre Frau wiederkriegen können! ... Erzählen Sie mir nicht, das wäre ein Rätsel für Sie!

Pause

GELLBURG Sie hat Ihnen wirklich gesagt, daß ich ...

HYMAN Wir haben uns unterhalten, und dabei kam es eben raus. Mußte es ja auch früher oder später, nicht?

GELLBURG *mit zusammengebissenen Zähnen* Ich habe sie angebetet. Ich habe es noch nie jemandem erzählt ... aber früher, als ich mit ihr geschlafen habe, da kam ich mir fast vor wie ein kleines Baby, das auf ihr lag, als ob sie mich zur Welt bringt. Ist das nicht eine seltsame Vorstellung? Neben mir im Bett war sie wie eine ... eine Marmorgöttin. Ich habe sie angebetet, Hyman, von dem Tag an, als ich sie das erstemal gesehen habe.

HYMAN Es tut mir leid für Sie, Phillip.

GELLBURG Wie kann sie Angst vor mir haben? Sagen Sie mir die Wahrheit.

HYMAN Ich weiß es nicht; vielleicht sind es ... zum Beispiel diese Bemerkungen, die Sie immer über Juden machen.

GELLBURG Was für Bemerkungen?

HYMAN Daß Sie zum Beispiel nicht wollen, daß Ihr Name mit Goldberg verwechselt wird.

GELLBURG Und deswegen bin ich ein Nazi? Ist Gellburg Goldberg? Doch wohl nicht, oder?

HYMAN Nein, aber wenn man das ständig betont, dann ist das wie ...

GELLBURG Wie was? Wie was? Warum sagen Sie nicht die Wahrheit?

HYMAN Also gut, Sie wollen die Wahrheit hören? Wirklich? Gucken Sie doch mal in den Spiegel!

GELLBURG ... In den Spiegel?

HYMAN Sie hassen sich – das ängstigt Ihre Frau zu Tode. Das ist meine Meinung. Ich weiß nicht, wie es möglich ist, aber ich glaube, Sie haben sie gelähmt mit diesem ewigen »Jude, Jude, Jude« aus Ihrem Mund. Und dann liest sie das auch noch in der Zeitung und hört Tag und Nacht darüber im Radio. Sie wollten wissen, was ich glaube ... genau das glaube ich.

GELLBURG Es gibt Tage, da würde ich gern mit den alten Männern in der Schul sitzen, den Tales über den Kopf ziehen und für den Rest meines Lebens nur Jude sein. Mit Seitenlocken und schwarzem Hut – und es ein für allemal klarstellen. Und dann gibt es Momente ... ja, da könnte ich sie fast ermorden. Sie machen mich rasend. Ich schäme mich für sie und dafür, daß ich aussehe wie sie. *Er keucht wieder.* – Warum müssen wir anders sein? Warum? Wozu?

HYMAN Und angenommen, es stellt sich heraus, daß wir nicht anders sind? Wen wollen Sie dann verantwortlich machen?

GELLBURG Wie meinen Sie das?

HYMAN Ich meine dieses Knirschen und Schreien in Ihnen – Sie quälen sich für nichts, Phillip, für absolut nichts! – Ich will Ihnen ein Geheimnis verraten – in meine Praxis kommen alle möglichen Menschen, und es gibt nicht einen unter ihnen, der nicht auf die eine oder andere Art verfolgt wird. Ja. Jeder wird verfolgt. Die Armen von den Reichen, die Reichen von den Armen, die Schwarzen von den Weißen, die Weißen von den Schwarzen, die Männer von den Frauen, die Frauen von den Männern, die Katholiken von den Protestanten, die Protestanten von den Katholiken – und alle zusammen natürlich von den Juden. Alle werden verfolgt – manchmal denke ich, das ist vielleicht das, was dieses Land zusammenhält! Und das wirklich Erstaunliche ist, daß man nie einen Menschen trifft, der andere verfolgt.

GELLBURG Sie meinen also, es gibt keinen Hitler?

HYMAN Hitler? Hitler ist das perfekte Beispiel für einen verfolgten Menschen! Ich habe ihn gehört – er quakt rum, als ob ein Elefant auf seinem Schwanz stünde! Was haben die aus diesem wunderschönen Land gemacht – ein Riesengequake. *Er nimmt seine Tasche.* Die Schwester kommt gleich.

GELLBURG Und was ist die Lösung?

HYMAN Ich sehe keine. Außer den Spiegel. Aber keiner guckt sich an und fragt sich, was tue ich denn – man könnte ihn genausogut auffordern, sich in den heißesten Winkel der Hölle zu setzen. *Er nimmt seine Tasche.* Verzeihen Sie ihr, Phillip, das ist alles, was ich Ihnen sagen kann. *Er grinst.* Aber das ist der leichtere Teil – ich spreche aus Erfahrung.

GELLBURG Und was ist der schwierige Teil?

HYMAN Vielleicht, daß Sie sich selbst verzeihen. Und den Juden. Und wenn Sie schon dabei sind, nehmen Sie die Gojim gleich mit dazu. Das ist das beste fürs Herz, wissen Sie.

Hyman geht ab. Gellburg ist allein, er starrt ins Leere. Margaret schiebt Sylvia im Rollstuhl herein. Zu Sylvia

MARGARET Ich gehe jetzt, Sylvia.

SYLVIA Danke, daß Sie bei mir geblieben sind.

GELLBURG *mit einer kleinen Kopfbewegung* Vielen Dank, Mrs. Hyman!

MARGARET Ich glaube, Sie haben schon wieder etwas Farbe.

GELLBURG Na ja, ich bin grad mal um den Block gerannt.

MARGARET *lacht schallend und droht ihm mit dem Finger* Ich hab immer gewußt, daß irgendwo in diesem schwarzen Anzug doch ein bißchen Humor steckt!

GELLBURG Ja also ... jetzt habe ich den Witz verstanden.

MARGARET *lacht, zu Sylvia* Ich versuche, morgen mal vorbeizugucken. *Zu beiden* Auf Wiedersehen! *Margaret geht ab.*

Befangene Stille zwischen den beiden

GELLBURG Fühlst du dich wohl in dem Zimmer?

SYLVIA Es ist besser so, wir haben beide mehr Ruhe. Wie geht's dir?

GELLBURG Ich möchte mich entschuldigen.

SYLVIA Ich gebe dir keine Schuld, Phillip. Diese vergeudeten Jahre – ich weiß, daß ich sie vergeudet habe. Ich glaube, ich wußte immer, warum ich es getan habe, aber ich konnte nichts dagegen tun!

GELLBURG Wenn du bloß glauben könntest, daß ich dir nie etwas Böses wollte, dann wäre...

SYLVIA Das glaube ich dir. Aber ich muß dir etwas sagen. Als ich gesagt habe, du sollst nicht mit mir schlafen...

GELLBURG Ich weiß...

SYLVIA *mit nervöser Schärfe* Das weißt du nicht! – Ich versuche, dir etwas zu sagen! *Sie beherrscht sich.* Aus irgendeinem Grund muß ich dauernd daran denken, wie ich einmal war; du erinnerst dich noch an das Haus meiner Eltern? Es war so voller Liebe. Keiner hatte je vor etwas Angst. Aber bei uns, Phillip – ständig mußte man mißtrauisch sein, oder es gab jemanden, der uns betrügen wollte oder was weiß ich. Dreißig Jahre meines Lebens bin ich auf Zehenspitzen herumgeschlichen, aber jetzt ist Schluß – ich hasse das alles. Alles, was ich getan habe, ist dumm und lächerlich. Ich kann mich in meinem Leben nicht wiederfinden. *Sie schlägt sich auf die Beine.* Oder hier drin, in diesem Ding, das nicht mal laufen kann. Ich bin nicht dieses Ding. Aber es ist in mir. Es ist in mir und wird mich nie loslassen. *Sie weint.*

GELLBURG Psch! Ich verstehe. Ich habe dir nicht die Wahrheit gesagt – ich habe dauernd versucht, es zu verheimlichen, aber ich hatte immer noch mehr Angst, als man mir angemerkt hat.

SYLVIA Angst wovor?

GELLBURG Vor allem. Vor Deutschland. Vor Mr. Case. Vor dem, was uns hier zustoßen könnte. Ich glaube, ich hatte viel mehr Angst als du, hundertmal mehr! Und verdammt noch mal, dabei gibt es sogar chinesische Juden.

SYLVIA Was meinst du?

GELLBURG Sie sind Chinesen! – Und ich verbringe hier mein Leben damit, mir mein Gesicht im Spiegel anzugucken! – Ich werde nie verstehen, warum wir anders sind, aber ich will nicht mehr mit dieser Angst leben. Ich sage dir, wenn ich das hier überstehe, dann muß ich versuchen, mich zu ändern. – Sylvia, liebste Sylvia, ich bitte dich, gib mir nicht mehr die Schuld. Ich habe das Gefühl, daß ich dir das angetan habe. Und das ist das Messer in meinem Herzen. *Sein Atem wird mühsam.*

SYLVIA *stützt sich auf die Stuhllehnen* Phillip!

GELLBURG Allmächtiger Gott, verzeih mir, Sylvia! *Ein Krampf zwingt ihn in eine fast sitzende Position, sein Blick ist voller Todesangst.*

SYLVIA *kämpft sich hoch* Warte! Phillip! *Sylvias Füße sind auf dem Boden, sie kämpft sich aus dem Rollstuhl frei.* Es gibt nichts zu verzeihen! Es gibt nichts zu verzeihen!

Phillip fällt bewußtlos zurück. Sylvia versucht verzweifelt, aufzustehen und zu ihm zu gehen. Während sie versucht, das Gleichgewicht zu halten...

Warte, warte...! Phillip! Phillip! *Sie sieht auf ihre Beine, merkt erst jetzt, daß sie auf den Füßen steht. Verblüfft, voller Hoffnung, doch auch mit einer inneren Ahnung, macht sie einen taumelnden Schritt auf ihren Mann zu. Das Licht geht langsam aus.*

ENDE

Janice Sessions, die Tochter eines vornehmen jüdischen Emigranten in New York, ist nie eine Schönheit gewesen. In erster Ehe ist sie verheiratet mit Sam Fink, einem überzeugten Kommunisten, dessen Interesse mehr der Politik als der Schönheit gilt, den sie aber verläßt, als sie erkennt, daß auch seine Menschlichkeit ideologisch bedingt ist.
Im New York der Nachkriegszeit beginnt Janice sich selbst als eine unabhängige Person zu entdecken, doch erst in der Begegnung mit einem blinden Musiker lernt sie Schönheit zu erfahren, findet sie Erfüllung.
Dies ist die einfühlsame Geschichte einer Suche nach persönlichem Glück in bedrohter Zeit.

Fischer Bibliothek

Arthur Miller

Unscheinbares Mädchen, ein Leben

Aus dem Amerikanischen von Harro Stammerjohann

75 Seiten
Pappband, Fadenheftung
ISBN 3-10-049009-6

S. Fischer